EDUCAÇÃO LITERÁRIA COMO METÁFORA SOCIAL

EDUCAÇÃO LITERÁRIA COMO METÁFORA SOCIAL
Desvios e rumos

Cyana Leahy-Dios

Martins Fontes
São Paulo 2004

Copyright © 2004, Livraria Martins Fontes Editora Ltda.,
São Paulo, para a presente edição.

1ª edição
2000 (Ed. da Universidade Federal Fluminense)
2ª edição
julho de 2004

Acompanhamento editorial
Helena Guimarães Bittencourt
Revisões gráficas
Célia Regina Camargo
Maria Luiza Favret
Dinarte Zorzanelli da Silva
Produção gráfica
Geraldo Alves
Paginação/Fotolitos
Studio 3 Desenvolvimento Editorial

Dados Internacionais de Catalogação na Publicação (CIP)
(Câmara Brasileira do Livro, SP, Brasil)

Leahy-Dios, Cyana
  Educação literária como metáfora social : desvios e rumos / Cyana Leahy-Dios. – 2ª ed. – São Paulo : Martins Fontes, 2004. – (Coleção texto e linguagem)

Bibliografia.
ISBN 85-336-1985-5

1. Literatura – Estudo e ensino 2. Professores de literatura – Formação profissional I. Título. II. Série.

04-2685   CDD-807

Índices para catálogo sistemático:
1. Educação literária 807

Todos os direitos desta edição para a língua portuguesa reservados à
Livraria Martins Fontes Editora Ltda.
Rua Conselheiro Ramalho, 330/340 01325-000 São Paulo SP Brasil
Tel. (11) 3241.3677 Fax (11) 3105.6867
e-mail: info@martinsfontes.com.br http://www.martinsfontes.com.br

Índice

Prefácio **IX**
Nota à presente edição **XV**
Apresentação **XVII**
Introdução **XIX**
    Literatura e as políticas escolares **XIX**
    Sistemas de educação escolar **XXXI**
    Considerações culturais **XXXIV**

1. Autobiografia da minha pergunta **1**

    Tempo de formação **1**
    Ampliando a visão dos problemas **6**
    Resumindo as questões **10**

2. Abordagens metodológicas **13**

    Examinando abordagens de pesquisa **14**
    Trabalhando em campo **17**
    A produção de dados **20**
    Entrevistando professores **22**
    Entrevistando alunos **24**
    Análise e estruturação de dados **28**

3. **A educação literária em escolas brasileiras** 31
   Literatura e o currículo 31
   Revendo o sistema brasileiro 34
   Preparando para os exames 37
   O novo olhar sobre o sistema 40
   Escola A 45
     Modos de ensinar 47
     Modos de aprender 52
   Escola B 55
     Habitus docentes na Escola B 57
     Modos de aprender 62
   Escola C 64
     Práticas pedagógicas 68
   Para resumir 69

4. **A iniciação no modelo inglês** 71
   Ser inglês e estudar literatura 72
   Literatura inglesa e classes sociais 77
   Relatos de práticas literário-pedagógicas 82
   Programas, exames e métodos 89
   Retomando as questões principais 91
   Observando aulas de literatura na Inglaterra 94
     Escola Applebee 94
     Escola Moderna 96
     Summerhill 97
     Escola Hollybush 99
     Escola San Martin 104
     Colégio Urbano 106
   Algumas considerações 114
   Ouvindo os sujeitos 117
     Os professores por eles mesmos 118
     Alguns dilemas políticos e pedagógicos 127
     Modos de aprender: perfis e opiniões dos alunos 135
     Lacunas e contradições, dificuldades e limites 148

5. Analisando e interpretando os signos 153

Signos brasileiros de educação literária 153
 Formação e profissão 158
 Professores e intelectuais, professores ou intelectuais, professores *vs.* intelectuais 163
 Conceituando "dificuldade" em educação literária 166
 Conteúdos como "fragmentos e retalhos" 169
 Educação literária, ficção pedagógica, fatos políticos 173
 Alunos como pensadores e aprendizes 176
Para resumir 184
Signos ingleses de educação literária 185
 Conhecimento através da ação cotidiana 187
 Conflito e interação como estratégias 191

6. Teorizando as questões 203

Educação literária como representação social 203
Uma pedagogia de silêncios 204
Teoria, dificuldade e o "bom leitor" 212
Uma democracia pedagógica de culturas sociais 219
Pragmatismo como prática social 221
Avaliação literária como avaliação social 224
Reafirmando as questões 228

Conclusão: Respondendo às perguntas 233

Sugestões e recomendações 239

Bibliografia 245

Prefácio

Educação para mudar um país

O sistema escolar progrediu de modo muito lento durante os primeiros quatrocentos anos da história do Brasil. Esses quatro séculos iniciais encobriram o período da colonização do território pelos portugueses, sobretudo, e a monarquia, regime político escolhido após a Independência, em 1822. Com a República, no final do século XIX, aceleraram-se as mudanças, mas só depois da Revolução de 30, com boa parte do século XX já transcorrida, a educação primária tornou-se obrigatória, beneficiando a infância brasileira.

Ainda assim, o acesso à escola era restrito aos grupos pertencentes às camadas urbanas e superiores da sociedade nacional. A popularização teve de aguardar mais algumas décadas e outras alterações na política brasileira. Foi durante a ditadura militar, implantada em 1964 e que se estendeu até, pelo menos, 1985, que se promoveu uma profunda reforma de ensino, cujos reflexos se prolóngam até a atualidade. As razões para a reforma foram várias, e dentre elas podemos destacar a seguinte: o país apostava na modernização e no progresso industrial, propagandeava-se o "milagre brasileiro", e esse requeria, da sua parte, mão-de-obra qualificada. Dispor de trabalhadores habilitados só seria possível com a escolarização em massa, e a reforma educacional de 1970 tratou de providenciar os mecanismos que facilitavam a concretização daquela meta.

Quando um sistema conservador e autoritário promove uma mudança para favorecer classes populares, que, em tese, não são seus principais sustáculos políticos, é porque tem em vista utilizá-la para seus fins, e não para beneficiar pobres, excluídos e subalternos. Foi o que aconteceu com a reforma de ensino: a educação se massificou, e o ensino fundamental não apenas se tornou obrigatório, como também se difundiu por todos os rincões da pátria. Ao mesmo tempo, porém, sua qualidade decaiu, e os professores viram seus salários serem comprimidos, com a conseqüente perda do *status* social da profissão.

Os efeitos atingiram também o conteúdo das disciplinas, dentre elas a de língua e literaturas vernáculas. Se, de um lado, favoreceu-se a valorização de autores modernos e de gêneros emergentes (com o que lucrou, por exemplo, a literatura infantil, que, desde 1970, experimenta notável surto de crescimento e expansão), de outro, tiveram acesso ao conhecimento literário e lingüístico contingentes de alunos para os quais tais conteúdos contradiziam seus hábitos existenciais e culturais. O desajuste originou várias crises, entre as quais a de leitura, de que se queixam todos os integrantes do aparelho escolar, sejam docentes, dirigentes e parentes.

As queixas não se limitam a lamentações ou recriminações; elas incidem em demandas por soluções, decorrentes de diagnósticos consistentes, análises profundas, avaliações periódicas e propostas claras, procedimentos que tornam verossímeis, viáveis e aplicáveis os projetos renovadores. É desse material e de tal propósito que se nutre a obra de Cyana Leahy-Dios, *Educação literária como metáfora social*.

O estudo da professora da Universidade Federal Fluminense nasceu de sua tese de doutoramento, defendida na Universidade de Londres, Inglaterra. E lida, desde o título, com dois conceitos fundamentais para o desdobramento de suas idéias – os de *educação literária* e de *metáfora social*, noções à primeira vista teóricas, mas que estão enraizadas na prática pedagógica e na formulação de políticas para o ensino da literatura na escola brasileira. O trânsito que se faz aqui entre teoria e ação, ou então entre discussão de idéias e exposição de condutas na sala de aula, resulta do modo como se desenvolve a pesquisa elaborada por Cyana Leahy-Dios e como ela a apresenta para o leitor.

Assim, em lugar de primeiramente propor conceitos e definições gerais, que embasariam a investigação de campo e a aplicação a situações particulares, processo usual em obras de recorte científico, em especial em teses de doutoramento, Cyana parte de sua experiência pessoal e de seu envolvimento com o tema da pesquisa. O primeiro capítulo exibe, desde o título, "Autobiografia da minha pergunta", o caráter subjetivo e interessado da pesquisa que a autora levará a cabo, como que evidenciando para o leitor que o assunto só tem sentido para o usuário se este compartilhar o empenho particular e interior confessado por ela.

Na seqüência, quando procura explicitar que tipo de pesquisa oferecerá os dados para o diagnóstico a ser elaborado, Cyana outra vez deixa claro que o assunto deriva de seu comprometimento pessoal e de seu desejo de compreender a si mesma, enquanto entrevista professores e estudantes visando descrever e entender o ensino da literatura em escolas de nível médio. Decorre desse comportamento não apenas o ângulo original de sua investigação. Afinal, a autora não está apenas querendo ser diferente; por isso, decorre daí também o interesse do leitor, para quem se esclarecerá por que razão ele igualmente quer entender um processo, já que compreender o que se passa com a literatura na escola é saber o que ocorre com ele em sala de aula, no trabalho ou na sociedade.

O objeto da pesquisa, contudo, não é o próprio pesquisador, nem sua subjetividade, e sim a aprendizagem da literatura no ensino médio, examinado de modo comparativo, pois Cyana Leahy-Dios coteja escolas brasileiras situadas no Rio de Janeiro a instituições similares, localizadas na Inglaterra (incluindo a prestigiada Summerhill, que abalou tantos corações e mentes, mesmo em nosso país, nos anos 70). A concretização da pesquisa é coerente com a escolha metodológica que distingue todo o trabalho: a autora não aplica formulários, nem elege métodos quantitativos. Pelo contrário, ela opta pelo trajeto mais difícil: acompanha o desenrolar das aulas ministradas em cada uma das escolas, entrevista professores, conversa com os estudantes. Dessa atitude, resulta um, digamos, diário de classe, com o qual todo o professor facilmente se identifica, pois encontra ali situações pelas quais já passou, decisões que tomou, soluções que encontrou, questões que omitiu.

O posicionamento de Cyana diante das condutas dos professores é bastante crítica e avaliativa. Outra vez encontramos a pesquisadora que não teme se mostrar pessoal e subjetiva diante do objeto da pesquisa: ela expressa suas opiniões, julga os pares, avalia comportamentos. Comparando os sistemas brasileiro e inglês, não hesita em verificar os problemas de ambos, que, se não são iguais, não deixam de apresentar pecados dignos de comentário e condenação.

O cotejo, aliás, é altamente ilustrativo, porque revela as dificuldades que o ensino da literatura apresenta em qualquer um dos formatos que conhecemos: o modelo brasileiro, de preferência historiográfico e nacionalista, vive carências que extrapolam o âmbito puramente didático; o modelo britânico, canônico e conservador, depara com a indiferença dos estudantes, que não se reconhecem nos exemplos oferecidos para identificação e louvor, na condição de moldes prontos e acabados.

A atitude crítica adotada por Cyana Leahy-Dios mostra ao leitor que ela não pretende substituir um sistema por outro, tentação que seguidamente ronda os pesquisadores e pensadores brasileiros, quando se desesperam com os desconchavos da educação nacional. Revelando os problemas existentes nos dois lados do oceano Atlântico, ela descarta ambas as opções, para então expor sua tese relativa à educação literária.

O termo, no modo como Cyana Leahy-Dios o apresenta, não significa unicamente aprendizagem da literatura ou leitura das obras de escritores, canônicos ou não. Essas alternativas representam a aplicação de um ou outro modelo, encontrável em sistemas educacionais vigentes, sejam os do Primeiro ou do Terceiro Mundo. Educação literária significa aprender por meio da literatura, como se a arte com as palavras pudesse nos oferecer um conhecimento e uma prática que extravasam as fronteiras das disciplinas.

A proposta parece utópica, mas é viável e enriquecedora. Expostos à leitura da literatura, os estudantes são convocados a expressar opiniões, experimentar vivências alheias e ampliar horizontes. "Ouvir as vozes dos estudantes" – eis o que Cyana Leahy-Dios entende como a prática de uma educação democrática, possível se o texto literário, com sua riqueza de significados e pletora de situações, for colocado ao alcance dos alunos. Simples, não? Contudo, não é o que ocorre nas escolas, seja porque os professores se escondem atrás de um conhecimento enrijecido e sacramentado, como na Grã-Bretanha, seja porque as obras literárias estão ausentes e são excluídas da sala de aula, como no Brasil.

A "metáfora social" do título esclarece-se nesse ponto do trabalho, porque permite traduzir as diferenças e desavenças sociais por meio do entendimento dos processos de ensino da literatura. Em certo sentido, Cyana Leahy-Dios está seguindo a lição de Pierre Bourdieu, que vê na educação a reprodução de distinções e clivagens sociais. Mas, ao contrário do pesquisador francês, ela tem fôlego para manifestar seu desejo de mudança e transformação.

Que a escola brasileira e o ensino da literatura necessitam de professores assim, como os que Cyana Leahy-Dios projeta e como ela mesma, conforme suas anotações pessoais, mostra que é, revela-o a triste história da educação brasileira. Desse modo, talvez se ultrapassem os problemas legados por um passado nem sempre comprometido com o aperfeiçoamento pedagógico ou com a qualidade do conhecimento e das práticas desdobradas em sala de aula.

REGINA ZILBERMAN
PUC-RS

Nota à presente edição

Este trabalho foi adaptado da tese de doutoramento defendida na Universidade de Londres, publicado inicialmente pela Editora da UFF (novembro de 2000). Já nessa época, a Editora Martins Fontes se mostrou interessada em produzir a 2.ª edição: os originais haviam sido recomendados por professores da USP e da Unicamp das áreas de literatura e educação. Tratava-se de um raro trabalho transdisciplinar que levantava questões fundamentais sobre ensinar e aprender literatura no Brasil e na Inglaterra, dicutidas de forma profunda e clara.

Esta obra se situa especificamente na área de *educação literária*, isto é, o processo de educar através da literatura, que representa simbolicamente os espaços sociais de cidadania. Apresenta e discute diferentes métodos de produção e análise de dados; sua fundamentação teórica, multidisciplinar, envolve estudos culturais, teorias literárias, filosofia da educação, políticas educacionais, estudos sociais, entre outras áreas das ciências humanas. A integração de teorias e métodos torna este livro leitura obrigatória para professores, estudantes e pesquisadores de língua (nacional e estrangeira), literatura, educação, comunicação, filosofia, metodologia da pesquisa científica etc.

Esta 2ª edição foi atualizada, incluindo informações sobre os Parâmetros Curriculares Nacionais e a exclusão oficial da disciplina *literatura* dos currículos escolares brasileiros em nome de uma educação pragmática de efeitos imediatos. Esperamos que este livro ajude a refletir sobre a necessidade vital de educar cidadãos através da literatura.

*Apresentação**

Minha pergunta inicial é: *o que significa educação literária*? Outras perguntas há, de igual importância, que exigem reflexão: qual o papel da literatura na escola? em nossa sociedade? qual sua importância no contexto educacional de nosso tempo?

Atuando na metodologia de ensino na área de Letras, percebo a grave dificuldade dos alunos na fase final de sua formação como professores de língua(s) e literatura(s). Essa dificuldade tem certos contornos nítidos e determináveis, que remetem aos conteúdos da formação dos professores, e ainda aos programas curriculares de ensino nas escolas. Neste trabalho deixarei de tratar das questões relativas ao ensino e aprendizagem de línguas – primeira ou estrangeira – para me concentrar na questão da educação literária, o processo de ensinar e aprender literatura.

Por herança e ofício, gosto de contar histórias. Chamarei o primeiro capítulo de *autobiografia da minha pergunta*, a

---

* Este trabalho se baseia na tese de doutoramento em Educação pelo Instituto de Educação da Universidade de Londres, defendida em 6 de setembro de 1996, sob a orientação de Gunther Kress. O estudo teve três fontes de financiamento: bolsa da Capes, o salário como docente da Universidade Federal Fluminense e o prêmio internacional de pesquisa Overseas Research Award, promovido pelo Conselho de Vice-Chancellers and Principals of United Kingdom Universities (CVCP).

trajetória profissional comum a tantas pessoas, e que constitui a estrutura narrativa da minha proposta. A partir daí, apresento o capítulo explicando as abordagens metodológicas utilizadas na produção de dados para análise, para então dar a palavra aos alunos e professores brasileiros de literatura que encontrei em 1995, no trabalho de campo que sustentou a tese de doutoramento pela Universidade de Londres. No quarto capítulo descrevo minha iniciação no modelo inglês de educação literária. Procuro fundamentar essas impressões com as vozes de alunos e professores das escolas que visitei em diferentes locações, como observadora e entrevistadora. No quinto capítulo analiso e interpreto os modelos brasileiro e inglês, em relação às características sociais e políticas de cada país, de acordo com a mudança do ápice do *triângulo* interdisciplinar que sustenta a disciplina. Finalmente, o último capítulo abre a discussão sobre as possibilidades que vejo para a educação literária desde sua realização na sala de aula, o planejamento curricular, a formação de professores, as interferências da legislação, propondo uma *transleitura* pedagógico-literária de caráter teórico.

Entendendo o perfil da educação literária como uma metáfora social, me pergunto se será possível mudar o perfil da disciplina sem mudar a sociedade. Como podemos ver, ainda haverá muito a discutir e escrever. Por enquanto, tento fazer uma reflexão político-cultural sobre uma disciplina que, segundo os pragmáticos, deveria estar extinta dos currículos escolares. Será que eles têm razão? Ou medo de literatura?

Cyana Leahy-Dios

Introdução

Literatura e as políticas escolares

Em estreita conexão com o ensino de literatura na escola estão questões como: quem determina o programa de estudos, como, sob que influências, e visando a que "produto"? Qual é o papel dos exames e que tipo de conhecimento se procura testar? Isso leva, por sua vez, à questão relativa aos métodos pedagógicos e ao tipo de saber construído nas aulas de leitura e literatura: será seu objetivo criar consumidores, produtores de literatura, ou ambos? Se uma teoria, segundo James Britton, é um meio de interpretar aquilo que foi observado[1], que teorias – interpretações de observações – fundamentam o processo de educação literária na prática cotidiana? Podem tais teorias ser generalizadas? Como lidar com as diferenças históricas, os princípios filosóficos e as influências ideológicas?

"Teoria", para Graff, é o discurso reflexivo sobre determinadas práticas, produzido pelo rompimento do consenso em dada comunidade[2]; Cain considera "teoria" o questiona-

---

1. James Britton, *Literature in its Place*, p. 24. Esta e as demais traduções de originais em inglês são da autora.
2. Gerald Graff, "Talking Cover in Coverage", in William Cain (ed.) (1994), *Teaching the Conflicts*.

mento insistente de categorias e distinções familiares[3], cercado de conflitos nunca debatidos abertamente, por exemplo, em situações de sala de aula. Em sentido mais amplo, teorias denotam um exame de pressupostos, crenças e ideologias legitimadoras[4], tendo, segundo Gramsci, a experiência pessoal sempre como ponto de partida para generalizações teóricas. Neste trabalho, considero *teoria* – bem como sua sentida ausência das práticas escolares – uma categoria de contextos conceituais através dos quais se torna possível integrar percepções e expandi-las.

Existe um acervo considerável de obras sobre produção de textos, leitura literária e a leitura como hábito e habilidade em diversas fases de escolaridade. Quero tratar aqui, porém, da questão da leitura e interpretação literárias praticadas no ensino médio, quando a educação escolar formal deixa de ser compulsória. Quero esclarecer, por exemplo, como se dá a passagem do trabalho literário com textos, nas ações escolares na educação fundamental, para uma prática formal de literariedade no ensino médio. Para definir o perfil e os componentes da literatura na escola, será necessário rever a percepção da disciplina pelos sujeitos envolvidos no processo de educação literária, ou seja, na educação através da literatura.

Este trabalho investiga a educação literária como uma representação cultural de sociedades. Estudar literatura é essencial ao processo de educar sujeitos sociais, por se tratar de uma disciplina sustentada por um triângulo interdisciplinar composto da combinação assimétrica de estudos da língua, estudos culturais e estudos sociais. Cada mudança no ápice do triângulo indica uma mudança de ênfase em certas características socioculturais e político-pedagógicas. Como disciplina *fronteiriça* (Giroux: *border-crossing*), a educação literária pode ter um papel central na expansão crítica de uma consciência sociopolítica nos futuros cidadãos de qualquer sociedade.

3. William Cain, op. cit., p. vii.
4. G. Graff, op. cit., p. 4.

Neste livro, descrevo, analiso e interpreto dois paradigmas observados de educação literária. O primeiro, o modelo inglês, tenta inculcar nos estudantes uma gama de valores "superiores", sem oferecer uma metodologia clara para o ensino de literatura; seus objetivos e teorias são relativamente obscuros e suas práticas são voltadas para obter *respostas pessoais* ao texto literário. O segundo, o modelo brasileiro, se ampara no paradigma positivista calcado na historiografia literária, privilegiando uma objetividade pseudocientífica. Apesar das diferenças conceituais entre um modelo sistematizado e descritivo, por um lado, exigindo o domínio de grandes quantidades de conteúdo, e um modelo que visa à construção de uma subjetividade cultural e literária, defendo a tese de que há semelhanças entre eles em termos de certas práticas pedagógicas, visão de aluno e produto final desejado.

A análise e a descrição do significado cultural dos conteúdos curriculares e práticas pedagógicas de educação literária nos anos finais de escolaridade, através dos dados relativos a práticas de sala de aula coletados na Inglaterra e no Brasil, deverão contribuir para a compreensão da educação literária como metáfora social. Assim sendo, recomendações sobre modos de ensinar e aprender se mostram essenciais à criação de um acesso mais amplo a bens culturais e, conseqüentemente, sociedades menos desiguais.

Envolvida com Letras desde os anos setenta, minha experiência discente e docente com a educação literária se apóia em estudos estruturados sobre bases histórico-biográficas, modelo que ainda prevalece no ensino médio brasileiro. Em que pesem as tentativas de modernização da educação literária sob a influência de teorias de comunicação, existe, na prática, um rígido limite à interferência de teorias literárias construídas mais recentemente.

Como em vários países, a literatura no Brasil e na Inglaterra é um dos assuntos estudados no ensino médio, uma disciplina oficial de estudos, com objetivos, conteúdos, modos de avaliação e resultados esperados predeterminados. Outras disciplinas, principalmente no campo das ciências sociais e humanidades, abrangem uma série de características paralelas e elementos sobrepostos; nenhuma, porém, de forma tão vasta, variada e indefinida como a literatura. Não é por acaso que, enquanto departamentos de história, filosofia e sociologia produzem história, filosofia e sociologia, os departamentos de literatura geralmente produzem crítica e teorização, mas não literatura[5].

O primeiro motivo pelo qual se trata de uma disciplina complexa é o fato de que a literatura lida com uma das mais poderosas formas de cultura e de expressão artística da humanidade, que é a *palavra*. Wellek e Warren escreveram que literatura é uma instituição social, utilizando como meio a linguagem, uma criação social[6]. Ao mesmo tempo que lida com o sensorial, o emocional e o racional de indivíduos e de grupos sociais, a literatura atua na comunicação de idéias, sentimentos, emoções e pensamentos. Além disso, se alia a estudos culturais, históricos e geográficos, como no modelo brasileiro de estudos, para melhor explicar manifestações escritas de arte ao longo dos tempos (embora, segundo Wellek e Warren, não substitua a sociologia ou a política, por ter sua própria justificativa e objeto[7]).

Vejo o triângulo *"arte/ estudos socioculturais/ estudos da língua"* como uma figura geométrica em movimento, de ápice variável, dependendo da orientação político-pedagógica de dado momento no tempo e no espaço, em qualquer sistema educacional. Assim, enquanto no Brasil o triângulo se apóia abertamente no lado sociocultural (imbricando literatura e história), seguindo métodos positivistas, na Inglaterra, no mesmo nível escolar, ele se apóia explicitamente em seu elemento ético-estético (a arte literária), embora os

---

5. Segundo Bernard Bergonzi (1990), *Exploding English: Criticism, Theory and Culture*, pp. 168-9.
6. René Wellek e Austin Warren (1973), *Teoria da literatura*, Capítulo Nove, p. 94.
7. Wellek e Warren (1973), op. cit., p. 109.

processos de avaliação se baseiem em elementos socioculturais. Isso será mais bem explicado em capítulos seguintes.

O apelo literário a que me refiro atinge leitores de forma cronológica, à medida que penetram no mundo literário, ou ainda em "ondas" de aprofundamento, que variam de leitura para leitura. Por exemplo, o primeiro contato de uma criança com o texto literário ocorre através de um encontro sensorial, principalmente visual ou audiovisual, lendo ou ouvindo histórias, ou simplesmente através da apreciação das ilustrações. O consumo industrializado se sofisticou, tendo pequenos "leitores" como alvo de consumo: outros materiais de "leitura" têm surgido, envolvendo tato e olfato, acrescentando à produção interna (ativa) um novo signo para o leitor[8].

Alguns estudos sobre os tipos de *leitura* elaborados por adultos concluíram que os sentidos são primariamente despertados a cada nova experiência de leitura: segundo Robert Protherough (1986, p. 126), em 1920 June Downey já associava a leitura de poesia à personalidade de cada leitor: enquanto alguns atingiam um nível de compreensão em termos visuais e táteis, outros enfatizavam a audição, ou a "música" das palavras, variando em intensidade de acordo com sua reação à emoção nos poemas, ou à atenção atribuída a qualidades de forma e estrutura. Estudos semelhantes têm mostrado como descrições visuais, odores, sons e sensações imaginadas aparecem em primeiro lugar, seguidas por sentimentos positivos ou negativos acerca dos elementos descritivos ou da expressão narrativa em si. O nível mais profundo envolve a reflexão sobre o texto ou sobre os recursos do autor, ou ainda sobre os elementos contextuais que cercam o texto[9]. Os três níveis – sensorial, emocional e racional – podem ocorrer em leituras distintas ou ao mesmo tempo, dependendo da experiência do leitor. E a contri-

8. Terminologia emprestada de C. Peirce, apud Gunther Kress (1995), *Writing the Future: English and the Making of a Culture of Innovation*, p. 115.
9. Como detalhado por M. Helena Martins em *O que é leitura*.

buição sensorial, emocional e racional do leitor irá estabelecer um canal interativo entre autor-texto-leitor, assim como entre leitores. Isto me parece fundamental para se compreender a aquisição de competências mais profundas de leitura, uma contribuição para o processo gerativo de conscientização crítica da literatura como expressão artística e sociocultural. Todo educador deveria se perguntar se a escola reconhece e usa tal conhecimento.

Quando a literatura se torna disciplina escolar, sofre variações históricas e sociais, praticadas em formas e paradigmas diversos. No caso brasileiro, a literatura sempre foi matéria autônoma e compulsória, enquanto na Inglaterra ela se apresenta como matéria eletiva para os exames, freqüentemente como uma "carga funcional" em que estão imbricadas literatura, língua e redação. Em cada caso, o foco pedagógico é redirecionado de forma a compor a agenda educacional com todas as suas implicações ideológicas, socioeconômicas, políticas e histórico-culturais. O perfil educacional da literatura na escola requer, além da interação social e individual dos leitores, o alcance de resultados mensuráveis. Conseqüentemente, o trabalho de arte escrito é consumido na escola para atender a objetivos produtivos; a ênfase à literatura na escola se limita como campo para o desenvolvimento de sensibilidades artísticas e para formar escritores. A maioria dos objetivos considerados relevantes para atender a necessidades democráticas tem sido de caráter utilitário: ensinam-se técnicas lingüísticas e comunicativas, ou valores morais e hereditários, conforme relata Louise Rosenblatt em *Literature as Exploration* (1970, p. v). No entanto, como alerta Michael Apple (*Education and Power*, 1985, p. ix), democracia é mais que a simples escolha de práticas de consumo, posto que conteúdos, objetivos e métodos estão intimamente ligados a requisitos socioeconômicos em sistemas democráticos que declaram atender a todos, mas que impõem limites às potencialidades da competência literária.

Já nos anos setenta Wellek e Warren mostravam a diferença entre literatura e estudos literários, duas atividades distintas: enquanto uma é criativa e artística, a outra, ainda que não seja precisamente ciência, é uma modalidade de saber ou de aprendizado. Assim, segundo os autores, o aluno de literatura tem a tarefa de traduzir sua experiência de literatura em termos intelectuais, assimilá-la a um esquema coerente que seja racional, para ser considerada conhecimento[10].

Há determinados pressupostos comumente associados ao processo de ensinar e aprender literatura. Como disciplina, literatura é parte de uma agenda educacional determinada por compromissos ideológicos, papéis e expectativas político-culturais. O paradigma com que os estudantes lidam é basicamente fundamentado em literatura pedagógica, de finalidade didática, antes que estética ou sociocultural; apesar de sua indefinição teórica, tem perfil estabelecido para os exames e os resultados esperados, nos dois países. O ápice do triângulo muda de acordo com a ideologia dominante, tanto de forma política quanto socioeconômica: algumas vezes a ênfase está no uso da língua, outras vezes na expressão artística ou na comunicação neutralizada de tópicos socioculturais.

O caráter interseccional da educação literária conduz a discussão por outros rumos, como, por exemplo, a finalidade de seu estudo: à construção de uma pessoa melhor (dentro da proposta de F. R. Leavis), ao conhecimento puro e simples de textos, levando ao domínio da linguagem escrita (na linha oxfordiana de tradição filológica), a uma outra visão de fatos históricos, políticos e sociais, locais e universais (sob a inspiração da nova esquerda marxista). Para Cantarow, atitudes literárias correspondem a modos de promover o estilo da elite acadêmica através de posturas, discursos e aparência, para impor aos estudantes as ideologias socioeconômicas das classes hegemônicas, apesar da pátina estática e asséptica com que os estudos literários se apresentam aca-

---

10. Wellek e Warren (1973), op. cit., p. 15.

demicamente. A matéria literária, assim, aparece como adereço, unidade isolada, uma confirmação da esterilidade da vida sob o capitalismo[11].

O resultado dos exames das políticas educacionais que estudam as necessidades e males atuais das sociedades tem sido decepcionante. Em alguns meios, questiona-se seriamente o papel da literatura nos currículos escolares, bem como sua possível eliminação[12]. Segundo Gillespie, o argumento antiliterário dos pragmatistas gira em torno da idéia de que ninguém precisa de literatura para ser um trabalhador produtivo e competitivo na economia global: as leituras úteis para o futuro seriam concentradas apenas na *informação*, tendo por competências válidas a coleta e o processamento dessa informação[13].

Desta forma, para que se lê, analisa e interpreta (= estuda) literatura, quais os objetivos desse estudo, segundo as prescrições político-educacionais e de acordo com a prática encontrada nas escolas? Será que nas escolas brasileiras ensinamos leitores a gostar de ler literatura, a praticar a crítica literária ou a fazer estudos bio-históricos descritivos? Discute-se se a educação literária deveria ser primariamente um fator de entretenimento, um fim em si mesma, uma atividade de lazer para poucos, ou se exerceria papel relevante no desenvolvimento político e no autocrescimento de *sujeitos sociais* participantes, conscientes e ativos. Discute-se ainda a questão em torno da utilização do trabalho de arte literária como instrumento e a conseqüente perda de seu componente artístico. Rosenblatt afirma que mais "ciências sociais" podem ser aprendidas na literatura que em ciências sociais, embora a literatura deva ser abordada não como

---

11. Conforme Ellen Cantarow, "Why Teach Literature", in Kampf e Lauter (org.) (1973), *The Politics of Literature: Dissenting Essays on the Teaching of English*, p. 91.
12. Esse temor se tornou realidade na decisão do governo do Rio de Janeiro, que eliminou oficialmente a literatura dos programas escolares em dezembro de 2001.
13. Tim Gillespie, "Why Literature Matters", *English Journal*, v. 83, n° 8, dez. 1994: "[W]ho really *needs* to know about Shakespeare these days? This is an enthusiasm, a leisure-time pursuit, but not a necessary skill for the twenty-first century" (p. 16).

documentação social, mas como arte[14]. Questiona-se ainda se literatura deve ser estudada com a finalidade de desenvolver a sensibilidade artística de indivíduos, sendo, portanto, relevante elemento de transformação. Que aspecto deve ser priorizado na escola, e que valores estabelecidos nos estudos literários? Tal questão requer a definição do papel da literatura na construção de subjetividades pessoais e sociais na escola e na sociedade, assim como o esclarecimento da contribuição da disciplina nas atuais sociedades multirraciais e emergentes.

Segundo Michael Bancroft, precisamos repensar o ensino atual de literatura, centrado no conhecimento de gêneros, autores, história literária, elementos da poesia e ficção e os instrumentos rudimentares de crítica, em face das várias e generalizadas dificuldades de aprendizagem que a maioria dos alunos apresenta. Em sua opinião, o maior problema está na falta de "uma teoria de literatura coerente": "teóricos de literatura e pedagogia deveriam produzir um retrato mais claro das implicações pedagógicas de suas idéias"[15].

Quem é o estudante de literatura na escola? Escritor/a embrionário/a, ativista social, alguém curioso a respeito de fatos da língua, ou um ser em formação à procura de orientação valorativa? Como tal pessoa se manifesta, que influências estão por trás dos interesses, que respostas são oferecidas? Não menos importante é saber quem é o/a professor/a de literatura: escritor/a, acadêmico/a, crítico/a literário/a, educador/a revolucionário/a, renovador/a ou reacionário/a? Como foi formado/a para o exercício da função? Como se situa na sala de aula de literatura em relação à escola e ao currículo escolar? Como interage interna e externamente em relação às políticas educacionais e à sociedade em geral? Que objetivos prescreve para seus alunos?

14. Louise Rosenblatt (1970), op. cit., p. vi, "Foreword".
15. Michael Bancroft, "Why Literature in the High School Curriculum?", *English Journal*, v. 83, nº 8, dez. 1994, pp. 23-4. Tradução da autora.

Leitores ampliam seus horizontes emocionais e intelectuais, adquirindo novas dimensões de saber e autocompreensão através de obras literárias. Esse é um dos motivos freqüentes de recomendação da leitura de textos literários como complementação da educação da pessoa, como se uma percepção mais clara de certas "realidades" pudesse emergir através da experiência literária. Há o conhecido exemplo da experiência curativa ocorrida com John Stuart Mill ao encontrar a poesia de Wordsworth, através da qual o pensador liberal-humanista conseguiu superar uma grave crise existencial; tal caso corrobora a visão de literatura como apoio terapêutico. Mill escreveu:

> O que fez com que a poesia de Wordsworth agisse como um remédio para meu estado de espírito foi que ela expressava não uma mera beleza externa, mas estados de sentimento e de pensamento coloridos por sentimentos, sob a excitação da beleza. Os poemas pareciam ser a própria cultura dos sentimentos que eu buscava. Deles eu parecia retirar uma fonte de alegria interior, de prazer solidário e imaginativo, que poderiam ser compartilhados por todos os seres humanos; que não tinham conexão com luta ou imperfeição, mas que poderiam ser enriquecidos por melhoramentos na condição física ou social da humanidade. Deles eu conseguia aprender o que seriam eternas fontes de felicidade, de que todos os maiores males da vida foram retirados. E me senti imediatamente melhor e mais feliz, à medida que sofria sua influência.[16]

A escola media o encontro entre a criança e a obra de arte literária de forma bastante diferente da mediação feita entre o adolescente e o texto literário. Para este, a experiência literária escolar se volta para o "aprender", mais e mais distanciado do prazer e da criatividade literários, com ênfase nos aspectos mais formais e menos desafiadores da *edu-*

---

16. Em "J. S. Mill's Autobiography", *James and John Stuart Mill on Education*, org. F. A. Cavenagh, p. 130.

cação. Na escola, estudantes são encaminhados a executar tarefas relacionadas à literatura, quer na forma de ensaios escritos nas salas de aula inglesas, quer através de exercícios de compreensão memorizada, no Brasil. Em termos de produção, os "bons" textos escritos por alunos são antes elogiados pelo apuro lingüístico que pela contribuição conceitual ou artística, e usados como exemplo para outros alunos.

Mas terão alunos de ensino médio o que dizer que realmente valha a pena? Não são eles tábula rasa de saber e experiência? Talvez aí resida o cerne dos problemas pedagógicos, uma questão comum à leitura da produção literária do alunado: *permitimos* que eles escrevam *sobre* textos, mas não seus próprios textos, e muito menos que sejam vistos como *autores* (que Kress estabelece como categoria diferente da de *escritores*: aqueles seriam capazes de uma apreciação consistente e de uma produção textual crítica); a produção escrita na escola raramente é lida como intercâmbio válido de experiências culturais ou de reflexões significativas. Isso foi observado nas salas de aula inglesas no sexto nível (*sixth form*), em que a maioria das explicações dos professores já era do conhecimento dos alunos, enquanto vácuos de significado não sofriam questionamento, ficando sem explicação, porque um silêncio imposto e apassivante impedia que se ouvissem as perguntas mais importantes. Com isso, não pretendo aqui sugerir que se criem gerações de escritores literários na escola. A produção textual de vários tipos, no entanto, pode ser relacionada à compreensão da participação individual em decisões públicas políticas mais amplas, ao desenvolvimento dos sentidos, emoções e raciocínio na escuta de nossa própria voz no universo. Ou ainda, segundo Paulo Freire, à leitura da palavra e do mundo, desde que as agendas educacionais permitam à literatura tal papel.

Isso leva a outro ponto a ser tratado aqui. Kress escreve sobre o papel do currículo na construção da subjetividade social, visando à possibilidade de futuros melhores; e White se preocupa com o papel do currículo no bem-estar dos alunos[17]. Penso que ambos, embora separados por seus pontos de vista semiótico (Kress) e filosófico (White), questionam problemas tais como quem é esse aluno, a que influências estará exposto, que valores lhe estão sendo ensinados, quais suas chances de contribuir para a sociedade de sua geração, e ainda quão independente, criativo, crítico e participativo está aprendendo a ser através da educação formativa recebida na escola. A contribuição da literatura na proposta por um currículo melhor é meu interesse específico, assim como o papel da disciplina na construção de um saber relevante para sujeitos sociais, indivíduos participantes em uma sociedade valorativa. O currículo em si, além do modelo político e da cultura oficial da escola e suas leituras de "cultura", "política" e "literatura" marcadas intrinsecamente por questões de posse, separação e exclusão, institucionaliza a ordem dominante silenciosa e objetivamente. Para que seja possível compreender as implicações políticas e os valores ideológicos que sustentam e circundam o discurso aparentemente neutro das prescrições curriculares, é necessário determinar o cenário cultural em que eles ocorrem. É por isso que a educação literária, em seu atual formato escolar, se mostra na maior parte das vezes marcada mais profundamente por elementos didáticos que propriamente literários, apesar de ambos constituírem formas de expressão da organização e dos valores sociais, sendo, conseqüentemente, metafóricos.

Uma das razões apontadas por Rosenblatt para o estudo de literatura na escola é que a literatura alimenta o tipo de imaginação necessária em uma democracia, isto é, a habilidade de participar nas necessidades e aspirações de outras personalidades e vislumbrar o efeito de nossas ações em suas vidas (1970, pp. 222 e 272). Em *Education and Power*,

17. Gunther Kress (1994), "An English Curriculum for the Future", *Changing English*, v. 1, n.º 2, London, Institute of Education; John White (1990), *Education and the Good Life: Beyond the National Curriculum*, London, Kogan Page and Institute of Education.

Michael Apple analisa a neutralidade e a orientação tecnicista dos currículos educacionais, que deixam em segundo plano o fato de que educação é um empreendimento político (p. 12). Desta forma, aprender significa perceber as implicações mais amplas e suas relações com o âmago dos valores humanos. Para Gillespie, um dos benefícios potenciais da literatura é a ampliação do sentido das múltiplas possibilidades de vida no leitor, mostrando-lhe ainda as implicações da contribuição que a literatura pode dar ao *ethos* nacional tradicional, sem reforçar o papel didaticamente moralizante da literatura. Ela nos permite *viver* dilemas morais (op. cit., pp. 17-8).

Sistemas de educação escolar

A educação escolar é uma atividade ligada à sociedade e relacionada a cada aspecto da mudança de estruturas sociais, relações e ideais; até mesmo derrotas militares têm sido associadas a objetivos e alcances educacionais, como fez Lloyd George em 1918:

> a maior instituição que tivemos que enfrentar na Alemanha não eram os arsenais de Krupps ou os quintais onde eles faziam surgir submarinos, mas sim as escolas da Alemanha. Elas foram nossos maiores concorrentes nos negócios e nossos mais terríveis adversários na guerra. Um homem educado é um trabalhador melhor, um guerreiro mais forte, e um cidadão melhor. Isso era compreendido apenas pela metade antes da guerra.[18]

Stephen Ball escreveu sobre a importância de tomarmos consciência dos *conteúdos* que caracterizam o fazer político e a tomada de decisões ainda na escola, tendo em vista que os fins educacionais são ambíguos e obscuros (1987,

---

18. Citado por Margaret Mathieson em "The Newbolt Report and English for the English", p. 181, apud Victor J. Lee (org.), *Exploring Literature in Schools* (1987).

p. 13). A ideologia da escola concentra um conjunto de crenças e idéias definidas oficialmente, porém sem descartar aquelas que professores experimentaram previamente como alunos. Como uma organização, o *design* da escola é uma questão de valores: o ensino é adequado aos exames, pois toda organização precisa especializar suas tarefas e mantê-las ligadas, refletindo a crescente pressão que sofrem para oferecer o que delas se espera (Handy e Atkin, 1986, p. 27). A experiência escolar já foi descrita como campo de treinamento para pontualidade, silêncio, trabalho coletivo ordeiro, obediência a ordens, campainhas, horários, respeito pela autoridade, tolerância à monotonia, rotina, punição, falta de incentivo e freqüência regularizada a um local de trabalho (Shipman, 1971, pp. 54-5). Há um papel para a literatura nesse contexto, em que condições políticas delimitam narrativas particulares. Assim, é preciso questionar a expectativa de que a educação literária ilumine objetivos democráticos em um sistema escolar marcado por um modo autoritário.

Ao descrever as escolas como "autoritárias, etnocêntricas e racistas, predominantemente competitivas, sexistas e socialmente divisivas", Clive Harber parece identificar a socialização dentro da escola com o que acontece no mundo fora dela. É revelador saber que, segundo Harber, os professores ingleses vêm apoiando consistentemente as tendências políticas de centro-direita, votando no partido conservador desde os anos setenta (1992, pp. 12-3).

Apesar de as rotinas e normas de comportamento impostas pela escola constituírem um aspecto importante da socialização, no caso específico da educação literária é o currículo de livros didáticos, a palavra do professor e os planos de aula que desempenham a função básica direta de influenciar alunos. Como Bowers indica, a socialização escolar envolve também a aquisição de um conhecimento funcional das normas culturais importante para uma performance escolar individual de sucesso. Falar, ouvir e ler são as atividades mais constantes da escola, e exigem um alto nível de saber cultural simbólico (1984, pp. 50-3).

Apple argumenta que, embora o sistema educacional e cultural seja excepcionalmente importante para a manutenção das relações de dominação e exploração existentes nestas sociedades, em vez de "internalizadores passivos de mensagens sociais preestabelecidas", os alunos realmente contribuem com suas visões pessoais para a complexidade da transação pedagógica (pp. 10-4). Assim, a lacuna maior a ser preenchida nas aulas de literatura seria a descoberta de possibilidades através do exercício de capacidades críticas na leitura literária. Tentando retirar a política do domínio semiótico de signos, imagens e significados, as práticas escolares, em meio a outras formas de interação social, segregam esse domínio, afastando-o da vida e dos interesses das *pessoas comuns*, induzidas a aceitar sua auto-imagem como incapazes de (e entediadas por) reflexão e ação políticas.

O elemento cultural na escola exerce uma função capital na interação social dos alunos, "gerando uma cultura vivida específica" (Apple, p. 104); ou seja, a agenda própria do grupo social, que não é apropriada nem reconhecida pela escola. No caso das escolas brasileiras de ensino médio e das inglesas de *sixth form*, foi possível constatar a existência de outros fatores além daqueles encontrados em escolas norte-americanas de classe trabalhadora, descritos por Apple. Em que pesem as diferenças contextuais na luta entre as políticas e economias das nações, os grupos observados no Brasil e na Inglaterra tinham interesses acadêmicos e, via de regra, pretendiam ingressar na universidade, apesar de se reconhecerem à margem da sociedade branca de classe média: tanto na Inglaterra quanto no Brasil, a maioria dos estudantes de literatura era de mulheres não-brancas da classe trabalhadora, embora a disciplina seja compulsória no Brasil. Isso indica uma referência de gênero na composição da clientela da escola de ensino médio. Em ambos os países os estudantes observados lutavam por um futuro melhor, esforçando-se e colocando suas esperanças de ascensão social na aquisição futura de um diploma.

Essa é uma das implicações políticas do individualismo e do discurso liberal que prometem liberdade e autonomia de escolha e de ascensão socioeconômica. Na prática, tudo acontece dentro de um quadro fixo de considerável imutabilidade; e o Estado-agente se situa distante das reações e demandas imediatas dos estudantes. Em tal cenário, é crucial focalizar os objetivos, métodos e teorias encontrados nas salas de aula de leitura literária, para que seja proposta uma crítica relevante não somente para a literatura como expressão artística através da língua, como mediadora de encontros sociais e culturais, mas também à educação como instituição sociopolítica aparentemente anacrônica, delimitada por ideologias políticas que exigem uma luta pedagógica entre os papéis tradicionais e um mundo em acelerada mudança.

Para Batsleer et al., ler e escrever são formas de regulagem e exploração, além de modos potenciais de resistência, celebração e solidariedade. O *status* da literatura na escola expõe a contradição entre as coisas como são e como poderiam ser. Mais que intelectual ou estilística, essa é uma questão política.

Considerações culturais

A clientela escolhida como sujeito deste estudo é basicamente de origem trabalhadora tanto na Inglaterra como no Brasil; representa uma parcela da população em situação de excepcionalidade, isto é, estudando além da educação compulsória (idade de 14 anos no Brasil e de 16 na Inglaterra). Os valores literários para alunos das classes trabalhadoras estão situados em um processo ideológico-social ambíguo e desorientador em seu movimento e destino. Eles exercem um monopólio soberano dos meios de legitimação discursiva que, conseqüentemente, pode absorver, transformar e neutralizar o impulso político. Como conceito e prática, a educação literária é uma seleção e organização particular de textos "corretamente peneirados e corretamente estudados", no dizer de Batsleer, determinados principalmente por sua posição e função na economia curricular e pedagógica. Uma das forças do discurso literário é sua auto-representação como explicação totalizante, ecumênica, desinteressada e não classista (Batsleer, pp. 21-7). O modo como a educação literária lida com diferenças culturais entre alunos é outro ponto para reflexão em ambos os contextos, no Brasil e na Inglaterra. Cultura, entre outras definições, é um modo de viver ou de lutar, o que conseqüentemente muda e expande o significado de política (Batsleer, pp. 7 e 37). Para Edward Said, culturas são estruturas de autoridade e participação feitas pelo homem, benevolentes na inclusão, incorporação e validação, mas menos benevolentes naquilo que excluem e afastam; a cultura nacional é o local de monumentos intelectuais imutáveis, livres de afiliações mundanas (1993, pp. 12 e 15). Para Raymond Williams, a idéia de cultura, baseada no próprio esforço de avaliação qualitativa total, é a reação geral a uma mudança maior e ampla nas condições de nossa vida comum (*Culture and Society: 1780-1950*, 1963, p. 285). Said propõe uma "autodefinição de cultura" com sua própria retórica, conjuntos de ocasiões e autoridades, e uma familiaridade através da qual a afirmação de identidade é mais que mera formalidade (op. cit., p. 42).

Participei de um projeto bem-sucedido, levado a cabo entre 1986 e 1992 em três escolas de ensino fundamental estaduais, baseado em pedagogias alternativas e usando textos literários como instrumento de autocrescimento pessoal e social e de construção de processos democráticos nos anos iniciais de escolarização. O texto literário foi tratado como elemento importante para o auto-reconhecimento de cada indivíduo na biblioteca, visando à elevação de sua auto-estima pessoal e sociocultural. Com isso não pretendemos, entretanto, negar o caráter artístico da obra de arte literária. A oralidade foi tratada como texto autobiográfico, ajudando a descobrir e valorizar os papéis social e político de cada pessoa em contextos imediatos e mais amplos. O eixo da ação pedagógica foi colocado no texto literário, variando de contos mágicos a textos contemporâneos de expressão social. Ocorre que, depois que os alunos deixam as séries iniciais do ensino fundamental, o modelo positivista de reforço à cognição quantitativa nos estudos literários dirige o foco de interesse para as estruturas formais do texto, colocando o aluno-leitor num plano secundário.

A situação não é muito diferente nas salas de aula de literatura na Inglaterra, com uma gama naturalmente mais ampla de diferenças culturais, sociais e políticas. Para que se possam entender os paradigmas encontrados, é necessário examinar as práticas de educação literária sob a luz de diferentes ideologias. Estudar realizações pedagógicas de literatura corresponde a encontrar uma variedade quase ilimitada de perguntas, pontos de interesse, objetivos e métodos de pesquisa, perigosamente levando a variados caminhos, rotas e conclusões. Como diz Said, longe de serem coisas unitárias ou monolíticas ou autônomas, as culturas incluem mais elementos "estrangeiros", alteridades e diferenças do que conscientemente excluem (op. cit., p. 15).

Assim, adoto aqui um ponto de vista metodológico "estrangeiro". Estrangeira de verdade na Inglaterra, visitei salas de aula tentando aprender *habitus* pessoais e profissionais, além de ideologias institucionais, através de todos os sinais que minhas "antenas" culturais podiam apreender. De forma semelhante, voltar ao Brasil para trabalho de campo em março de 1995, após um ano e meio de afastamento, me facilitou a aquisição de um olho de "estranhamento", uma perspectiva de distanciamento nascida ainda da experiência de entrar em salas de aula inglesas. De fato, meu olhar estrangeiro se mostrou extremamente importante, me permitindo *olhar e ver* atos pedagógicos através dos processos narrativos.

Durante o decorrer dos trabalhos, foi-se tornando mais e mais claro para mim que, considerando o tripé teórico metafórico em que se apóia a educação literária, eu havia escolhido um enfoque político-cultural, em vez de lingüístico ou puramente estético[19]. Com isso em mente, considero as vozes daqueles diretamente envolvidos no processo pedagógico – professores e alunos – o *corpus* central de informação para análise e recomendação de conteúdos e práticas.

A fundamentação teórica para discussão e aprofundamento desses pontos vem de diferentes áreas do conhecimento; por exemplo, foi necessária a leitura de uma variedade de textos sobre progressivismo pedagógico na Inglaterra, antes de concluir que aquela forma de experimentação pouco tinha a ver com as questões atuais relativas aos conceitos de *nação*, conhecimento democrático e pedagogias. Paulo Freire, porém, tem sido uma fonte permanente de inspiração lúcida e pensamentos esclarecedores, mesmo ao falar através de outros autores e educadores, como Donaldo Macedo, Henry Giroux, Gunther Kress, C. A. Bowers, Luke & Gore, entre os vários pensadores que vêm analisando e aplicando conceitos pedagógicos e princípios teóricos freireanos em seus trabalhos. Ler sobre certas linhas filosóficas freqüentemente apresentadas em pares opositivos (positivismo × humanismo liberal) foi outra importante fonte de reflexão. A maior contribuição dos conceitos apreendidos em teorias e teóricos literários de diferentes orientações acadêmicas e linhas de pensamento político foi perceber como os paradigmas propostos foram construídos em perfeição lógica, mas raramente postos em prática em situações de sala de aula, oferecendo um exemplo claro da dicotomia entre pesquisa e docência, entre academia e escola.

Igualmente relevantes foram as reflexões sobre assuntos culturais, o papel da literatura na manutenção de interesses imperialistas, a presença de ausências culturais no meio das classes trabalhadoras nos dois países. Algumas

---

19. Bill Corcoran (1992), analisando o pensamento de Iser, explica que para ele o trabalho literário se estende do pólo "artístico", que é o texto produzido pelo escritor, ao "estético", ou seja, a compreensão daquele texto pelo leitor; uma concentração exclusiva em qualquer dos pólos pouco revelará sobre o que ocorre no processo de leitura. Em "Reader Stance: From Willed Aesthetic to Discursive Construction", pp. 52-3, in Many e Cox (eds.).

teorias feministas foram bastante relevantes na construção deste trabalho, pela argumentação a favor da democracia dos gêneros que me ajudou a entender por que e como ainda se espera das mulheres – a grande maioria encontrada em salas de aula de literatura, como alunas e professoras – uma identificação com significantes teóricos fundamentalmente patriarcais. Através dessas leituras fui levada a refletir sobre a maioria dos estudantes entrevistados e sobre as lacunas sociais, econômicas, políticas e culturais identificadas por eles, de importância capital para a determinação e definição da democracia proposta para as salas de aula de literatura. Conseqüentemente, o aparato teórico multifacetado que fundamenta tanto a análise da amostragem empírica quanto a essência de minha interpretação dos dados está descrito e criticado de modo imbricado no tecido deste texto. Ratifico que não é minha proposta analisar teorias literárias, movimentos, períodos ou gêneros literários neste estudo.

Capítulo 1 **Autobiografia da minha pergunta**

Tempo de formação

O título deste capítulo remete a narrativas feministas recentes, que buscam uma representação subjetiva desmitificadora das narrativas acadêmicas exclusivamente patriarcais, objetivas, cujo sujeito narrador se faz ausente do texto. Ao longo dos últimos anos, venho tentando determinar para mim mesma o papel da educação literária como objeto de estudo. Para que se *estuda* – não apenas se lê – literatura na escola? Que contribuição tem a literatura a fazer a indivíduos, ao processo educativo, à sociedade? Que elemento é enfatizado na escola – o caráter artístico, sociocultural ou lingüístico? Por que deveria ser? Será o estudo de literatura um fim em si mesmo, ou um meio para atingir outros objetivos intrínsecos?

Como disciplina de estudos, a literatura entrou em meu universo acadêmico em 1966, no antigo "curso normal" de formação de professoras de primeira a quarta série do ensino fundamental. Era uma escola estadual feminina, elitista, seletiva e competitiva, criada em 1835, pioneira do ensino normal na América. No ensino médio, o estudo de literatura começava com a leitura informativa de textos portugueses sobre o Brasil, literatura medieval e renascentista portuguesa, tendo por método pedagógico, *grosso modo*, a leitura para compreensão de vocabulário, o estudo da métrica, rima e ritmo, com resumos de cada estrofe. Tal exercício pedagógico visava a obter respostas corretas para perguntas objetivas, sem relevância direta para a educação política ou cultural das professorandas, e ainda sem nenhuma crítica aos valores que aquela literatura representava para nós. Da mesma forma, não havia preocupação com outras culturas de língua portuguesa, nem participávamos do *corpus* literário da América Latina. Talvez houvesse uma exclusão intencional da cultura de Terceiro Mundo, uma área de estudos considerada desnecessária e inferior, política e culturalmente (Edward Said, 1993, p. 31).

Essa era a proposta de ensino de literatura no ensino médio daquele tempo, e que me guiaria também no início da carreira profissional, *o* padrão existente de ensino e aprendizagem de literatura. Os métodos didáticos enfatizavam materiais concretos através da produção de provas textuais. Essa ênfase no *conhecimento* tem sido apontada como parte da forte herança positivista, constante na educação brasileira, igualmente influenciada pelo modelo jesuítico de educação enciclopédica. A abordagem liberal-humanista de "transmissão de valores", predominante na educação literária inglesa, teve menor expressão entre nós, talvez pelo fato de a literatura ser aqui uma disciplina compulsória, não requerendo uma "personalidade literária" (M. Mathieson, *Preachers of Culture*, p. 54); assim, o conhecimento construído, produzido ou reproduzido nas salas de aula de literatura poderia ser medido objetivamente em provas e exames.

Da leitura inicial dos autores portugueses antigos passávamos ao estudo de literatura brasileira, desde o "descobrimento" (ou exploração européia dos recursos locais), o primeiro século e meio de vida colonial, representada pela chamada *literatura informativa*, constituída de crônicas de viajantes europeus sobre a natureza e os nativos brasileiros, e dos sermões e ensaios produzidos e usados pelos jesuítas com a dupla função de auxiliar na colonização dos indígenas e de documentar historicamente seu tempo para a congregação[1]. Bosi afirma que tais textos não podem ser considerados literários, mas sim crônicas históricas, cujo interesse está em relatar nossa pré-história literária e favorecer a reflexão sobre a visão de mundo da época através dos primeiros observadores do país, testemunhas temporais e fonte de sugestões temáticas e formais.

Também o historiador e crítico da literatura brasileira Antonio Candido não considera a produção textual daquele período colonial inicial como parte de nosso *corpus* literário, pela ausência de elementos brasileiros em sua constituição. Embora a procura literária por nossas raízes na luta contra o domínio europeu se tenha inspirado nesses documentos informativos[2], a recomendação de leitura de tais textos e sua inclusão no cânone literário escolar se apóia em critérios históricos, não literários. A realização estética da literatura brasileira tem sido tradicionalmente associada a suas características "nacionalistas"[3]. Entretanto, meu aprendizado de literatura brasileira não incluiu a orientação de olhar para tais textos como fonte de qualidade temática, nem como documentação histórica, mas sim como exemplos de linguagem filologicamente exemplar.

Invariavelmente, a literatura informativa era sucedida pelo estudo do barroco baiano, do neoclassicismo mineiro, e assim por diante. Nossa literatura era estudada cronologicamente até as primeiras décadas do século XX, geralmente parando em 1922, com o manifesto modernista tornado público na Semana de Arte Moderna, em São Paulo, em protesto contra os princípios estéticos valorizados pelo

---

1. A Companhia de Jesus era então a congregação religiosa mais poderosa e influente de Portugal, participando ativamente do processo de colonização, principalmente através da conversão cristã e da educação dos povos indígenas, até a metade do século XVIII, quando o Marquês de Pombal, primeiro-ministro do rei Francisco José I, tomou drásticas medidas para limitar a influência e o poder político dos jesuítas, expulsos das colônias.
2. Alfredo Bosi (1994), *História concisa da literatura brasileira*, p. 13.
3. Cf. Sílvio Romero, 1953, *História da literatura brasileira*: "qualquer texto que contribua para a definição nacional deve ser estudado, sendo esse o critério de medida da qualidade dos escritores" (p. 56).

parnasianismo e simbolismo. À exceção de alguns autores "regionalistas", os escritores contemporâneos em geral eram deixados fora do programa de estudos para as provas e, conseqüentemente, fora das salas de aula. Acredito que um dos motivos dessa exclusão seria a complexidade e variabilidade estética do modernismo literário, de contornos obscuros, tornando quase impossível seu *ensino* da forma tradicional, voltado à testagem quantitativa do conhecimento de características "objetivas", segundo a abordagem positivista e historicista dos programas, currículos e métodos impostos – "processos de imperialismo" na escola[4].

Obviamente, se usada de forma crítica, a abordagem historiográfica da literatura poderia se constituir em fonte significativa de informação e reflexão sobre o estabelecimento do caráter cultural da nação (cf. Said, 1993, p. 12), fonte de indagação histórica a partir de um ponto de vista crítico sobre políticas públicas e sociais, relações econômicas, raciais e de gênero (masculino e feminino). No formato de informação quantitativa e maciça a ser folheada de modo rápido e acrítico, entretanto, a história literária perde seu elemento dialógico e artístico de reflexão, expressão e comunicação relevantes.

Como aluna, estudei textos literários através de leitura interpretativa centrada na apreensão da mensagem, das idéias e significados atribuídos ao autor, geralmente em aulas de língua portuguesa. A abordagem "substancial" utilizava o texto literário como alternativa complementar aos estudos de história, com abundância de fatos, datas, motivos e fatores sociais, econômicos e políticos. Como afirma Terry Eagleton, o *poema* era apenas um meio transparente de observação dos processos psicológicos do poeta, e ler era nada

---

4. Segundo Edward Said, processos de imperialismo ocorrem além do nível de leis econômicas e decisões políticas; e por disposição, pela autoridade de formações culturais reconhecidas, pela consolidação contínua dentro da educação, a literatura e as artes visuais e musicais se manifestam no nível da cultura nacional, freqüentemente sendo vistas como um domínio de monumentos intelectuais imutáveis, livre das filiações mundanas (*Culture and Imperialism*, p. 12).

mais que recriar em nossas mentes a condição mental do autor (*Literary Theory: an Introduction*, p. 47). A tentativa impressionista de adivinhar a real mensagem do autor me parecia pouco confiável porque, estudantes em um meio escolar repressivo, não éramos ouvidas. Sem voz autônoma, naquele espaço pedagógico que costumava desconsiderar nossas opiniões e impressões discentes sobre quase tudo, como seria possível "intuirmos" direta e corretamente a interpretação textual?

Como aluna de Letras, experimentei estudos literários sob o modelo bio-histórico, ainda sem a influência da nova disciplina, *teoria literária*. Embora prometendo novas possibilidades de leitura, nosso estudo científico de teorias literárias, feito em apenas um semestre, prescrevia uma análise formalista influenciada pelas teorias saussureanas, desvinculada de nossa própria cultura e de questões sociais mais amplas, mantendo os leitores a uma distância segura. Essa questão é reforçada por Gerald Graff, para quem as formas estabelecidas de estudos literários nos Estados Unidos têm negligenciado as questões teóricas acerca dos fins e das funções sociais da literatura e da crítica[5].

Comecei a carreira docente como professora de inglês, crescentemente frustrada e cética quanto ao processo de tentar ensinar língua estrangeira numa abordagem comunicativa importada, chegando a duvidar da verdadeira contribuição de minhas aulas para meus alunos da classe trabalhadora. Para John White, não há como argumentar a favor do ensino compulsório de línguas estrangeiras na escola, menos ainda sob a usual forma de adestramento praticado[6]. Richard Hoggart escreveu que intelectuais de classe média tendem a criar uma visão romântica das pessoas da classe trabalhadora, o que os leva a predeterminar as atividades políticas em suas vidas, em um misto de pena e de su-

---

5. Gerald Graff (1994), "Taking Cover in Coverage", in Cain, op. cit., p. 3.
6. John White (1982), *The Aims of Education Restated*, p. 153.

periodade[7]; essa visão corresponde ao ideal de ascensão social através da aquisição do saber "estrangeiro", esperado e desejado por professores de outras línguas e culturas.

Alunos de escola pública secundária precisam, acima e antes de tudo, de um conhecimento socialmente validado, do domínio da versão-padrão da língua e da cultura nacionais que lhes possibilite o acesso a um futuro melhor; da segurança de dominar as habilidades de ler e escrever sobre uma base combinando a elevação da auto-estima, conscientização política, leitura crítica e criatividade expressiva. Só assim é possível construir um saber escolar relevante, em que os objetivos da educação podem servir aos fins e necessidades dos alunos, em vez de contribuir para a manutenção da distribuição desigual dos bens sociais e culturais em paradigmas estratificados. Por haver pouca preocupação genuína com o bem-estar do aluno como sujeito social, tratamentos acríticos sobre métodos e pedagogias apassivadoras, além de socialmente obsoletos, têm impedido o desenvolvimento sociocultural democrático da maioria[8].

Por volta do décimo ano de magistério, troquei o ensino de língua, literatura e cultura anglófonas pela docência de literatura e cultura nacionais, na área de leitura e educação literária.

Ampliando a visão dos problemas

Minhas dificuldades mais recentes estão situadas no meio universitário para onde retornei como professora em 1991, após uma pausa acadêmica de oito anos para viver ativamente a maternidade; dentre outras funções, trabalhando com a educação pedagógica (licenciatura) de graduandos em Letras. A questão crucial do trabalho de educação literária e

---

7. Richard Hoggart (1957), "Who are the Working Classes?", *The Uses of Literacy*, p. 17.

8. Em tese, essa parece ser a proposta central dos Parâmetros Curriculares Nacionais (MEC, 1999) para o estudo de linguagens nos ensinos fundamental e médio.

lingüística está na dificuldade de definir e conceituar a ligação entre os saberes teóricos partidos construídos com os graduandos nos anos de sua formação básica, e o que deles se espera como licenciados, ao assumir suas próprias salas de aula. Como religar esses saberes, combinando construções teóricas lingüístico-literárias freqüentemente desvinculadas da realidade pedagógica escolar às necessidades docentes? Como garantir a eficiência pedagógica do processo de ensinar e aprender literatura?

A construção de uma *educação literária* relevante, com uma realização própria percebida por alunos e professoras, envolve a definição de objetivos, métodos e formas de avaliação coerentes com o processo de construção do conhecimento, utilizando a leitura, análise e interpretação do literário como meio de educar cidadãos. Os departamentos de teoria e prática pedagógicas das melhores universidades (as social e politicamente comprometidas com a cidadania) trabalham a educação como um processo complexo, a um só tempo meio e fim, o que requer a definição clara de suas características e objetivos. Aí se insere a necessidade de esclarecer o papel da literatura como espaço de leitura formal no ensino médio brasileiro, assim como as influências que os estudos literários vêm sofrendo em sua história contemporânea. Para reescrever essa história, visando a uma influência politicamente significativa nos tempos atuais, é preciso saber as formas que tomam esses estudos.

A questão surge com freqüência no panorama brasileiro e internacional: Michael Bancroft indaga sobre o propósito desse tipo de informação (gêneros, autores, história literária, elementos de poesia e ficção, instrumentos rudimentares de crítica literária) para a grande maioria dos alunos da escola secundária, que certamente não irão cursar Letras, percebendo na raiz do problema a ausência de uma teoria coerente para o estudo de literatura[9]. O projeto de educação literá-

---

9. Michael Bancroft, "Why Literature in the High School Curriculum?", *English Journal*, v. 83, n.º 8, p. 23.

ria na escola ultrapassa a visão da disciplina como expressão de pura arte contemplativa. Seu papel pedagógico é tão importante quanto seu caráter recreativo e artístico, pelo fato de a educação literária se situar em uma interseção interdisciplinar, se apoiar em um "triângulo multidisciplinar", lidando com formas, meios e objetos variados. Por envolver a linguagem escrita e falada, a disciplina se aproxima da história e da economia, se liga a questões sociais e políticas, recorrendo a fontes psicológicas, esbarrando em emoções, sentimentos e sensações. Embora de abrangência quase ilimitada, seus efeitos como disciplina de estudos na escola não são esclarecidos, tendo reduzido efeito real as propostas de ensinar e aprender literatura de modo crítico e criativo.

Na área de estudos da língua, os Parâmetros Curriculares Nacionais contemporâneos de ensino médio prescrevem exames de leitura e escrita (composição ou redação). Entretanto, não há um programa efetivo de estudos de leitura, interpretação e escrita, além da adoção frouxa de excertos literários canônicos, complementados por materiais informativos veiculados pelos meios de comunicação, visando à bem-intencionada atualização do conhecimento de questões sociais contemporâneas. Não existe um trabalho teoricamente fundamentado de orientação sistemática para o questionamento da mídia formadora ou controladora de opinião (*agenda setters*, segundo Noam Chomsky, no filme *Manufacturing Consent*, 1994). Não existe a previsão curricular de estudos escolares sobre os meios de comunicação, importantes na mediação da crítica às instituições de propaganda e suas mensagens.

Subentende-se, na determinação de exames de redação, o processo de exclusão baseado em saber e poder, visível através do reconhecimento do discurso cultural, social e econômico de classe média nos signos semióticos e grafológicos (a caligrafia integra o elenco de normas subjetivas de seleção). Isso fica claro ao examinarmos as propostas de exames para ingresso nas universidades. Uma das quatro federais do Rio de Janeiro, por exemplo, exige que candidatos escrevam uma composição a ser julgada em termos de "adequação a um tema proposto, competência argumentativa, coesão e coerência da escrita em sua organização macroestrutural". E isso, quem ensina? Quem aprende? Como matéria examinável, a inclusão da redação é fundamental para testar o uso "subjetivo" do idioma nacional.

Por outro lado, isso consiste, na prática, em mais um elemento de exclusão social dos menos iguais nos meios acadêmicos; dado seu forte componente ideológico, a avaliação através da redação pode ser uma seleção dos melhores para qualquer curso, mais que os melhores para uma determinada área de estudos. O elemento de desigualdade está antes de mais nada na seleção socioeconômica daqueles que freqüentam escolas públicas, cujas condições materiais são limitadas e os recursos materiais parcos, inclusive com bibliotecas inadequadas, comprometendo o domínio do discurso lingüístico modelar de classe média, a norma culta. Exames de redação que consistem em uma página de extensão sobre um tópico de interesse geral parecem insuficientes como critério de comprovação da "capacidade de expressão" de um candidato.

Para Kress, gêneros jamais são neutros em seus efeitos cognitivos, sociais e ideológicos. No caso dos exames vestibulares, o ato da escrita requer uma crescente perda de criatividade proporcional à subordinação do aluno às demandas institucionais[10]. Não sendo disciplina autônoma estabelecida no programa, redação não aparece no currículo escolar como um pacote definido de teorias discursivas e práticas pedagógicas. Examinável mas não ensinável, permite melhores resultados àqueles oriundos das "boas" famílias, cujos pais de classe média praticam leitura e escrita e fazem uso regular de materiais escritos.

---

10. Gunther Kress (1982), op. cit., p. 11.

Resumindo as questões

Partindo do pressuposto de que um dos principais papéis da educação literária como disciplina de estudos é a representação cultural de sociedades, é preciso observar que ela se submete a imposições verticais, tais como programas e requisitos de avaliação. Uma análise de sua realização como parte do processo educativo requer a observação das ações pedagógicas em salas de aula de literatura. Requer, também, que se ouça o que alunos e professores têm a dizer, sendo importante que a literatura integre o domínio de outras disciplinas de cunho social, visando à produção de conhecimento relevante para indivíduos e grupos sociais.

A contribuição oficial da educação literária no Brasil tem sido o provimento da combinação de compreensão textual, produção escrita e documentação histórica. Estudantes de Letras aprendem fatos históricos, econômicos, sociopolíticos e biográficos relativos à literatura; além disso, lêem determinados textos, analisam certos autores, períodos e gêneros literários, sem receber informação suficiente acerca de teorias críticas literárias, as escolas de pensamento que permitem diferentes leituras, interpretações e dialogicidades entre texto, leitor e sociedade. Não faz parte dos currículos o processo de facilitar aos alunos o acesso às condições de produção do conhecimento, aos modos de leitura, conseqüentemente impedindo-os de participar ativamente na sociedade, para poder intervir nos discursos dominantes de sua cultura.

A iniciação de futuros professores de línguas e literaturas no estudo das disciplinas pedagógicas é caracterizada pela idéia preconcebida de que tais disciplinas carecem de importância, constituindo-se em mera formalidade que os separa de seus diplomas, centrada em pragmatismo tecnicista com receitas e regras didáticas. É freqüente que licenciandos expressem surpresa por encontrar nas faculdades de Educação uma agenda de engajamento político até então rara em sua formação acadêmica.

Há uma lacuna entre o conhecimento específico construído nos domínios lingüístico-literários acadêmicos e a problematização político-pedagógica de tal conhecimento como material teórico-prático para uso em sala de aula. Essa lacuna se deve à falta de reconhecimento da relevância do compromisso político indispensável ao exercício do magistério dentro das escolas e nas práticas sociais. Conscientizar futuros professores de literatura de seu compromisso com a produção de um conhecimento que possa contribuir para uma sociedade menos desigual significa trabalhar para que esses mesmos professores sejam politicamente conscientes em sua prática, com a percepção clara de que educar é uma instituição política.

Apesar da satisfação que professores e alunos possam ter com a criação e/ou o aumento da subjetividade social e pessoal, exames tradicionais ainda medem as habilidades e a competência para a vida adulta através da "manufatura da permissão"[11], a submissão acrítica à autoridade. Dessa forma, a educação continua sendo um sistema seletivo de ignorância imposta.

Os modelos encontrados em minha experiência como aluna e como professora de literatura, apesar das diferentes ideologias e diversidades sociais, políticas, culturais e econômicas encontradas nas diversas formas de escolarização, são planejados por entidades governamentais preocupadas em articular interesses nacionais e internacionais mais amplos. Esta é uma premissa preocupante, se concordarmos com Chomsky que o Estado é uma instituição violenta.

---

11. Tradução da autora da expressão *manufacture of consent*, de Edward Said, op. cit., p. 385.

Capítulo 2 — Abordagens metodológicas

Segundo Riessman, a construção de qualquer trabalho leva sempre a marca de seu criador[1]. O ato da fala é inerente ao ato literário como objeto de estudo. Assim, me posiciono aqui como narradora interna ao texto, ao mesmo tempo que sai a observadora externa, que questiona e luta para analisar, categorizar, interpretar a própria narrativa e as falas de outros em situações de educação literária. Esta função dupla, de informante e organizadora, de ser a que doa e a que toma, requer olhos metaforicamente internos e externos para narrar e examinar realidades vivas que cercam literatura, educação e sociedades.

Neste trabalho, tento responder a três questões situadas na origem do estudo, colocando-me como estudante, professora e pesquisadora:

Para que se ensina e se estuda literatura?
Qual o papel social atual da educação literária nas escolas?
Como podemos fortalecer sujeitos sociais nas salas de aula de literatura?

1. Catherine K. Riessman (1993), *Narrative Analysis*, p. v. Tradução da autora.

O perfil acadêmico da educação literária no Brasil e na Inglaterra aponta para uma interseção interdisciplinar, na qual o aspecto pedagógico, a crítica literária e estruturas filosóficas e históricas predominam nas abordagens teóricas e pragmáticas da disciplina. Enquanto no Brasil há um predomínio de teorias histórico-biográficas sobre questões literário-pedagógicas, o tratamento acadêmico inglês aparentemente privilegia o aspecto pragmático, freqüentemente de forma radical, buscando a resposta *autêntica* do leitor/estudante ao texto literário. Fala-se muito na construção quotidiana de uma teoria prática nas aulas de literatura, mas é inegável que a ausência de reflexão epistemológica compromete a produção de um conhecimento coerente e mais profundo.

Penetrando em outras situações de ensino e aprendizagem, tentei me livrar de minhas próprias premissas, preconceitos e julgamentos de valor, através de um "olhar estrangeiro" dirigido aos contextos brasileiro e inglês. Assim, achei necessário fundamentar minha visão das representações pedagógicas de educação literária sobre dados empíricos relativamente sólidos, utilizando métodos destinados a atender a um nível de representatividade significativo. Os principais focos de interesse foram questões de poder, identidades e definições culturais, além de relações sociopolíticas, aí incluídos problemas de gênero e políticas de classes socioeconômicas. Por essa razão, a educação literária como percebida neste trabalho se apresentou, antes que uma questão de língua ou arte, uma possibilidade de análise de determinadas representações culturais da sociedade.

Examinando abordagens de pesquisa

Entre as abordagens possíveis para pesquisa social, alguns autores consideram a *etnografia* como forma básica, tentando demonstrar modos habituais de compreensão do mundo na vida quotidiana. Pode-se entender a etnografia como "observação direta de membros de um dado grupo social e a descrição e avaliação de tal atividade" (Abercrombie et al.). Para Agar, o papel do etnógrafo seria

> mostrar como a ação social em certo universo se apresenta do ponto de vista de outro. Tal trabalho requer intenso envolvimento pessoal, o abandono do controle científico tradicional, um estilo de improvisação que facilite o encontro de situações estranhas ao pesquisador, e uma habilidade de aprender com uma longa série de erros (1986, p. 12).

Dados etnográficos costumam ser criticados por se valerem de materiais altamente subjetivos. Entretanto, muitos autores argumentam que somente através da etnografia é possível compreender de forma acurada os processos sociais (Spradley, 1979). Outros consideram que a etnografia seja sinônimo de observação participante, um método de pesquisa social que conta com vasto repertório de fontes de informação. Exige, por exemplo, que o etnógrafo participe das atividades diárias de uma classe, por um certo período de tempo, observando, ouvindo e perguntando, utilizando tudo o que estiver disponível para esclarecer os problemas que analisa. É fundamental nesse método de produção e análise de dados o caráter reflexivo da pesquisa social, conforme explicado por Hammersley e Atkinson (1983)[2].

2. Inicialmente, considerei a possibilidade metodológica de utilizar análise narrativa – "o modo de os protagonistas interpretarem os fatos" (Riessman, 1993, p. 5), abordagem que privilegia a atuação e a imaginação humanas e é adequada a estudos de subjetividade e identidade. Investigadores da área de sociologia acreditam que através do estudo das narrativas é possível compreender a vida social, pois "a cultura fala por si própria através da história do indivíduo" (Riessman, p. 5), permitindo que problemas de gênero, etnia e classe social sejam examinados. A utilização de análise da narrativa foi limitada pela necessidade inicial de tradução linguística de parte dos dados: eu teria que interferir ativamente na mediação linguística. Riessman afirma que formas de transcrição, ao negligenciar certos aspectos formais, criam lacunas de informação importante. Embora a narrativa seja recurso obrigatório como metáfora de descrição das vidas, há uma carência de métodos sistemáticos de análise e transcrição detalhada. Muitos estudiosos tratam narrativas como unidades independentes, com inícios e fins definidos, dissociáveis do discurso circunjacente, e não como ocorrências localizadas (Riessman, p. 17). Uma abordagem semiológica pura também foi descartada por razões semelhantes, já que, para Manning, a semiótica estuda o

Através de uma composição de elementos para produção, análise e interpretação dos dados, me apropriei da visão semiótica de Manning, para quem "a vida social é um campo de sinais organizados por outros sinais sobre sinais que comunicam várias relações sociais" (p. 33). Nesse sentido, usei uma abordagem semiótica informal para a identificação de problemas, utilizando também narrativas e seus significados sociopolíticos, sem as tomar como meu ideal científico. Na verdade, aprendi a ficar atenta aos "contextos que dão forma à sua criação e às visões de mundo que as informam" (Riessman, p. 22). Assim, procurei registrar o conhecimento encontrado no pensamento e na ação de professores e alunos de literatura em situações comuns de sala de aula.

Minha pesquisa não segue a linha radical de metodologia etnográfica: na maioria das situações em que foram coletados dados, atuei como observadora não participante, por vezes incluída nas atividades, mas freqüentemente agindo apenas como "vistoriadora" externa. Concordo com a idéia de Cartwright de que a objetividade absoluta é impossível em qualquer procedimento de coleta de informação, e que métodos de observação em geral envolvem mais julgamentos subjetivos que outros procedimentos de avaliação, o que, embora não desvalorize a observação como método de produção de dados, exige que suas limitações sejam consideradas, para que se reduza a ocorrência de possíveis erros (Cartwright, 1984, pp. 49 e 118).

Os recursos técnicos utilizados foram a gravação de fitas, amostras de trabalhos escritos, anotação de informação visual (ambiente, número, grupamento étnico e gênero dos alunos), informação sobre as estruturas das aulas, estratégias e formas de interação professor–aluno. Não utilizei mé-

---

todo ordenado por regras, ou seja, "o todo, a sociedade, através do estudo da língua ou do discurso" (1987, pp. 30-1). O ser humano não é o objeto primário em si próprio, uma fonte de motivação, ação ou base a partir da qual entendemos conceitos anteriores; o ser humano se constitui de/pelo discurso. Nesse sentido, o discurso e os regulamentos que o regem governam as formas, papéis e ações possíveis que se poderiam imaginar ou imputar a uma "pessoa".

todos estruturais tais como aqueles descritos por Nuthall, Gallagher e Rosenshine (1970). Porém, os estudos descritos por Nuthall relatando o conceito rogeriano de "abertura" nas interações humanas me alertaram, por exemplo, para a observação dos comentários docentes sobre as reações discentes.

A observação pode ser um período de desconforto, se o observador se limitar a apenas sentar e observar como presença não-reativa no papel de audiência, antes que de ator" (Walker et al., 1975, pp. 10-20). Entretanto, tais momentos de contemplação distanciada, embora necessariamente fragmentados, curtos e facilmente perturbáveis, permitem ao observador não apenas uma visão melhor das coisas que professores muitas vezes não conseguem ver, mas também uma visão melhor de si mesmos. A observação inclui uma auto-revisão, uma revisão de nossos sentimentos e reações aos eventos. Ao mesmo tempo, exige também "uma certa inocência, uma habilidade de criar o inesperado e inusitado a partir do lugar-comum e do mundano" (idem, pp. 21-33).

Conscientemente, optei por um discurso mais solto, fazendo uso das vozes dos sujeitos para descrever as práticas e para lidar com os dilemas e as contradições encontradas na interpretação dos dados. Ao evitar a estrutura rígida de análise, confirmei minha opção por uma narrativa acadêmica não-patriarcal, buscando uma representação subjetiva do tema de pesquisa.

Trabalhando em campo

Manning descreve o trabalho de campo como

a coleta sistemática de aspectos específicos da vida social por meios outros que não investigações sociais, técnicas demográficas e experimentação, incluindo uma relação contínua com os sujeitos estudados. Baseia-se em pragmatismo e interacionismo simbólico e está associado à emergência da sociologia como uma busca por – ou entendimento de – sociedades e universos sociais e as histórias de vidas aí contidas (p. 9).

Assim, considerei algumas questões que me pareceram importantes na decisão sobre os detalhes das estratégias e abordagens para a produção e análise de dados: *que informação estou buscando? por que busco tal informação? para quando será necessária? como posso coletá-la? onde posso encontrá-la e através de quem? o que irei fazer com tal informação? será ela confiável e válida para meus objetivos?* Esse conjunto de perguntas apoiou meu foco sobre as informações de sala de aula, já que a pesquisa exigia dados diretamente ligados aos atores envolvidos no processo de ensinar e aprender literatura.

Embora enfocando o presente observado, os achados foram contextualizados dentro de um aparato social, cultural e histórico. O trabalho de campo foi efetuado após minha familiarização com o sistema educacional inglês e com as questões a ele relacionadas, apresentadas por professores e estudiosos que escrevem sobre educação literária, a fim de estar mais bem equipada para avaliar conflitos, dilemas e até refletir sobre minha própria capacidade interpretativa. Um índice aceitável de precisão pôde ser obtido através da triangulação dos dados, feita pela combinação de *observação, entrevistas com professores* e *entrevistas com alunos*.

Penetrar em turmas alheias me deu um certo grau de consciência do conjunto de conceitos pré-adquiridos, que inevitavelmente guiaram meu foco de interesse em direção à interpretação dos sinais visíveis. Desta forma, pareceu-me necessário concentrar o interesse sobre relações sociais e sobre o perfil apresentado por professores e alunos.

Entendo que há, em cada grupo social, signos ocultos invisíveis para o "estrangeiro": qualquer assunto específico estará sempre situado dentro de uma cultura constituída de discursos conflitantes e contraditórios por causa da "multiacentualidade do signo" e, conseqüentemente, torna-se parte da pesquisa enfatizar "as propriedades instáveis, provisórias e dinâmicas das posições dos sujeitos", buscando coerência na essência dos discursos contraditórios[3].

Meu *habitus* inevitavelmente exerceu um papel crucial na construção do processo de entrevistas: escrevo como professora, brasileira, cuja experiência vem sendo construída ao longo de mais de vinte anos de trabalho docente. Ainda assim, só foi possível obter uma visão realista da escola e do sistema educacional inglês através da observação pedagógica, para tentar entender a cultura, a sociedade e seus atores no processo de ensinar e aprender, seus dilemas, interesses e perguntas. Não foi minha proposta fazer um estudo comparativo de literaturas, culturas ou pedagogias. Na verdade, na tentativa de me posicionar além "da insularidade e do provincianismo", busquei uma perspectiva que ultrapassasse o conceito limitado de nação, para enxergar o todo em vez do retalho defensivo oferecido por uma cultura, uma literatura e uma história, de acordo com a proposta de Said (1993, p. 49).

Através de entrevistas, procurei rever as percepções que professores e alunos têm de suas próprias ações. Enquanto as entrevistas com professores foram feitas individualmente, em local e horário estipulados por eles, os alunos foram entrevistados em grupos de três, para tentar evitar uma situação de constrangimento (individual) ou de polarização de idéias (duplas), em horário de aula, conforme sugerido e determinado pelos professores. Houve três grupamentos de perguntas, visando a uma objetividade metodológica, o que, segundo Bourdieu, é momento indispensável em qualquer pesquisa, pela quebra da experiência primária e construção de relações objetivas (1995, p. 72), que irão confirmar ou negar as conclusões do observador.

Teóricos de pesquisa etnográfica costumam chamar a atenção para o *poder* exercido pelo entrevistador. Esse poder não pode ser ignorado, ao se tornar um elemento de força

---

[3]. Segundo Mark Jancovich, in Barker & Beezer (eds.) (1992), *Reading into Cultural Studies*, p. 141.

na condução da ação através de sinais de aprovação ou reprovação, interrupções, insistências, concordância, silêncios ou pedidos de esclarecimento. As entrevistas ocorreram dentro do que Bourdieu chama o *discurso da familiaridade*, em que entrevistador e entrevistados habitam ambientes profissionais semelhantes. Isso exigiu que detalhes fossem explicitados abertamente, "a fim de transmitir os esquemas inconscientes das práticas do informante" (Bourdieu, 1995, p. 18).

A produção de dados

Entrevistei um total de quatorze professores em espaços socioculturais variados, escolhidos por razões de facilidade geográfica, reputação de atuação docente e representatividade política na educação pública estadual (embora tenha utilizado um colégio da rede privada no Brasil, para efeito comparativo). Senti-me razoavelmente confiante em que tais professores – como exemplos de formação profissional, visão e experiência docente – ilustram de forma representativa a educação literária praticada nas escolas. O *significado das diferenças* é algo que pode apenas ser compreendido interpretativamente através do exame dos contextos, das bases sociais e culturais e dos impactos decorrentes, segundo Mark Jancovich[4].

No Brasil, trinta e quatro aulas foram assistidas. Tentei entrevistar todos os professores observados em prática mas, enquanto determinados professores se ofereciam para minha observação e se esquivavam das entrevistas, o contrário igualmente ocorreu. Consegui evidência consistente, conforme planejado, através da combinação de métodos de observação e entrevista com os professores Lena, Ney e Luísa na Escola B, Beth e Martha na Escola A, Lucy e Anne na Escola C. Entrevistar os alunos se mostrou uma tarefa compli-

4. Em David Morley, "The Nationwide Studies", in Barker & Beezer, op. cit., p. 142.

cada, bem-sucedida apenas com três grupos na Escola A e dois na Escola B. As dificuldades foram muitas e múltiplas: a divisão estrutural dos trabalhos em três turnos, o reduzido número de aulas semanais de literatura, o limitado intervalo para recreio em cada turno, sem intervalo entre as aulas, foram elementos que impediram um contato mais próximo com os alunos brasileiros nos trinta dias possíveis de permanência no país.

As questões propostas durante a observação e aquelas feitas aos entrevistados no estágio de produção de material de campo foram planejadas de acordo com minha tentativa de esclarecer primeiramente o *habitus* de cada professor, examinando a definição dos ambientes sociais, econômicos e culturais de origem, em conexão com o desenvolvimento de hábitos de leitura e escolha profissional. Utilizei a nomenclatura de Bourdieu[5], para quem *habitus*

> são sistemas de "disposições" duráveis e transponíveis, estruturas estruturadas predispostas a funcionar como estruturas estruturantes, isto é, princípios de geração e estruturação de práticas e representações que podem ser objetivamente "reguladas" e "regulares" sem de modo algum ser o produto de obediência a regras, objetivamente adaptadas aos objetivos sem pressupor um alcance consciente das finalidades ou um domínio expresso das operações necessárias para os atingir, sendo tudo isso orquestrado coletivamente sem ser o produto da ação orquestradora de um maestro.

Bourdieu define "disposições" como

> aquilo que é coberto pelo conceito de *habitus* (definido como um sistema de disposições). Exprime primeiramente o resultado de uma ação organizadora, com um significado próximo àquele de palavras como "estrutura"; designa ainda um modo de ser, um estado habitual (especialmente do corpo) e, em particular, uma predisposição, tendência, propensão ou inclinação (p. 214).

5. "Structures and the Habitus", in *Outline of a Theory of Practice* (1995), p. 72.

Em seguida, as entrevistas deveriam fornecer um perfil das agendas pedagógicas dos professores de literatura, visando à organização de conteúdos (através do planejamento de aulas, por exemplo) e atitudes em sala de aula. Eu esperava que os valores ideológicos implícitos relacionados a questões de gênero e comprometimentos sociopolíticos surgissem através do texto, tornados explícitos no grupamento final de perguntas. Embora os mesmos conjuntos de perguntas iniciais fossem utilizados, em certos casos interesses divergentes inesperadamente mudaram a direção das entrevistas, com freqüência acrescentando elementos valiosos à conversa. Tentei ainda satisfazer a curiosidade dos entrevistados em relação a meu trabalho, à pesquisa, a meu ambiente cultural, meus motivos e interesses, respondendo a suas perguntas ao final da conversa, tanto na Inglaterra quanto no Brasil[6].

Na Inglaterra, visitei seis colégios, realizando observação mais intensiva em escola de subúrbio numa pequena cidade do interior, e no colégio urbano no centro de Londres, totalizando 52 aulas. Os dois professores da Escola Hollybush – Sue e Pete – e os três do Colégio Urbano – Mark, Rose e Pennie – foram entrevistados após terem sido observados. Todas as conversas foram gravadas, bem como a maioria das aulas observadas.

Entrevistando professores

Todas as entrevistas foram iniciadas pelo mesmo conjunto de perguntas. Entretanto, sem uma estrutura rígida, foi

6. Na Escola C, Lucy, Anne e Archie foram entrevistados individualmente na sala dos professores, em datas distintas, após a observação de aulas de segundo e terceiro anos. Na Escola B entrevistei Luísa antes da segunda reunião de coordenação, sem ainda tê-la visto à frente dos alunos, enquanto Lena e Ney foram entrevistados conjuntamente após a observação intensiva de suas aulas durante um intervalo de recreio matinal, na sala de professores. Na Escola A entrevistei cinco professoras, embora não as mesmas observadas, devido ao horário apertado e à diversidade de compromissos profissionais dos docentes, o que deixava pouco tempo ou espaço para manobra.

possível o engajamento em conversa dinâmica, permitindo aflorar informação mais detalhada sobre os pontos especialmente relevantes para os entrevistados. Por exemplo, se um tópico surgia durante a conversa, eu deixava que se tornasse parte do processo de entrevista, mesmo que antecipasse um ponto específico em minha agenda, para evitar interromper o fluxo de pensamento do/a falante. Estas foram as perguntas feitas aos professores brasileiros e ingleses:

- há alguma conexão entre sua história pessoal e seu trabalho como professor/a de literatura?
- você se considera um/a intelectual?
- como você planeja/prepara suas aulas?
- o que você vê como principais dificuldades na sua prática profissional?
- você relaciona problemas sociais da atualidade à sua prática como professora de literatura?
- você se considera politicamente atuante?

Obtive informações sobre sua origem socioeconômica, familiar e escolaridade, sobre seus processos individuais de iniciação à leitura literária, seus caminhos acadêmicos e formação profissional como professores de literatura. Minhas perguntas sobre sua rotina de trabalho visavam a determinar suas preocupações pedagógicas e teórico-conceituais na elaboração do planejamento de aulas. Meu objetivo com as entrevistas era construir um perfil dos professores de literatura em termos de consciência e comprometimento políticos dentro e fora da escola.

As respostas obtidas indicaram, basicamente, que:

- o elemento de ligação na criação daqueles professores de literatura havia sido sua proximidade da leitura literária na infância, em casa ou na biblioteca mais próxima, raramente na escola (caso de Luísa); ficou aparente um forte indicador de classe social;

- aqueles professores se esquivaram do domínio de saber teórico e descartaram o papel de intelectuais para si próprios;
- não parece haver um padrão no planejamento de atividades, que, no entanto, se caracterizaram pela pouca profundidade de pesquisa;
- as principais dificuldades comuns aos professores está na insatisfação com o conhecimento dos alunos, seus hábitos de leitura, valores socioculturais ou atitudes negativas em relação à literatura; o problema se agrava no Brasil, com os baixos salários pagos aos professores;
- doze dos quatorze professores entrevistados preferiram manter uma postura de distanciamento de assuntos políticos em sua prática docente;
- onze professores dissociaram o estudo de literatura das questões de interesse político, acreditando na possibilidade de ensinar e aprender literatura em nível puramente "técnico".

Entrevistando alunos

As entrevistas com alunos foram feitas de modo mais sistemático nas escolas inglesas estudadas, especialmente na Escola Hollybush, onde os professores Sue e Pete cederam tempo de suas aulas para, em grupos de três, todos os alunos saírem para conversar comigo. No Colégio Urbano, todos os alunos das turmas observadas foram igualmente entrevistados em sala anexa, no horário de aulas. Os estudantes brasileiros, como já dito, não foram entrevistados da mesma forma devido aos estreitos limites de tempo, à estrutura acelerada e à apertada distribuição do horário de cada dia.

As perguntas inicializadoras para os alunos foram diferentes em cada país, por causa das diferenças nos dois sistemas; por exemplo, os alunos brasileiros não podem escolher as disciplinas em que serão examinados ao final do ensino médio, enquanto na Inglaterra os alunos escolhem de duas a quatro matérias para os exames do General Certificate of Education (GCE), dentre um repertório amplo que inclui assuntos como produção têxtil, economia, direito, saúde, administração etc. Afora isso, as perguntas cobriram sua reação à literatura como disciplina de estudo, aos métodos pedagógicos experimentados, suas preferências acadêmicas, sugestões alternativas para o ensino de literatura, além de tentar determinar sua participação na agenda política do país, especialmente com relação à literatura.

As perguntas feitas aos alunos de literatura nas escolas inglesas foram:

- que matérias você está estudando e por que escolheu literatura?
- quais são seus planos para o futuro?
- você se surpreendeu pelo modo como se estuda literatura no nível adiantado (*A-level*)?
- se você tivesse que ensinar literatura, como faria?
- o que você tem ganho com o estudo de literatura?
- você faz parte de algum grupo ou comunidade social?

Esperando obter informação sobre a origem social, cultural e política daqueles alunos, as duas primeiras perguntas foram planejadas para tentar estabelecer relações de causa na escolha das disciplinas de estudo. A terceira e quarta questões tentavam provocar uma avaliação crítica dos conteúdos, métodos e objetivos de educação literária; e as duas últimas perguntas deveriam revelar uma reflexão sobre consciência política e transformação social apoiadas pelo estudo de literatura. As respostas obtidas dos alunos ingleses mostraram que:

- 95% estudavam outras matérias na área de humanidades, tendo escolhido literatura principalmente por causa dos resultados positivos obtidos anteriormente nos exames finais da escola secundária, GCSE (*General Certificate of Secondary Education*); havia a expectativa de que estudar

literatura fosse "menos difícil e mais divertido" que outras matérias;
- todos pretendiam ingressar na universidade para cursos variados (apenas um aluno da Escola Hollybush pretendia cursar literatura em Oxford ou Cambridge);
- a resposta predominante à terceira pergunta expressava desapontamento em relação à esterilidade dos métodos passivos, à ausência de conhecimento informativo básico, com "muita pressão" e "muita coisa para aprender";
- caso fossem professores, os alunos da Escola Hollybush tencionavam usar um programa de estudos que adotasse 50% de trabalhos contínuos em classe, com métodos mais dinâmicos. À exceção dos três "melhores" alunos da Escola, substituiriam certos textos enfadonhos por "coisas mais interessantes", para fazer o curso "mais vivo e menos tedioso". Os entrevistados no Colégio, um meio multicultural, pediam visibilidade para certas questões consideradas ausentes: gênero, etnia, classes sociais;
- de forma geral, estudar literatura naquele nível havia provocado uma atitude negativa em relação ao ato de ler: "analisar estraga o prazer". Certos alunos na Escola mencionaram a aquisição de valores culturais, o aumento de vocabulário, enquanto outros, no Colégio, se queixaram de que "o conhecimento prévio da disciplina é tido como homogêneo e ponto pacífico";
- a última pergunta se mostrou irrelevante, já que os jovens entrevistados pareceram não freqüentar ambientes de interesse social ou político[7].

Antes de começar a produção de dados através de entrevistas no Brasil, fiz uma pequena experiência-piloto com Ana, estudante brasileira de ensino médio, aluna da Escola C, amiga de minha filha, que nos visitou em Londres. Suas

---

7. Futuramente eu iria perceber que discussões políticas explícitas não fazem parte do modo de viver inglês, sugerindo uma apatia sociopolítica dominante e constante nas diversas classes sociais.

respostas, não reproduzidas aqui, foram importantes para redefinir as seguintes questões, levadas aos alunos brasileiros:

- quais são suas matérias favoritas e por quê?
- quais são seus planos para o futuro?
- você tinha idéia de que a literatura exigida para o vestibular fosse do jeito que é?
- se você tivesse que ensinar literatura, como faria?
- o que você tem ganhado estudando literatura?
- o que você faz nas horas de lazer?

Em geral, as respostas dos alunos brasileiros entrevistados, estudantes das escolas A e B, apontaram que:

- literatura não estava entre seus assuntos prediletos devido à grande extensão de conteúdos memorizáveis e aos métodos "cansativos";
- a maioria declarou a intenção de cursar alguma universidade. Os alunos da rede pública reconheciam suas limitadas chances de passar para as universidades "boas, públicas e gratuitas";
- foram surpreendidos pelo fato de o estudo de literatura consistir em "uma combinação de história e língua". Entretanto, o objeto de sua decepção não estava nos conteúdos históricos, mas sim na carga horária reduzida para tão vasta matéria, nos textos canônicos impostos pelos programas das universidades, na metodologia apassivadora;
- sua proposta para educação literária implicaria uma reestruturação curricular, de forma a incluir a produção literária mais recente, além da adoção de estratégias mais interativas nas salas de aula. O educador Paulo Freire foi citado na Escola A (estadual não-vocacional) como inspiração para pedagogias alternativas;
- estudar literatura estava funcionando como elemento desmotivador: 100% dos entrevistados no Brasil se declararam distanciados da leitura, culpando a disciplina;

- as atividades de lazer apontadas, embora envolvessem diferentes níveis de socialização, pouco tinham a ver com questões políticas, à exceção de um aluno da Escola A.

Análise e estruturação de dados

A transcrição das fitas gravadas foi feita tentando reproduzir a linguagem oral enunciada com padrões de linguagem escrita, sem referência a recursos extralingüísticos além da indicação de discurso reticente, pausas e, quando ocorrido, risos. Desta maneira, uma pausa de apenas alguns segundos, indicando um fluxo de pensamento ininterrupto, foi representada por uma vírgula; uma pausa mais longa, indicando que o entrevistado descansava/respirava para continuar com o mesmo tópico, foi representada por ponto-e-vírgula, enquanto uma pausa mais longa, indicando o fim de uma enunciação, foi representada por um ponto. Buscando atingir a maior exatidão possível na transcrição das falas, conservei todas as fitas gravadas para constante esclarecimento sempre que necessário.

As categorias usadas para descrever procedimentos pedagógicos tiveram como objetivo esclarecer *habitus*, estratégias docentes, reações discentes, interligadas ao tópico literário. Tanto na *sixth form* inglesa como na escola de ensino médio brasileira, as turmas são conduzidas pelos conteúdos dos programas; ainda assim, foi interessante perceber a relevância atribuída aos tópicos extracurriculares (idas a teatro, cinema, exposições) e como isso está relacionado aos recursos de controle usados pelos professores observados, principalmente na Inglaterra. Igualmente revelador foi entender os mecanismos de resistência utilizados pelos alunos, oferecendo oposição momentânea ou estratégica, ou "exercendo um poder cultural como característica contínua da vida cotidiana", segundo Barker e Beezer (op. cit., p. 8).

Dadas as características variadas da educação literária como assunto de investigação, precisei escolher, no arsenal de possibilidades de materiais de pesquisa e análise, a abordagem de leitura e interpretação dos dados que melhor se adequava a meu foco de interesse. Assim, estudos culturais e políticos forneceram não apenas uma ênfase a noções de poder textual, mas ainda a possibilidade de considerar estratégias interpretativas de leitores e audiências, substituindo a ênfase nas relações de poder entre textos e audiências pela preocupação com as relações de poder dentro do próprio processo de pesquisa (visão salientada e ampliada por Barker e Beezer, pp. 9-10).

Tentei gerar temas e categorias para análise dos dados produzidos à medida que conduzia a análise propriamente dita, revisando tais temas e categorias freqüentemente. Na verdade, estabelecer categorias para a análise dos dados empíricos se revelou a parte mais crucial e difícil do trabalho, exigindo uma leitura atenta, influenciada pelas fontes teóricas mais diversas[8]. Vários autores reconhecem a dificuldade de se lidar com os dados produzidos em suas investigações em turmas de literatura. Dizem Barnes e Barnes (1984, *Versions of English*, p. 261):

> Por onde começar a examinar os dados é a nossa primeira dificuldade. Devemos começar pelo que os professores nos dizem..., devemos começar pelos objetivos dos nossos exames... mergulhando em uma aula, compartilhando a experiência do aluno?

Concordando com o pensamento de Volosinov de que a ideologia não pode ser divorciada da realidade material do signo; que os signos não podem ser divorciados das formas concretas de relacionamento social; que a comunicação e as formas de comunicação não podem ser divorciadas da base material (Hodge e Kress, 1991, p. 18), procurei usar abor-

---

8. Utilizei, por exemplo, Robert Hodge e Gunther Kress (1991), *Social Semiotics*, p. 8, sobre signos e textos; Henry Giroux (1994), *Disturbing Pleasures*; Paulo Freire (1976), *Education: the Practice of Freedom*, além de inúmeros trabalhos de Louise Rosenblatt, Janet Batsleer, Homi Bhabha, Edward Said.

dagens múltiplas para estudar o tecido das entrevistas, que, por sua vez, apresentaram semelhanças com a leitura crítica e criativa dos textos literários recomendados como base para a construção de sujeitos sociais ativos, compondo uma trama tecida de métodos de pesquisa e processos críticos de análise. Ao examinar a definição sociocultural dos entrevistados, as agendas embasadoras de sua aquisição e expansão de um *habitus* literário, as teorias pedagógicas que foram aparecendo através desse *habitus* em sua realização política, usei perguntas predefinidas como ponto de partida, após o que outras questões foram levantadas e focalizadas. Os dados foram, assim, analisados através da definição de disposições socioeconômicas, culturais e literárias; através das visões de conteúdos e práticas pedagógico-literárias explicitadas pelos alunos, bem como a hierarquia perceptível dos valores socioculturais em relação ao fenômeno literário; através da teorização da pessoa na literatura; e, finalmente, através da autoimagem acadêmica e social dos sujeitos da pesquisa.

Capítulo 3 **A educação literária em escolas brasileiras**

Literatura e o currículo

O sistema educacional brasileiro investe no financiamento de universidades públicas de qualidade para "todos", que são afinal os estudantes que puderam pagar por uma educação primária e secundária em escolas da rede privada, comprometidas e articuladas em direção à aquisição de conteúdos. Isso se dá através de melhores condições materiais ou ainda de métodos de ensino mais eficientes para o sistema de avaliação que se tem. São, acima de tudo, estudantes oriundos de famílias de classe média, em que a educação tem elevado valor de mercado. Como ensina Gramsci, aqueles que vêm de famílias mais intelectualizadas adquirem uma "adaptação psicofísica" anterior à entrada na escola, possuindo de antemão determinadas atitudes aprendidas no ambiente de casa, e que são valorizadas pelo sistema (*Notebooks*, pp. 42-3). O atual sistema brasileiro, dessa forma, pune aqueles que utilizam os serviços educacionais públicos nos níveis fundamental e médio, premiando os outros com uma educação superior gratuita e de boa qualidade.

Os privilégios pedagógicos primários e secundários ficaram para trás nos anos setenta, quando as classes médias deixaram as escolas estaduais tradicionais, levando consigo o investimento público e a aura de boa educação. A extinção dos exames de admissão impediu a seleção de alunos em base socioacadêmico-cultural, e as vagas passaram a ser oficialmente distribuídas por ordem de chegada. Com o fim da política de pré-seleção e exclusão, as escolas estaduais, passando a receber mais estudantes das classes trabalhadoras, gradualmente perceberam que cada vez menos investimento viria dos cofres públicos para acomodações, facilidades, equipamento e salários de professores. Em conseqüência, o atual estado das escolas estaduais do Rio de Janeiro é bastante precário, com profissionais de ensino mal remunerados, sustentados por um ideal freqüentemente associado à profissionalização feminina, que alia altruísmo à domesticidade vocacional. Sob essa ótica, os legisladores da educação empregados pelo regime autoritário conseguiram produzir um sistema escolar que serviu com perfeição a interesses antidemocráticos a médio e longo prazos. Em tal cenário, não há muito o que esperar.

As conseqüências visíveis na reorganização da educação básica, conforme proposta pela Lei 5.692, de 1971, foram a integração das escolas primária e média, visando à consolidação da escolaridade compulsória em oito anos, até os 14 anos de idade. A fim de evitar uma demanda excessiva no acesso à universidade, a lei prescreveu formação profissional na escola ou treinamento técnico-profissional para todos, eliminando o sistema dual de opção entre ensino "vocacional" (técnico profissionalizante) e educação acadêmica, um eufemismo, na prática, para a oferta de escolas diferentes para classes sociais diferentes. A industrialização brasileira em expansão precisava de escolaridade básica e treinamento para aumentar a produtividade, sem necessariamente aumentar os salários. Segundo explica Romanelli, era interesse de empresas nacionais e internacionais que o trabalho braçal no Brasil fosse equipado com um certo grau de educação e treinamento técnico, visando ao aumento da produtividade, que permaneceria de baixo custo[1].

1. Otaíza O. Romanelli (1985), *História da educação no Brasil*, pp. 233-5.

A Lei 5.692 agrupou línguas e literatura em um núcleo chamado "comunicação e expressão". Os outros núcleos eram "estudos sociais" (com história, geografia e organização social e política) e ciências (com física, matemática, química e biologia). Segundo a lei, comunicação e expressão visavam

> ao cultivo de línguas que garantissem ao aluno um contato coerente com seus companheiros e a manifestação harmoniosa de sua personalidade, fisicamente, psicologicamente e espiritualmente, com ênfase na língua portuguesa como expressão da cultura brasileira.

Tal proposta de objetivos, vasta e indefinida, confunde âmbitos diferentes e diversas matérias de estudo; sua generalidade pode significar qualquer coisa, ou mesmo nada, tal como o Currículo Nacional inglês de 1988, cujas palavras inócuas, segundo John White, poderiam servir a qualquer tipo de sociedade, sob Hitler ou Stálin[2]. Sua leitura implica um conjunto de valores, por exemplo, na idéia de "cultivo" e não de aprendizado, uso e interação, que teriam conotação menos ideológica, já que uma das acepções de "cultivo" é *tornar a mente ou os sentimentos mais educados e refinados*.

A definição oficial de texto literário requer um exame minucioso: textos estão ligados a circunstâncias e a políticas de todas as formas e sua escolha requer atenção e visão crítica. Said afirma que ler e escrever não são atividades neutras: há interesses, poderes, paixões e prazeres envolvidos, não importando quão estético ou prazeroso seja o trabalho (op. cit., p. 385). A imprecisão dos documentos oficiais permite um certo nível de adaptabilidade a diferentes práticas e interesses. Mas o ensino de literatura em escolas brasileiras não poderia estar mais distante de sua prescrição, ainda atado ao modelo centenário, enfatizando métodos pseudocientíficos e medidas quantitativas de aquisição cognitiva.

2. John White (1990), *Education and the Good Life*, pp. 13-5.

Revendo o sistema brasileiro

É importante entender o sistema de classes sociais no Brasil, que difere bastante do inglês, por exemplo. Em nosso país, a pirâmide socioeconômica é estruturada principalmente sobre o poder de compra, e de forma menos evidente sobre questões de berço, criação ou família, embora não se possa negar que comportamentos, valores e ideologias adquiridos em casa podem acompanhar e caracterizar as diferentes classes. No entanto, a diferença está na maior possibilidade de mobilidade entre elas, o que é mais difícil de acontecer em sociedades mais fechadas. A ascensão social é um sinal de sucesso pessoal em sociedades capitalistas, e valores e atitudes são intercambiáveis[3].

As escolas de ensino médio observadas no Brasil apresentaram uma clientela mista de difícil definição. A maioria dos alunos observados e entrevistados para esta pesquisa se autodefinia como da classe trabalhadora, embora seus professores os vissem como de classe média recém-empobrecida, devolvidos à escola pública pela perda de poder aquisitivo. Dessa maneira, para os professores, a clientela encontrada na escola de ensino médio não era modelar, em termos políticos, acadêmicos ou culturais. Na metade de 1995, calculava-se haver no Brasil 20% de analfabetos nas várias faixas etárias, 6 milhões de crianças fora das escolas, 1 milhão a mais que no início dos anos noventa. A situação era de 30,5 milhões de alunos matriculados no primeiro ano da escola, com 13,4 milhões concluindo a 8.ª série, dos quais apenas 3,6 milhões ingressavam na universidade. Em 1983, o Estado do Rio de Janeiro investira 17,69% do orçamento público em educação, caindo para 11,31% em 1992. Esse per-

---

3. Conheci na Inglaterra um casal bem empregado, morando em uma mansão de seis quartos, dono de dois carros importados de luxo, cujo filho único estudava em uma das escolas mais caras da Inglaterra, em regime de semi-internato. Entretanto, usavam expressões e mantinham o sotaque típico da classe trabalhadora de Liverpool declarando acintosa e orgulhosamente sua origem.

centual incluiu ainda gastos "relacionados à educação", tais como o pagamento de pensões, a merenda escolar, transporte de alunos e a construção de piscinas (a maioria delas jamais concluída)[4].

No sistema público brasileiro, as escolas de ensino fundamental costumam ser municipais e as de ensino médio, estaduais. Há uma razoável previsão de oferta de vagas na escola de ensino fundamental, decrescendo dramaticamente no nível de ensino médio. Na cidade escolhida para a pesquisa no Brasil, por exemplo, havia em 1995 sessenta e oito escolas de ensino fundamental da rede pública e apenas dezenove estaduais de ensino médio. Essa lacuna é preenchida por escolas particulares que cobram diferentes preços, com diferente orientação acadêmica e variada qualidade pedagógica.

Em março de 1995, entrevistei a coordenadora dos exames vestibulares para uma das universidades federais no Rio de Janeiro. Falando a respeito da discutida discriminação socioeconômica no acesso à academia, ela disse:

> Fizemos uma pesquisa, em 1988, e descobrimos que na região do Grande Rio havia 178 escolas públicas de ensino médio e 580 particulares. Obviamente, há um número proporcionalmente muito maior de estudantes oriundos da rede privada que da pública, porque há mais escolas. Isso reflete o número de candidatos que temos e se constitui em um simples problema estatístico. O problema não é que a universidade receba mais alunos das escolas secundárias particulares; isso é uma conseqüência do número limitado de escolas públicas que o Estado tem, insuficientes para a atual demanda.

Uma análise dos programas oficiais no modelo brasileiro de educação mostra sua ênfase no conhecimento quantitativo; para ter sucesso acadêmico, a atenção e os interesses dos alunos precisam estar voltados para a aquisição de

---

4. Dados do IBGE, 1994, apud Ib Teixeira, "Uma tragédia brasileira", *Conjuntura Econômica*, Fundação Getúlio Vargas, set. 1995, pp. 43-5.

um saber acrítico e memorizável. Os programas de literatura propostos para o ingresso na maioria das universidades públicas estão fundamentados na história da literatura brasileira, e apenas em circunstâncias excepcionais recomenda-se o estudo de textos escritos por mulheres, ou de literatura local: numa pesquisa incluindo vinte e cinco programas federais, apenas a UFBA incluía literatura da mulher em sua programação, e sete outras instituições admitiam o estudo de literaturas locais[5].

Há várias explicações para as exclusões – das escritas contemporâneas, das produções experimentais, de gênero, etnias e questões de classes sociais – nos programas de literatura, construídos sobre o cânone clássico. Para Brennan, a personificação da identidade nacional se identifica nos símbolos e recursos literariamente representados pelo romance[6]. Batsleer et al. também escrevem que os cânones consistem em seleções e hierarquias, as quais precisam de um processo contínuo de colocação e oposição comparativas[7]. Bowers identifica no desenvolvimento curricular a presença de um código profundo que reproduz a episteme da cultura, servindo à função vital de transmitir princípios e categorias que estabelecem a gramática conceitual usada para organizar o pensamento, de forma implícita[8]. Sob os procedimentos oficiais de julgamento e discriminação literária se encontram delineadas outras palavras, menos inócuas: exclusão, subordinação, carência.

---

5. Segundo Marly A. de Oliveira, "A história da literatura brasileira que lemos e ensinamos", *Perspectiva*, revista do Centro de Ciências da Educação da UFSC, jan./jun. 1988, pp. 49-65.
6. "The National Longing for Form", in Homi Bhabha (ed.) (1990), *Nation and Narration*, p. 49.
7. J. Batsleer et al. (1985), *Rewriting English: Cultural Politics of Gender and Class*, p. 29.
8. Bowers (1984), *The Promise of Theory*, p. 92.

Preparando para os exames

A sobrevivência das escolas depende em larga escala dos resultados obtidos nos exames. De algum modo, em algum lugar, há um comando em autoridade que exige que os vestibulares sejam como são e que o aprendizado de literatura seja testado através de períodos, datas, nomes e características, quanto mais memorizável melhor; quem não se adequar ao sistema estará fora dele. Entretanto, algumas das professoras entrevistadas, insatisfeitas com os programas oficiais de literatura, declararam preferir trabalhar com análise e crítica textual para o desenvolvimento da sensibilidade de leitura em seus alunos. A manutenção do modelo positivista implantado em 1890 pela Primeira República para o ensino de literatura nas escolas é curiosa e anacrônica, mas permaneceu quase sem alterações até 1999, quando realmente teve início a leitura e análise nas escolas da proposta dos Parâmetros Curriculares Nacionais. Porém, não parece haver ameaça à ideologia do "discurso nacional" e, por enquanto, os exames vestibulares representam a certeza oficial da homogeneidade de conhecimentos e a identidade cultural dos valores de classe média na educação literária.

Para melhor entender a situação até a década de 1990, tomemos como exemplo a prova de literatura dos exames vestibulares de 1994-95 para uma das universidades federais, em que se pedia aos candidatos:

- a identificação da questão social brasileira e o movimento literário presentes em um dado poema de Castro Alves, poeta romântico do século XIX;
- a identificação de um símbolo da independência nacional e a do período literário representativo da independência – após uma citação de Antonio Candido (extraída de *Formação da literatura brasileira: momentos decisivos*, a respeito das questões mais amplas encontradas na literatura brasileira entre 1750 e 1880), entre os temas mencionados.

As questões acima, bastante representativas do panorama habitual dos exames vestibulares, não parecem justificar três longos anos de cansativos estudos sobre a literatura produzida no Brasil desde 1500. Tampouco oferecem qualquer contribuição crítica para reflexão social, cultural e política sobre a literatura do país, apesar da referência à "questão social" e ao símbolo nacional. São perguntas que ratificam a superficialidade encontrada nas pedagogias de ensino e aprendizagem baseadas em grandes quantidades de conteúdos memorizáveis, conforme a prescrição oficial para educação literária: encorajam uma versão contemplativa e não transformadora do saber, oferecendo dados atomizados, tornando mais difícil teorizar o campo social como uma entidade integral e variável[9].

Em outra prova, as questões de literatura pediam a descrição dos "aspectos distintivos entre Graciliano Ramos e José Lins do Rego", com a identificação do movimento literário que suas obras representam (1); após compilação de excerto de Tomás Antônio Gonzaga, pedia-se "a descrição do tratamento dado à natureza pelos autores românticos" (2). São perguntas feitas para confundir candidatos, misturando períodos diferentes, diferentes tratamentos de questões sociais e nomes de autores. Por si, tal exercício não pareceu suficiente para justificar o estudo de literatura no ensino médio nem reivindicar o papel central que tal estudo pode ter, tendo em vista o perfil híbrido atual das práticas pedagógicas da disciplina. Apesar do caráter historiográfico, o estudo de literatura até recentemente era marcado por um vácuo contraditório e limitado, sem historicidade crítica relevante.

Ainda tratando da prova mencionada acima, duas questões de múltipla escolha aplicadas a candidatos aos cursos de Letras da mesma universidade testavam conhecimentos lingüísticos e cinco eram sobre literatura, com quatro per-

---

9. Conforme explorado e explicado por Carl Freedman, "Theory, the Canon and the Politics of Curricular Reform", in Cain, op. cit., p. 61.

guntas de compreensão textual sobre poema de Adélia Prado e uma pergunta sobre a poesia de Vinícius de Moraes.

Curiosamente, para esses candidatos a aptidão e o conhecimento específicos eram testados através de poemas, e não de obras de ficção, confirmando a expectativa de que estudantes de Letras devem provar competência e capacidade de leitura sensorial e emocional.

Outra universidade federal, no vestibular de 1995-96, buscava em seus candidatos prova de competência literária sobre

> criação estética, linguagem literária e não-literária, gêneros literários; o processo literário brasileiro, em conexão com a história e a cultura brasileiras; o romantismo no Brasil, em contraste com o barroco e o neoclassicismo (poesia, ficção e teatro); o realismo, naturalismo e impressionismo no Brasil (ficção); parnasianismo e simbolismo (poesia); o modernismo no Brasil, comparado a movimentos anteriores, seus elementos de permanência, oposição e transformação; a poesia de 1945 e as principais tendências pós-1945.

Um programa de estudos desse tipo, produzido nas torres da academia universitária, parece fora do alcance cognitivo dos alunos, além de ser social e culturalmente míope, deixando à mostra a lacuna entre os altos conteúdos prescritos e as limitadas possibilidades de realização em escassos encontros semanais de estudo de literatura nas escolas. O aceleramento inevitável dos conteúdos faz da discussão, troca e problematização responsável das salas de aula metas aparentemente inalcançáveis para alunos e professores.

Não menos importante é a questão do vácuo teórico diretamente ligado à formação de professores, um problema capital e de difícil solução. Para Graff, uma teoria é necessária para lidar com o significado de termos como *texto*, *leitura*, *história*, *interpretação*, *tradição* e *literatura*. O isolamento acadêmico em departamentos e unidades cria um vácuo teórico visível na divisão em períodos, gêneros e categorias. A pobreza teórica do currículo estabelecido pune o aluno comum, que não detém o comando dos contextos conceituais que possibilitam a integração de percepções e sua conseqüente generalização[10].

Também marcados por uma auto-estima baixa, com irrisórios salários e grave desvalia social, professores das escolas estaduais em geral não se vêem como produtores de conhecimento: são meros consumidores daquilo que pensadores mais bem equipados lhes oferecem. Os livros didáticos de literatura, ou de leituras literárias, por exemplo, trazem as regras didáticas, o formato e o método das aulas já predefinidos para professores e alunos, assim como a "teoria" conveniente. Esses pontos serão tratados na descrição das práticas de educação literária encontradas entre março e abril de 1995.

O novo olhar sobre o sistema

Após um ano e meio na Inglaterra, voltei ao Brasil por um mês, para rever a situação das escolas e testar minha aquisição de uma perspectiva mais distanciada dos problemas político-pedagógicos em que estive envolvida toda a vida, em meu país.

No início do ano escolar de 1995, os professores da rede pública estavam vivendo o sério problema de salários, que estavam mais baixos que nunca; além disso, a crise se agravava com a proposta governamental de aumentar o tempo mínimo de serviço para a aposentadoria de docentes. A justificativa oficial, de fundo econômico-financeiro para controle dos gastos públicos, limitava aposentadorias, sem entretanto afetar vantagens e mordomias políticas nas três instâncias (municipal, estadual e federal). A ameaça de mais dez anos de trabalho compulsório sob dificuldades financeiras fez com que um número elevado de professores da rede pública pedisse aposentadoria antes que a nova

10. Gerald Graff, op. cit., pp. 4-5.

lei entrasse em vigor. Isso complicou ainda mais a situação geral das escolas públicas no ápice do gradual afastamento e omissão do Estado em relação à educação das massas, reduzindo salários e limitando investimentos ao mínimo necessário apenas para manter as escolas abertas.

A primeira escola visitada foi a Escola Estadual A, de clientela socioeconomicamente mista, com poder de compra oscilando conforme o horário de freqüência: no turno da manhã havia um número significativo de alunos oriundos de escolas particulares, enquanto o terceiro turno, noturno, era freqüentado por alunos trabalhadores de baixa renda. A alocação de vagas era feita através de um processo de avaliação, a aplicação de uma prova *informal* de língua e matemática: o primeiro turno era para os primeiros colocados. A Escola Estadual B era um colégio vocacional de habilitação para o magistério de primeiro grau, com uma combinação socioeconômica semelhante à dos alunos da Escola A, em apenas um turno: as tardes eram reservadas para treinamento prático na escola primária anexa. Uma e outra escola recebiam uma maioria de alunos residentes fora do perímetro urbano da cidade, obrigados a tomar mais de uma condução para ir de casa ao colégio. A diferença maior entre elas estava no perfil das professoras e das alunas, marcadas na Escola B com o carimbo *vocacional*, justificando a concentração curricular nas disciplinas pedagógicas: algumas professoras declararam muito apreciar o comportamento *maternal* das alunas, considerado fundamental para o futuro exercício da função docente. Lá os esforços se concentravam na aquisição de um diploma profissionalizante, estando a competência acadêmica em segundo plano. Em termos de educação literária, as práticas eram diferenciadas, com os professores da Escola B se permitindo variações no programa e incursões à música popular e à literatura infantil. A maioria dos docentes tratava o alunado como academicamente terminal.

Durante minha passagem, a falta de professores nas duas escolas muitas vezes obrigava os alunos, em sua maioria residentes na periferia, a fazer o longo trajeto de casa à escola para não ter uma aula sequer durante todo o período.

A composição social dos alunos e das professoras, não inteiramente distinta, é de definição complexa. Na Escola A, cinco das professoras de língua e literatura eram também autoras de apostilas e/ou livros didáticos. O nível geral de informação política e literária pareceu mais elevado na A, com professoras discutindo métodos, objetivos e influências políticas com notável autoconfiança; percebia-se um antagonismo entre elas e o recém-apontado coordenador de área, cuja postura era conservadora e autoritária em relação aos alunos, ao sistema e ao processo educativo em geral. Por sua vez, as professoras da Escola B mantinham um perfil intelectual modesto, parecendo associar seu *habitus* profissional a questões políticas apenas em termos de salários e condições de trabalho; lá, nenhum dos professores observados e entrevistados declarou reconhecimento do papel político de ensinar literatura em uma sociedade multicultural, ou mesmo as possibilidades de conscientização e problematização através da disciplina, em contraste com os professores observados e entrevistados na A. No entanto, foge ao escopo deste trabalho tratar das diferenças entre os tipos de escola de ensino médio no país.

Em ambas as escolas, professores descreveram seus alunos como um "tipo especial de classe média", atualmente com cerca de 70% egressos da rede privada. Penso que tal classificação seja adequada para descrever os alunos do primeiro turno na Escola A, pois os próprios alunos do turno da tarde se definiram como da classe trabalhadora, sem os valores abertamente burgueses de seus colegas do primeiro turno, embora em igualdade de condições financeiras para adquirir comodidades como roupas de marcas famosas. A impressão deixada pelos alunos de classe média que freqüentavam a escola era de que ali estavam temporariamente, até a chegada de "tempos melhores".

Segundo uma professora, esse novo grupamento social na A seria benéfico para os alunos da classe trabalhadora, que "podiam pegar emprestados materiais escolares de seus colegas mais abastados" (Martha); outra professora valorizava a nova clientela por seu elevado nível de consciência sociopolítica, que "contagiava os alunos pobres, em geral menos atuantes" (Júlia). Um terceiro professor via nas escolas públicas um ambiente de liberdade e auto-regulação, por não haver controle de disciplina, uniforme ou trabalho individual, forçando assim os alunos a se sentirem responsáveis por sua própria educação (Almir). Na Escola B, uma das professoras descreveu seus alunos como "totalmente de classe média", não exatamente pelo poder de compra, mas pelos valores socioculturais tomados de empréstimo das camadas mais abastadas (Luísa). Dois outros professores viam o alunado como bastante carente, sendo a maioria de analfabetos funcionais, oriundos de lares menos favorecidos (Ney e Lena). Percebendo a dificuldade dos professores em definir a composição social de seus alunos, preferi deixar para os próprios alunos a definição de seu perfil socioeconômico.

Os professores em ambas as escolas participavam de reuniões pedagógicas semanais ou quinzenais, em que discutiam materiais didáticos, planos de aulas e dificuldades pedagógicas. Estava em discussão na Escola A a adoção de livro didático ou de apostilas produzidas pelos próprios professores para cada ano escolar. Na B, os professores haviam optado por adotar um dos três livros didáticos de literatura de uso constante: Faraco e Moura, José de Nicola, ou Douglas Tuffano, embora não os considerassem satisfatórios. Eram adotados em rodízio temporário, como materiais que cobriam os conteúdos literários sistematizados, ditando práticas e conteúdos preparatórios para os exames vestibulares.

Um novo livro, escrito por Samira Campedelli, estava sendo examinado para possível uso[11] nas escolas. O tratamento

---

11. São mil páginas (somadas) de três livros, com gravuras em branco e preto ("material iconográfico detalhado") e "textos críticos" sobre funções literárias, forma e conteúdo, linguagem denotativa e conotativa etc. Tentando ser completo, o material não estimula professores a pensar, criar e criticar, mas a consumir as respostas prontas da autora, apenas uma versão mais sofisticada do padrão acrítico habitual.

dado aos professores de literatura, e por eles internalizado, sugeria uma imagem de consumidores de materiais didáticos destinados a "facilitar" sua rotina pedagógica, sem ter que preparar aulas ou planejar cursos. A análise desses materiais mostrou uma visão acrítica comum dos fatos históricos que cercam o fazer literário, mantendo o padrão contemplativo e não transformador da educação literária através de fatos históricos, seguindo o modelo europeizado, hegemônico e falocêntrico ditado pelas provas de acesso às universidades.

Uma terceira escola foi selecionada para observação e possíveis entrevistas: uma instituição da rede privada, cobrando mensalidades caras de uma clientela autodefinida como de classe média alta, com professores bem remunerados e a aura de aprovação nos vestibulares às universidades federais. A escolha da Escola C foi motivada pela necessidade de balizar um ideal social de educação de ensino médio: qual a razão pedagógica desse sucesso?

Na verdade, a surpresa foi encontrar um número maior de semelhanças do que diferenças entre as escolas A e C: no número de alunos por classe, no perfil acadêmico dos professores, nos livros didáticos adotados, nas facilidades físicas e no tratamento pedagógico da disciplina. A diferença, assim, parecia ser cultural e socioeconômica, antes que intelectual ou acadêmica, justificando por que pais de classe média pagam caro à Escola C por uma educação que seus filhos poderiam receber "de graça" na Escola A. Acontece que na Escola C há garantia de aulas diárias, com freqüência, pontualidade e assiduidade docentes; há a questão do *status* social, acrescida da questão política mais ampla de manter um Estado que promete igualdade perante a lei, mas que, por falta de escolas, estimula uns a serem "mais iguais que outros". Importante ressaltar que havia apenas três alunos negros no total de classes observadas na Escola C.

Escola A

Localizada no centro histórico da cidade, fundada em 1835, a escola é reduto tradicional de ensino público no Estado, com um perfil curricular de orientação acadêmica. Seu corpo docente carrega a marca de seriedade e competência profissional, e seus alunos, em passado não tão remoto, costumavam obter um desempenho acima da média nos vestibulares para as universidades públicas. À época desta pesquisa, a escola sofria da mesma crise de investimentos imposta pelo governo estadual à educação em geral. Apesar da grandiosidade do prédio, algumas salas de aula estavam em estado precário, com ventiladores de teto quebrados, paredes pichadas e mobiliário inadequado.

As relações sociais se complicavam pelo fato de a escola não ter tido coordenação de língua e literatura nos dez anos anteriores, cada turno tomando suas decisões de forma autônoma e incerta. Assim, os alunos do turno da manhã trabalhavam com um livro didático, enquanto à tarde a cisão entre os professores era visível na utilização personalizada de diferentes materiais, inclusive apostilas de outros colégios. Os professores da noite apenas liam e estudavam textos esparsos com os alunos, um reforço das diferenças socioeconômicas entre o alunado dos três turnos, bem como uma mostra da interferência de atitudes de política partidária em assuntos educacionais. Segundo Almir, o coordenador, aquela era uma escola "três-em-um", com o aval impotente da direção.

O programa de estudos distribuído pelo coordenador discriminava os períodos literários a serem estudados em cada ano, com datas, nomes e características. Curiosamente, havia uma observação de pé de página pedindo que romances e novelas não fossem estudados, dadas as limitações de tempo, embora os programas oficiais exigissem a leitura mínima de cinco romances. O contato com a literatura nacional se limitaria aos excertos encontrados nos livros didáticos adotados, geralmente incluindo uma sinopse e questões de treinamento para provas. Como programa, os professores recebiam da coordenação a divisão em conteúdos anuais:

- primeiro ano: gêneros e estilos literários, trovadores, Humanismo, Classicismo, literatura informativa, literatura jesuítica, Barroco e Neoclassicismo;
- segundo ano: Barroco, Renascimento, Romantismo, Realismo, Naturalismo e Parnasianismo, Pré-Modernismo, com datas, conceitos e características (não haverá tempo para experimentar diferenças com exemplos textuais);
- terceiro ano: Pré-Modernismo brasileiro, vanguarda, Modernismo brasileiro, tendências de poesia e prosa contemporâneas brasileiras, Modernismo em Portugal.

Obs. Dada a escassez de tempo para o programa extenso, leituras extraclasse não são recomendadas, especialmente romances.

Participei de encontros com professores de literatura nos turnos da manhã e da tarde. Nenhum consenso era alcançado em relação aos materiais didáticos, aos planos ou textos de trabalho. Parecia haver várias realidades e grupamentos sociais também entre os professores da Escola A, pois a comunicação entre eles não era fácil. Alguns professores se orgulhavam de sua popularidade entre os alunos, que "vinham a eles sempre que precisavam discutir ou desabafar algum problema". A popularidade dos professores de língua e literatura se estendia a excursões e passeios culturais. Havia onze professores de língua e literatura no turno da manhã, oito à tarde e cinco à noite. Uma das professoras da tarde me contou que, anos antes, ela e alguns colegas haviam montado uma estrutura de preparação para exames vestibulares semelhante às da rede privada. Isso havia, aparentemente, "incomodado" certos interesses e setores da escola, e o grupo de professores foi acusado de estar *adestrando* alunos, ao invés de estar *formando* suas mentes. Sofreram uma inspeção estadual, forte pressão política e foram obrigados a interromper o trabalho. Foi no grupo da tarde que encontrei professoras aparentemente mais críticas e ativas pedagógica e politicamente.

Modos de ensinar

Tentei, durante o período de produção de dados, observar e entrevistar os mesmos professores e alunos; isso não foi inteiramente possível devido ao fato de que muitas vezes, ao chegar à escola, professores haviam adiantado as aulas para as turmas sem professor. Outros, correndo para trabalhar em outras escolas, não dispunham de tempo para serem entrevistados. Assim, me concentrei nos aspectos das aulas observadas com os professores disponíveis, utilizando elementos das observações e entrevistas isoladas.

De maneira geral, fui apresentada pelos professores aos alunos de modo informal e amigável e instada a interagir, falando sobre meu trabalho e meus interesses. Foi possível perceber grandes diferenças de conteúdo e estratégias de ensino de literatura. Almir, por exemplo, utilizou em seis aulas observadas textos esparsos para compreensão textual, mesclando teoria da comunicação com análise sintática, figuras de discurso e lingüística, sem muita conexão entre os textos e o material específico, apresentado de forma linear, generalizada e superficial. A análise de texto era feita através de pares opositivos de apreciação, do tipo "gostar/ não gostar", "bom/cansativo", "moderno/tradicional", "conteúdo/forma".

As aulas de Martha seguiam fielmente o livro didático, sem variação do programa. Ela falou sobre as características da prosa e da poesia do século XIX, fornecendo apenas as informações contidas no livro. Seu despreparo técnico-científico ficou evidente quando uma aluna discordou da resposta dada a uma das questões de interpretação de texto; Martha não foi capaz de se referir a outro autor nem de utilizar referencial teórico-literário, ou acrescentar informação sobre o tópico em estudo, de forma a estimular a discussão e levantar outros pontos. Seu tratamento das questões literárias parecia um arranjo de camadas de informação superpostas, cada período e gênero literário dependendo da aquisição de conhecimento sobre o anterior. Dessa maneira, ao tentar iniciar o estudo do Realismo, fez uma rápida revisão do movimento Romântico, até que algumas alunas avisaram que não haviam estudado a prosa do século XIX. Martha, em visível pânico e frustração, me perguntava "como posso ensinar Realismo sem que eles saibam Romantismo? E agora, o que vou fazer?". Martha e Almir, de origem proletária, tendo sido os primeiros em suas respectivas famílias a obter formação acadêmica universitária, se mostravam inseguros quanto a seu desempenho técnico-pedagógico e conhecimento lingüístico-literário. Assim, enquanto Almir se voltava para a literatura como estudo da língua, uma área em que se sentia mais confortável e experiente, Martha não se permitia nenhum desvio da fonte oficial de saber, o livro didático. Almir tratava seus alunos como aprendizes passivos, objetos maleáveis predeterminados, cujas vozes são desnecessárias[12], afirmando que quanto mais conteúdo pudesse apresentar de forma acelerada, mais efetivamente evitaria "conversas paralelas, interrupções da aula e problemas disciplinares". Em ritmo rápido ia de um tópico a outro, inserindo anedotas sexistas para "alegrar a aula", ao mesmo tempo que murmurava idiossincrasias tais como "um professor vale quarenta alunos", "professores são os únicos que sabem tudo" etc. Seus recursos pedagógicos se limitavam ao material adquirido na graduação e licenciatura, nos anos 1960. Sua descrição do que julgava ser a função do estudo de literatura na escola era "um pano de fundo contextual para o ensino da gramática da língua: sintaxe, morfologia e etimologia". Confirmando sua prática, o discurso de Almir negava a necessidade de relações democráticas para o fortalecimento acadêmico e político do alunado.

Por sua vez, Martha dava explicações claras e lineares, com muitos exemplos, estabelecendo conexões entre textos,

---

12. Mimi Orner, em "Interrupting the Calls for Student Voice in 'Liberatory' Education: a Feminist Post-structuralist Perspective", in Luke e Gore (ed.) (1992), op. cit., p. 82, se opõe à visão e ao tratamento de alunos como objetos conhecidos e maleáveis; antes de mais nada, são sujeitos complexos e contraditórios, um conceito central à pedagogia crítica.

períodos e gêneros literários, "mastigando" a informação para facilitar a apreensão do conhecimento pelos alunos. Dissertou sobre "a busca da perfeição e da beleza na poesia parnasiana", sobre a visão da mulher, do amor, do homem e de Deus para aqueles poetas, falando sozinha, ininterruptamente. Observei seis aulas com Martha, em duas turmas em que alunos silenciosos, semi-adormecidos e passivos seguiam a leitura do livro didático sem interagir, sem trocar idéias ou opiniões. Durante a entrevista, Martha reforçou sua imagem de professora dedicada, "tentando dar o melhor de si", sendo sempre "amiga, compreensiva e simpática". Deixou claro que para ela ensinar é um ato de "amor maternal", que dispensa engajamento político; declarou ainda valorizar, acima de tudo, o amor dos alunos, recebido em troca de seu compromisso pessoal com eles. Esse amor era concretizado pelas provas de afeto que lhe davam, através de elogios ou pequenos presentes. Lembrando Walkerdine, Martha parece crer que "é o amor que vence", presa a um conceito de "nutrição" afetiva que visa a libertar cada *aluninho*, através de um sonho idealista[13].

Nas turmas da tarde, iniciando o estudo da poesia romântica, Beth utilizou um poema de Oswald de Andrade[14] para ilustrar características externas às restrições estritamente temporais, mostrando como os "limites do trabalho de arte podem ultrapassar ou se opor às habilidades técnicas" (*sic*). Beth se disse nascida em família de classe média, "politicamente ativa antes do golpe militar de 64". Planejava suas aulas apoiada em uma variedade de subtemas que levavam ao tópico principal. Embora autodefinida como intelectualmente insegura, dizendo-se movida pedagogicamente pelo "*medo*" de decepcionar seus alunos, Beth certamente dominava uma gama de recursos pedagógico-literários acima

---

13. Valerie Walkerdine (1992), op. cit., p. 16.
14. "*Erro de Português*: Quando o português chegou/ Debaixo de uma baita chuva/ Vestiu o índio/ Que pena!/ Fosse uma manhã de sol/ O índio tinha despido/ o português."

da mídia. O motor de sua prática docente bem-sucedida, segundo a opinião dos alunos, era a combinação do reconhecido compromisso político com a educação e sua própria "sede" de saber. Falou sobre mudanças curriculares, reconhecendo a importância da Semiótica como base teórica para o desenvolvimento das relações texto-leitor a partir de contextos literários, permitindo a materialização de seu compromisso político no discurso pedagógico. Apesar da postura engajada, Beth também gostava que seus alunos "copiassem tudo nos cadernos". Presa nos fios da análise autocrítica de sua própria ação, sem ver como desfazer o nó e seguir adiante, ela criticava os colegas, reclamando da falta de dedicação, amor e vínculo afetivo, dizendo ainda que "professores mais bem formados seriam o ponto de partida indispensável para a construção de pedagogias mais gratificantes e significativas".

Os três professores em que foi centrada a observação na Escola A expressaram sua frustração com os baixos salários, as dificuldades materiais, as instalações físicas, a falta de pessoal de apoio para preparar materiais didáticos (digitação e duplicação de textos), a pobreza generalizada de recursos. Outros professores da escola, entretanto, mostravam um certo alívio pedagógico com a volta das classes médias às escolas públicas, trazendo consigo "um nível cultural mais elevado" que facilitava suas práticas docentes. Por outro lado, Almir sentia que o retorno das classes médias implicava um nível mais elevado de "exigências", sentindo-se questionado como "autoridade", como professor. Sua maior facilidade em atuar em meio a uma clientela predominantemente de classe trabalhadora estava, certamente, na comunhão de valores e na ausência de uma postura explicitamente crítica a seu pouco ortodoxo estilo pedagógico.

Martha também parecia ameaçada pelo "conhecimento mais elevado" que, insegura, percebia nos novos alunos oriundos das "boas escolas particulares". Acima de tudo, Martha se sentia humilhada pela aparente superioridade financeira desses alunos, numa fase em que ela própria passava por graves dificuldades, provedora única da família com seu pequeno salário (o marido estava desempregado). A ação docente de Martha combinava sua deficiente formação acadêmica com uma atitude maternal, construindo vínculos afetivos superficiais sem necessariamente realizar uma transação *aferente*: não entendia que a multiplicidade de poderes encontrados na literatura não se desenvolve sem confronto, sem ampliar os limites intelectuais. Se a competência informativa é excessivamente limitada, a habilidade discente de participar da experiência proposta pelo texto, ou de situar a experiência em uma estrutura racional de idéias é cerceada[15].

Apenas Beth verbalizou seu *"medo"*, embora as estratégias didáticas de Almir e de Martha fossem visivelmente justificadas por variados temores. Embora Almir reclamasse da "ignorância" lingüística e literária de seus alunos, ele na verdade temia não ser capaz de lidar com problemas disciplinares, usando assim sua própria voz como mecanismo de controle imposto. O medo de Martha era cercado por sua insegurança intelectual, sua pobreza, sua traição do sonho capitalista de ascensão socioeconômica através da educação superior. Do mesmo modo que Almir usava a voz, Martha usava a afeição, estabelecendo com os alunos um vínculo emocional que os impedia de testar seu saber, comportando-se "adequadamente", sem exigir muito dela. Em relação aos programas e propostas oficiais para a disciplina, Martha se mostrou pouco crítica: seu objetivo estratégico era apenas desenvolver uma relação afetiva com os alunos para garantir seu interesse e, acima de tudo, sua aprovação, e não fortalecê-los como sujeitos sociais através da construção de um saber literário consistente.

Os professores da Escola A representam padrões pessoais de práticas docentes que correspondem a seus *habitus*, sua formação pessoal e acadêmica, mas que são acima de

---

15. A esse respeito, ler Louise Rosenblatt (1970), "Emotion and Reason", in *Literature as Exploration*, p. 241.

tudo fortemente determinados por seus comprometimentos políticos. Por esse motivo, tentar estabelecer estereótipos docentes de Almir, Martha ou Beth seria equivocado.

Modos de aprender

As turmas observadas na Escola A comportavam entre 26 e 42 alunos, todos no terceiro ano do ensino médio, com claro indicativo de gênero: as turmas de Almir tinham 24 (sendo 15 alunas), 36 (com 21 alunas) e 22 (11 alunas) alunos; nas de Martha havia 42 (sendo 27 alunas) e 30 (21 alunas) estudantes. As turmas de Beth, no turno da tarde, compreendiam 25 (21 alunas) e 31 (20 alunas) estudantes. A composição socioeconômica, segundo professores, era então de 60 a 70% de alunos de classe média, egressos de escolas particulares. Entretanto, nas entrevistas, ficou claro que 4/5 do alunado morava em bairros periféricos de baixa renda. O sacrifício de "viajar" para a escola era parte da tentativa de ascensão social para alguns, quer por escolha da escola, quer por não haver alternativa de educação secundária em suas comunidades de residência.

Os alunos entrevistados em uma turma da manhã e em duas da tarde, contrariando a previsão docente, não se posicionaram como de classe média. Na verdade, reconheciam seu *status* social como destituído de privilégios, em desvantagem na corrida por vagas nas universidades públicas. A discrepância entre o que os professores perceberam e a autodefinição socioeconômica do alunado é problema complexo, justificado pela cultura capitalista que relaciona classificação social a poder de compra. Em 1995, com a economia mais estável e a inflação sob controle, aqueles alunos já eram capazes de adquirir livros didáticos, situando-se, conseqüentemente, acima da linha de pobreza. Seus professores, cada vez mais carentes, tendiam a supervalorizar o poder aquisitivo dos alunos, classificando-os como economicamente privilegiados.

Em entrevista, os alunos de Almir lamentaram a pouca sistematização dos conteúdos e a participação pouco ativa nas aulas, em que apenas respondiam às perguntas formais feitas pelo professor. Uma aluna falou de um ex-professor de literatura que "fazia coisas complicadas parecerem simples", que "falava conosco" e "permitia que perguntássemos". Outro aluno se queixou do silêncio imposto em *certas* aulas, por *certos* professores, nas quais alunos "estavam sempre errados, não importa por quê". Outra aluna reclamou do tratamento desrespeitoso dado por determinada ex-professora, que "se recusava a responder às minhas perguntas dizendo que eram idiotas".

Embora essas questões se localizem no domínio dos relacionamentos interativos dentro das salas de aula, podemos perceber que a insatisfação dos alunos apresenta uma combinação de pontos metodológicos, estratégicos e conceituais. Rejeitando a superficialidade dos conteúdos não problematizados, eles se declararam insatisfeitos com o "simples copiar do quadro nos cadernos". Sua visão de educação literária se estendia para a leitura e os poderes textuais, conforme declarado por um aluno, segundo o qual "uma pessoa analfabeta é quase nada, podem fazer o que quiserem com ela". E ainda: "ler abre a cabeça das pessoas", e "literatura te ajuda a entender as coisas de nosso próprio país, até mesmo a política atual".

Os passivos alunos de Martha estavam nos grupos classificados como "os mais fortes" do terceiro ano, aqueles que tinham obtido o maior número de pontos na prova de seleção ao primeiro ano do ensino médio. Enquanto ela recitava as características dos períodos, alguns alunos tomavam nota e outros cochilavam nas carteiras; a linguagem corporal deles exprimia o profundo tédio daquele exercício pedagógico. Na segunda aula que observei, enquanto Martha corrigia as respostas ao exercício de fixação de conteúdos do livro, uma aluna timidamente levantou a mão e disse discordar da resposta do autor do livro didático, dada como correta pela professora. Ela questionava a interpretação do poema, querendo saber "o que dava ao autor do livro a certeza de seu ponto de vista sobre as intenções do poeta". Fazendo a distinção entre o texto poético e o texto didático, ela dizia que "eles propõem uma análise do poema, que pode ser ou não aquilo que o autor quis dizer". Martha, perplexa e frustrada, não soube responder, nem satisfazer à pertinente questão levantada pela aluna, virando-se para mim e me pedindo que decidisse por ela. Por outro lado, nas turmas de Beth, nem *amor* nem *voz* eram elementos de controle, mas sim o aparente engajamento político de seu discurso. Para ela, os planejadores do currículo deveriam substituir o atual programa para a disciplina por um estudo de literatura "como espaço para o desenvolvimento da sensibilidade e da emoção, de troca de experiências", com o que as alunas vivamente concordaram[16].

O segundo grupo entrevistado levantou questões como a permanência e pertinência do cânone, que somente seria socioeconômica e politicamente relevante se incluísse autores e textos que tratam dos acontecimentos políticos recentes no país. Muitos alunos questionaram o significado político de se manter no programa de literatura do ensino médio textos quinhentistas portugueses e documentos jesuíticos do século XVI. Um aluno, candidato ao vestibular para Filosofia, falou sobre a literatura brasileira contemporânea, estabelecendo um paralelo entre cultura, eventos sociais e políticos e textos literários, enquanto lamentava o fato de a educação pública precária prejudicar seu projeto acadêmico. Ainda na mesma turma, uma aluna que trabalhava de manhã em pré-escola na periferia urbana levantou a questão de o currículo de literatura dispensar a discussão e a problematização efetivas. Citou o pensamento pedagógico de Paulo Freire, com o qual ela se familiarizara no ambiente de trabalho.

---

16. Essa reivindicação pode ter sido atendida com a supressão da disciplina "literatura", substituída pela ênfase em "leituras", segundo a proposta dos PCNs (1999).

Escola B

Curso tradicional de formação de professoras primárias ("normalistas"), que até os anos sessenta atendia às classes médias da população local, a Escola B havia sofrido grandes mudanças nas décadas recentes, passando a receber uma clientela de classe trabalhadora, estrato em que a profissão ainda representaria ascensão socioeconômica, despertando interesse maior. Em março de 1995 havia quatro turmas de terceiro ano, oito de segundo, nove de primeiro e duas de quarto ano (opcional). O programa pedagógico se caracterizava por treinamento pedagógico tecnicista e pragmático. Percebia-se a ênfase em qualidades pessoais, como amor infinito por criancinhas, instinto maternal naturalmente desenvolvido, incentivo formal a atitudes "femininas", predominância de abordagens sensorial e emocional da palavra e do universo social, em detrimento da produção de conhecimento cognitivo mais profundo. Difíceis de determinar, causa e efeito se confundem: haveria uma predisposição de comportamento nas "normalistas"? Ou a infantilização seria conseqüente ao perfil do curso? Onde ficava a educação literária nesse perfil?

Para a professora Lena, as *meninas do pedagógico* são "muito mais fáceis de se lidar do que os alunos das escolas não-vocacionais" – como os da Escola A, onde já havia lecionado – "por serem carinhosas, maternais, doces e meigas". Em sua visão, professores de primeira a quarta séries do ensino fundamental em geral deveriam ser pessoas "especiais", mesmo que carecendo de brilho acadêmico. Fundamentais seriam qualidades pessoais como paciência, bondade, intuição e entendimento do caráter missionário da profissão.

Grumet define os currículos femininos como *a presença de uma ausência*[17]. Usando sua equação, o currículo implícito

---

17. Para Madeleine R. Grumet (1988), *Bitter Milk: Women and Teaching*, p. xiii, são *presenças* o currículo, o curso de estudos, os acordos presentes, a educação geral, conhecimento de computação, professores mestres, artes liberais, prontidão de leitura, tempo de tarefa; *ausente* é o solo onde esses elementos estão desenhados, "negação e aspiração, escuridão e luz".

na formação de professoras primárias no Brasil se torna uma presença física na expectativa de qualidades inerentes que associam maternidade e domesticidade à docência de crianças, ao mesmo tempo esvaziando a profissão de conteúdos coerentes com as ideologias de democracia participativa. Nessa escola, a educação literária oferecida, segundo a observação e a palavra dos entrevistados, reforça a ausência de práticas sociais dialéticas, não somente na oferta mais restrita de conteúdos, mas também ao enfatizar estratégias tecnicistas e métodos pedagógicos servidos como receitas prontas. O distanciamento entre o ensino pedagógico vocacional e pedagogias democráticas obedece à ausência de conteúdos político-pedagogicamente relevantes, reduzindo a apropriação dos instrumentos crítico-teóricos que possibilitariam às alunas-mestras a responsabilidade por sua própria educação.

A cada ano, centenas de alunas da Escola B são diplomadas como professoras de ensino fundamental, autorizadas a reger suas próprias turmas. Repetem o modelo aprendido, utilizando a mesma pedagogia acrítica com outra geração, desconhecendo o verdadeiro papel sociopolítico da educação. Grumet alerta:

> se tanto a escola quanto a família são epifenomenais à economia e ao trabalho, elas são apenas arenas da subordinação das crianças ao *status quo* e são eternamente fortalecidas contra nossa teoria e prática transformadoras.[18]

Assim, formam-se professoras primárias de pouca leitura, alienadas do compromisso profissional com a justiça social: elas farão parte de um sistema estruturado para a manutenção da divisão de classes através da ideologia de relações pseudofamiliares na educação pública. O fato de sua educação literária não garantir nem mesmo o aprendizado básico corrente de dados paraliterários factuais, ainda

18. Grumet, op. cit., p. xiv.

que positivista e acrítico, reforça sua exclusão dos currículos acadêmicos e, conseqüentemente, o estigma que cerca os cursos técnicos vocacionais.

O programa de estudos entregue pela coordenadora, tal como na Escola A, consistia em uma lista sucinta dos conteúdos a serem cumpridos por ano letivo:

- primeiro ano: literatura, língua e cultura; literatura, arte e cultura (conceitos, funções, formas literárias); literatura e linguagem não-literária; a história da literatura; época medieval: panorama (expressão oral, cancioneiros, cantigas); Humanismo (Gil Vicente); tema e mensagem; estrutura narrativa (personagem, enredo, tema, ponto de vista, ambiente, tempo, discurso direto, indireto e indireto livre); leituras extraclasse.
- segundo ano: revisão do primeiro ano; Classicismo: panorama, Luís de Camões, literatura informativa; Barroco: panorama, poesia (Gregório de Matos), prosa (Antônio Vieira); Neoclassicismo: panorama, Cláudio Manuel da Costa, Tomás Antônio Gonzaga, Santa Rita Durão, Basílio da Gama; Romantismo: panorama (características), poesia (Gonçalves Dias, Casemiro de Abreu, Álvares de Azevedo, Castro Alves), prosa (José de Alencar, J. M. de Macedo, Bernardo Guimarães, Taunay), teatro (Martins Pena); estrutura narrativa, tema e mensagem; leituras extraclasse.
- terceiro ano: revisão do Romantismo; Realismo, Naturalismo, Parnasianismo: panorama, autores (Machado de Assis, Artur Azevedo, Domingos Olímpio, Olavo Bilac, Raul Pompéia); Simbolismo: panorama, autores (Alphonsus de Guimaraens, Cruz e Sousa); Pré-Modernismo: movimentos de vanguarda; Modernismo: panorama, autores (Graciliano Ramos, Carlos Drummond de Andrade), tema e mensagem, estrutura narrativa; leituras extraclasse.

Habitus docentes na Escola B

Foram observadas seis aulas de literatura com Lena, quatro com Ney e quatro com Luísa (lembro que a provisão era, então, de apenas uma aula semanal de literatura por turma). Ney e Lena começavam o estudo do Classicismo com suas turmas de segundo ano; Luísa, que de acordo com o programa deveria estar revisando o Romantismo com seus alunos de terceiro ano, tinha preferido trabalhar com literatura infantil, fora do conteúdo preestabelecido.

Os três professores, autodefinidos como sendo de classe média letrada, se lembravam de ter começado a ler literatura ainda pequenos, em casa, seguindo o exemplo dos pais e/ou avós. Ney destacou a influência de um professor de história que teve no ensino médio, tanto pelo "estilo docente" como pela abordagem interdisciplinar que procurava dar às aulas de literatura. A influência permaneceu a tal ponto que "os alunos às vezes me perguntam se sou professor de literatura ou de história". Luísa foi marcada por uma professora de língua e literatura que "tornava o assunto relevante", fazendo conexões e construindo conhecimentos interativamente na sala de aula. Lena, jornalista por formação, entrou para o magistério por acaso, somente posteriormente se licenciando em Letras. Quando começou a estudar literatura, percebeu "o sentido daquela mecânica de períodos, gêneros, movimentos e datas".

Seus modelos de planejamento eram distintos: Ney e Lena seguiam detalhadamente o programa na seqüência apresentada no livro didático adotado, enquanto Luísa dizia freqüentemente improvisar suas aulas "no carro, já a caminho da escola". Ney informou ter experiência anterior na pesquisa de manuscritos raros; trazia textos adicionais e materiais para leitura, planejando as aulas juntamente com Lena, "sempre que possível". Para Luísa era "muito difícil planejar antecipadamente", o que atribuía a uma "antiga dificuldade *didática*"; conseguia evitar o caos pedagógico por conta de algum *insight* de última hora.

Todavia, isso não era visível na observação de suas aulas: para trabalhar a idéia do "cabelo feminino" como expressão cultural através dos tempos, Luísa havia trazido uma jóia de família feita de fios de ouro trançados com fios de cabelo; trouxe também cópias duplicadas de uma canção popular, uma fita gravada, toca-fitas e duas histórias preparadas para contar aos alunos. Certamente sua idéia de planejamento didático era diferente daquela de outros professores. Após a observação, Luísa me pediu ajuda para fazer um exercício autocrítico, reconhecendo a lacuna de uma reflexão (teórica) mais aprofundada sobre os temas das histórias. De fato, enquanto suas aulas apresentaram uma variedade de recursos materiais trazidos por ela em obediência a um "plano" flexível, não parecia haver um objetivo claro naquele exercício, tratado de forma pouco crítica e superficial. Apesar do desvio para literatura infantil, Luísa reconhecia a necessidade de seguir o programa, a contragosto, "porque há gente vigiando o que fazemos".

  O planejamento de Ney para a aula inicial do estudo da literatura renascentista incluiu trazer para a turma um poema épico em versão facilitada para crianças, lido em voz alta por uma das alunas. Em seguida, Ney distribuiu folhas mimeografadas com texto sobre uma "viagem interior", seguido de perguntas ditadas por ele (*O que a Terra representa para o homem? O que o homem percebeu depois de conquistar a Lua e os planetas? Que viagem será deixada para o homem fazer finalmente? Qual é o propósito do poeta? Segundo ao [sic] texto, o homem deve se humanizar para ser feliz. Cite a desumanização do homem hoje*).

  Tanto o texto quanto o poema tinham como objetivo motivar e preparar os alunos para iniciar a leitura de *Os Lusíadas*. A aula, contudo, não conseguiu despertar o interesse e a atenção das vinte jovens alunas que conversavam entre si, trocando idéias sobre tudo, menos sobre a aula. De vez em quando Ney interrompia a leitura oral para explicar determinado ponto no texto, enfatizando características, sem interagir nem obter participação da turma. Ninguém parecia entender o sentido do trabalho, nem atender às suas tentativas de conduzir uma discussão. Sem carisma nem habilidade de comunicação, Ney se perdia em meio ao tédio, à indisciplina, à falta de atenção e aos pedidos insistentes para que terminasse a aula logo. Durante a entrevista, ele culpou a limitada competência de leitura das alunas por sua "dificuldade de concentração".

O planejamento de Lena consistia na leitura do livro adotado página por página, usando informação do livro acrescida de perguntas caracterizadas pela reprodução mecanizada dos conteúdos formais sobre movimentos históricoliterários; suas aulas exigiam reduzida reflexão crítica[19]. No primeiro grupo do segundo ano havia vinte e oito alunas, entre as quais R., 45, voluntária para ser entrevistada. A maioria estava envolvida em conversas particulares ou na preparação de material de colagem para a prática de ensino de tarde. O fato de os esforços de Lena serem ignorados pelas alunas não parecia perturbá-la. Seu tópico era também *Os Lusíadas*, tratado direta e exclusivamente através do livro; incluía estudos de métrica, tema, conteúdos e organização do poema, sem maior aprofundamento ou discussão, sob a perplexidade das poucas alunas atentas, entre as quais R. Aparentemente, para Lena, o conhecimento literário dependia de sua leitura e "tradução" do livro-texto, uma situação semelhante àquela descrita por Walkerdine: a educação para o público feminino investe em maternalismo, patologizando atividade e paixão[20].

Os três professores entrevistados concentraram a descrição de suas dificuldades profissionais na habilidade cognitiva das alunas, "abaixo do nível necessário" para proficiência de leitura e experiência literária. Todos esperavam que elas trouxessem um "patrimônio" de conhecimento literário amplo e adequado a suas expectativas. Enquanto Luísa acreditava que seus alunos não tinham interesse em assun-

---

19. "O Humanismo era um movimento cultural que agitou as últimas décadas da era medieval. Qual foi sua principal característica? Como surge o Renascimento e o que o caracteriza? Qual a relação entre o Humanismo e o Renascimento? O que é o Classicismo? Quais são as principais características do Classicismo?" (Lena).
20. V. Walkerdine (1992), op. cit., p. 21.

tos culturais, Ney discorria sobre as "falhas" de um sistema que permitia a alunos "semi-analfabetos" chegar ao ensino médio, praticamente incapazes de ler ou de fazer sentido da leitura. Ele se ressentia da falta de um planejamento interdisciplinar comum, lamentando a sobrecarga deixada aos professores de literatura na explicação de questões históricas, econômicas, sociais e políticas a um alunado de limitado saber. Curiosamente, a queixa principal de Lena estava na falta de estudo de latim na escola, "base etimológica fundamental".

Entrevistar professores pôs a descoberto suas formas de associação do ensino de literatura a questões sociais e políticas contemporâneas. Durante as aulas, Luísa levantou uma questão de gênero, discutindo com as alunas (em sua turma havia o único aluno da escola) o controle social exercido sobre as mulheres através dos tempos, metaforicamente representado pelos penteados em diversas culturas e sociedades. Embora tentasse dar um encaminhamento sociocultural ao tema, sua opção por trabalhar com literatura infantil colaborou politicamente para reforçar a feminização da disciplina, implicando um currículo escolar sexualmente divisivo: seu programa alternativo de educação literária era alheio às normas oficiais.

Em termos pedagógicos, é de capital importância reconhecer que opções pessoais são sempre políticas, e que a política envolve questões de língua, consciência, identidade e história, segundo Batsleer (op. cit., pp. 8-9). Embora qualquer leitura, incluindo-se aí a literatura infantil, envolva um trabalho de reconhecimento e interpretação, não ficou clara a fundamentação teórica dessa tentativa alternativa de estudos literários. Tampouco pareceu haver uma definição objetiva de sentido no processo e no produto construídos durante a aula: qual o significado daquela busca, qual a relevância do produto encontrado, para quem e em que circunstâncias sociais? Luísa, entretanto, conseguiu estabelecer alguns pontos cruciais no decorrer da entrevista: a necessidade de "atrair alunos para o texto", de provocar a curiosidade em "saber o que está acontecendo no mundo", e a obrigação de "dar o programa". São pontos centrais na discussão sobre os conteúdos literários na escola brasileira de ensino médio. Ney e Lena se definiram como politicamente apáticos, "seguindo a multidão". Ambos se esforçaram por apresentar uma postura profissional de competência técnica, que inocentemente julgavam suficiente para substituir o aparente descomprometimento sociopolítico. Em ambos os perfis, sobressai a questão da apresentação histórica da literatura e as possibilidades de aquisição de conhecimento objetivo sobre a cultura nacional: para serem *cultos*, segundo Ney e Lena, os alunos deveriam adquirir conteúdos socialmente validados, ou entrar no domínio mais elevado da cultura como lazer e auto-satisfação.

Inegavelmente, foi possível perceber a *dificuldade* que cercava o ensino de literatura na Escola B, de formas variadas, expondo o insuficiente cabedal de leitura dos alunos, seus hábitos literários "inadequados", sua resposta verbal aos pensamentos interiores e à poesia, sem conexão com questões sociais e com a vida real. Na escola, os professores e alunos de literatura reconheceram que as discussões sobre "qualquer coisa e tudo" costumavam ocorrer apenas nas aulas de psicologia e de assuntos pedagógicos. Quando uma aluna, porém, entre várias sugestões, pediu uma "correção clara" dos exercícios aplicados ao final das unidades, para sistematização de conteúdos, ficou evidente a falta de uma metodologia específica para as aulas de literatura.

Modos de aprender

Embora classificados por Ney e Lena como carentes, na opinião de Luísa as alunas da Escola B pertenciam a uma classe média "diferente", com um razoável poder aquisitivo recém-adquirido, ainda morando nos arredores da cidade, diferentes "das elites arrogantes que freqüentam as escolas particulares", mas identificadas com seus valores. Em comum, a maioria das alunas observadas apresentava um comportamento imaturo, visível de várias formas: chamando a professora de "tia", fazendo fila para beijá-la após as aulas, imitando vozes de animais em meio aos trabalhos, o que Lena achava "muito engraçadinho, um misto de meiguice e sensibilidade".

A maioria das entrevistadas disse vir da periferia urbana, de famílias de baixa renda; percebiam no diploma de professoras do ensino fundamental uma chance de profissionalização no nível de ensino médio, e o ingresso no mercado de trabalho. Todas declararam estar satisfeitas com suas próprias performances, e seguras em relação ao conhecimento específico; ninguém questionou a possibilidade de lacunas e omissões conceituais, com total ausência de autocrítica na auto-avaliação. Nem uma aluna sequer reconhecia a relevância política do magistério fundamental, conseqüentemente se considerando prontas e aptas para reproduzir o paradigma acrítico, positivista e superficial empregado em sua própria educação.

Embora afirmassem que as disciplinas pedagógicas eram as mais prazerosas e envolventes, pois permitiam "discutir coisas", não souberam definir "que coisas" discutiam nessas aulas, além do elenco básico de técnicas didáticas e dificuldades de aprendizagem. Era inevitável a comparação entre essas professorandas, ignorantes da problematização social, cultural e política da educação, e os alunos da Escola A. Com um perfil acadêmico-profissional aparentemente determinado pelo treinamento didático recebido, aliado à linearização de conteúdos, as futuras professoras pouco farão além de reproduzir o modelo de memorização de conteúdos, o medo do desafio e da problematização; respeitarão verdades impostas por serem incapazes de olhar e ver, de ler e refletir, de produzir, criar ou discutir conhecimentos conceituais.

Escola C

Fundada nos anos sessenta como pioneira na utilização de pedagogias alternativas e métodos experimentais, a Escola C recebe uma clientela de classe média "liberal", cobra mensalidades elevadas e mantém um limitado número de bolsas para alunos carentes, para justificar o *status* de fundação (e a liberação de certos impostos). O perfil do aluno é *branco brasileiro*, residente nos bairros de maior prestígio socioeconômico, com valores calcados na demonstração competitiva do poder aquisitivo de suas famílias (carros, viagens, roupas de marca etc.). Eu esperava encontrar um ambiente bastante aberto, com métodos de ensino mais experimentais e interativos do que havia visto nas outras escolas. Fui surpreendida, entretanto, ao deparar com quarenta alunos por turma, enfileirados em carteiras desconfortáveis, sob ventiladores de teto combinados a janelas abertas para amenizar o calor. O ruído externo, porém, era constante e praticamente insuportável.

As aulas de literatura lá observadas seguiram o padrão dominante de leitura inexpressiva e integral do livro didático, apesar das reuniões semanais da coordenação para discussão de métodos e conteúdos. Pude observar que, diferentemente da declaração escrita de intenções, as práticas pedagógicas entre a Escola A (estadual) e a Escola C (particular) apresentavam poucas diferenças, variando apenas o perfil social, cultural e econômico do alunado e os salários pagos aos professores. Na Escola C, o professorado criteriosamente selecionado aliava um perfil intelectual diferenciado à necessidade social de aprovação de seus alunos nos exames. A rigorosa pontualidade e assiduidade contrastavam com a flexibilidade permissiva de tempo e freqüência encontrada na rede pública (muitas vezes, os professores eram os mesmos).

O programa de literatura era mais extenso e detalhado, com reflexões pedagógicas e filosóficas:

a. *Fundamentos*: em que os objetivos e as atividades recomendadas para o curso são justificados, para refletir uma busca permanente resultante do questionamento do fenômeno literário e sua função no ensino de ensino médio (a coordenadora explicou que a organização cronológica não correspondia a um tratamento determinista, puramente histórico da literatura; era justificado como apoio à compreensão do processo literário nacional, situando cada autor e sua obra em interação com seu contexto sociocultural).
b. *Metodologia*: opção por um estudo comparativo de textos contemporâneos.
c. *Objetivos gerais*: reconhecer não apenas literatura como a máxima expressão da potencialidade do uso da linguagem, mas também a literatura brasileira como um elemento de produção, conservação e transmissão da cultura brasileira; identificar a literatura brasileira como um elemento de nacionalidade, relacionada ao cenário nacional e internacional; identificar nos períodos literários a expressão humana básica, ampliar o horizonte cultural e a experiência vital através do desenvolvimento de hábitos de leitura e do aprofundamento do saber literário.
d. *Conteúdos*: Ano 1 – conceitos básicos (arte literária, gêneros literários, os trovadores portugueses, o Humanismo português, e literatura informativa sobre o Brasil)
Ano 2 – Barroco, Renascimento, prosa e poesia românticas
Ano 3 – Realismo e Naturalismo, Parnasianismo, Simbolismo, Pré-Modernismo, fases primeira e segunda do Modernismo, Pós-Modernismo, produções contemporâneas.

As duas horas semanais de estudos de literatura somente eram possíveis devido ao funcionamento da escola em horário integral. Havia três professores de literatura, um para cada série do ensino médio. Havia um equilíbrio de gênero nas turmas observadas: as turmas de Lucy tinham 36 alunos (sendo 17 moças) e 39 alunos (sendo 20 alunas); as de Ana tinham 40 (21 alunas) e 39 (19 alunas). O padrão pedagógico de ensino de literatura apresentou pouca variação:

os professores seguiam o modelo de leitura dos conteúdos do livro didático como forma de estímulo áudio-oral, seguindo-se a leitura silenciosa dos mesmos conteúdos no livro e a execução dos exercícios de fixação da aprendizagem, também do livro. Lucy e Ana acrescentaram poemas, crônicas, contos curtos e recortes de jornal para expandir o universo de leitura do alunado, ajudando os professores ainda na preparação para a prova de redação.

As doze aulas observadas na Escola C versaram sobre informação bio-histórica relativa aos períodos literários de modo ainda mais radical que nas Escolas A e B, indo ao encontro da expectativa de experimentação e dos objetivos descritos de forma tão atraente no programa de estudos. Considerando a pressão familiar das classes mais abastadas quanto ao sucesso socioacadêmico de seus filhos, mais forte que a filosofia progressista básica da escola, pude perceber que a educação literária ali sofre limites socioculturais impostos, apesar da aura de competência e criatividade dos professores. Como é sabido, "escolas secundárias não se responsabilizam por uma educação geral, elas apenas visam a adestrar os alunos para que passem nos exames"[21].

As opiniões emitidas pelos três professores de literatura da Escola C foram influenciadas por sua dupla função, trabalhando todos também na rede pública. Ari, professor das turmas de primeiro ano, foi entrevistado sem ser observado em ação. Falou sobre sua luta de consciência entre seguir o programa com os alunos da classe trabalhadora no terceiro turno da Escola A (pública), para os quais ir à escola representa a terceira jornada de trabalho de cada dia, e procurar atender a suas necessidades mais imediatas, ou seja, ensiná-los a produzir *textos mundanos* (segundo Kress, cartas comerciais, *curricula vitae*, memorandos etc.). Quando discutimos a visão política e social dos alunos de ensino médio, Ari falou de sua surpresa na ocasião em que conversava com uma

---

21. Afirmação feita pela professora coordenadora dos exames vestibulares a uma das universidades federais no Estado do Rio de Janeiro, em março de 1995.

turma da Escola A sobre a ideologia entendida como prática inconsciente, preparando o terreno para aprofundar conceitos literários. Ele ouviu de seus alunos relatos de casos que descobriam uma gama variada de preconceitos raciais e socioculturais autodirigidos. Como ensinam Homi Bhabha, Edward Said, Paulo Freire e outros, é inevitável a absorção dos valores hegemônicos pelo oprimido/colonizado. De modo geral, o professor teve maior liberdade no uso do tempo para troca de idéias na escola pública A do que na particular C, em que os objetivos acadêmicos têm que ser atingidos, e as ações pedagógicas são supervisionadas de perto pela direção, coordenação, pais e pelos próprios alunos.

Lucy e Ana se queixaram da extensão do programa em relação ao reduzido número de aulas. Lucy comparou ainda a visão política de seus alunos de classe média da Escola C com a reação dos alunos das escolas públicas quanto a questões sociais, concluindo que os primeiros costumam ter uma visão unilateral dos problemas. Por exemplo, o discurso freqüentemente encontrado é de responsabilizar a pobreza pelo crime e violência, sendo que alguns alunos sugeriram a pena de morte como solução ideal para os males da sociedade.

À minha pergunta "qual seria a situação ideal para o ensino de literatura?", Lucy, professora e coordenadora de literatura, respondeu: "poder tornar a matéria mais atraente para os sentidos, conscientizar os alunos de que literatura é uma forma de arte e a expressão da cultura de um povo". Sugeriu ainda que se fizesse um ano inicial de "alfabetização" literária baseada em abordagens interativas, com o objetivo duplo de desenvolver reações pessoais e reconhecer questões culturais, numa "leitura literária comprometida culturalmente". A professora Ana, na entrevista, se queixou da carência de materiais para o ensino de literatura, reconhecendo a dificuldade de adaptar teorias literárias à prática de sala de aula, devido aos limites de tempo e à resistência dos alunos a ler.

Práticas pedagógicas

Foram observadas seis aulas com cada professora; nenhuma me apresentou às turmas e, não estando oficialmente presente, não tive minha presença reconhecida: os alunos se mantiveram distantes e frios durante as três semanas em que freqüentei a escola. Era utilizado o mesmo material didático adotado na Escola A.

As professoras Ana e Lucy se declararam oriundas de lares altamente intelectualizados, com pais profissionais de classe média que valorizavam a leitura literária pelas vantagens culturais e intelectuais a ela inerentes. Definindo-se como "muito exigente", Ana reconhece a necessidade de fundamentação teórica na educação literária; ao mesmo tempo, argumentando que "professores não são pagos para trabalhar extra em casa", ela própria ex-aluna da Escola C, culpa os alunos, sua "preguiça" e seu desinteresse geral pelo tédio nas aulas de literatura. A prática de Lucy se assemelha à de Ana: ela também leu para a turma conteúdos do livro, resumindo parágrafos e explicando "dificuldades textuais", sem se arriscar em discussões críticas ou abordagens interativas, pois a provisão de tempo não permitia ir além de "cobrir o programa dos exames". As perguntas, feitas e respondidas pela própria Lucy com a informação adicional das notas de rodapé, desperdiçaram tempo e energia de alunos cada vez mais entediados e passivos. Ana e Lucy reforçaram as possíveis questões, textos e temas que poderiam "cair" nas provas, no jogo de adivinhação dos vestibulares, fim e motivo daquele exercício pedagógico irrelevante e cansativo. Enquanto Ana afirmou que a grande quantidade de matéria a ser dada aos alunos consiste em sua maior dificuldade como professora de literatura, Lucy repetiu o chavão colonialista de que a seus alunos das várias classes sociais faltava a competência de leitura, o saber literário e o interesse em ler os clássicos por serem, antes e acima de tudo, cidadãos de Terceiro Mundo.

Para resumir

    Com a proposta explícita de facilitar o trabalho dos professores, o livro didático prepara aulas, cursos, disciplinas, restringindo a criatividade docente e o domínio do conhecimento teórico. Por outro lado, contribui para que os alunos sejam menos dependentes da palavra do professor, em sua luta por sucesso acadêmico. Entretanto, como fonte única de informação factual e de saber literário, enfraquece interesses e limites investigativos, bloqueando a curiosidade intelectual. Apesar de nem sempre os alunos observados terem sido silenciados por estratégias autoritárias explícitas, foi possível perceber a pressão apassivadora causada pelos limites de tempo, pela sobrecarga do programa positivista, pela forte expectativa sociocultural de passar nos exames.

    As práticas literárias menos consistentes foram observadas na Escola B, em que as disciplinas didáticas são mais valorizadas pelas alunas do que as de conteúdos específicos. Em geral, o elemento comum nas escolas, quanto ao ensino e aprendizagem de literatura, foi a distribuição aos professores de um programa básico da matéria. Já a definição e a classificação das estratégias adotadas é uma tarefa mais complicada. Na Escola A, os estilos docentes variaram do autoritarismo silenciador ao amor pseudomaternal, afetuoso e emocionado, no lugar de uma formação profissional consistente. As professoras trabalhavam de maneira solitária e isolada, sem interação teórico-conceitual, pedagógica ou literária.

Capítulo 4   **A iniciação no modelo inglês**

> O aluno que não leu a Bíblia já se prejudicou severamente na compreensão da literatura inglesa.[1]

Meu encontro com o sistema escolar inglês se deu através de investigação documental e bibliográfica, complementada por visitas de observação a salas de aula de literatura. Foge do escopo deste trabalho uma análise da história da educação literária na Inglaterra. Entretanto, parece relevante refletir sobre as origens de algumas práticas acadêmicas encontradas, que poderão assim ser mais bem compreendidas.

O público-alvo inglês neste trabalho consistiu de alunos e professores de *sixth form*, os dois anos de escolaridade estendida, após a educação secundária compulsória (avaliada pelo General Certificate of Secondary Education – GCSE). A aprovação nos exames de *sixth form* habilita o aluno diplomado com o GCE (General Certificate of Education) a iniciar os estudos universitários. Assim, o *sixth form*, de forte orientação acadêmica, prepara-o para os exames adiantados (*Advanced levels*), em que será selecionada a elite intelectual do país. Prestam-se exames por disciplina, em geral três matérias de áreas afins, e os resultados constituem a bagagem acadêmica do aluno: com eles, cada candidato a uma vaga universitária é ou não admitido, dependendo da oferta e da

---

1. Segundo Marjorie Boulton (1980), *The Anatomy of Literary Studies*, pp. 187-8. Tradução da autora.

procura por curso e por instituição. Os exames são prestados junto a comissões examinadoras e complementados por entrevistas; apenas algumas universidades aplicam seus próprios exames, excepcionalmente, sem levar em consideração os resultados dos exames oficiais.

Ser inglês e estudar literatura

Para poder me situar no sistema inglês e melhor aproveitar a entrada nas escolas para observar práticas de educação literária naquele país, julguei necessário, primeiramente, responder a algumas perguntas básicas sobre a estrutura do processo educativo. Para isso, consultei determinados estudiosos das práticas de educação literária britânica.

Segundo Easthope e McGowan, o estudo de textos literários nas escolas inglesas é uma inovação relativamente recente, posterior a 1930. O declínio da religião cristã havia deixado os ilhéus sem uma noção adequada de valores morais. A *boa* literatura poderia suprir essa deficiência. Entretanto, a crescente influência dos meios de comunicação de massa relegara a literatura a segundo plano: a sobrevivência da literatura dependia de uma proposta pedagógica séria, baseada em um cânone literário rigorosamente selecionado, com os *melhores* poemas, peças de teatro e romances[2]. Segundo Exton,

> a maior parte do ensino de literatura nas escolas sofre de uma dupla dificuldade. Por um lado, há uma estrutura educacional rigidamente hierárquica de formas incontáveis. Por outro, atua-se dentro daquela tradição inglesa que invade todos os aspectos da vida cultural no país: ou seja, uma separação nítida entre criação e crítica, entre prática e teoria.[3]

---

2. Antony Easthope e Kate McGowan (eds.) (1996), *A Critical and Cultural Theory Reader*, p. 1.
3. Richard Exton, "The Language of Literature", in V. Lee (ed.) (1987), *English Literature in Schools*, p. 313.

É freqüente a menção a uma "herança" que ainda caracteriza o ensino de literatura nas escolas da Inglaterra. Essa herança cultural mediaria a leitura-base dos estudos literários, estabelecendo uma diferença crucial entre esse e outros processos, assim como o sistema de exames que confirma, impõe e reflete os pressupostos conceituais e culturais norteadores da política educacional do país. Coexistem, no modelo inglês, a valorização da criatividade literária e a fundamentação crítica da hierarquia educacional, o que Exton percebe como contradição intrínseca. Para o autor, é necessária, antes de mais nada, uma mudança da postura antiacadêmica e antiteórica que caracteriza a vida cultural britânica, para que se possa tentar uma construção reflexiva a partir do saber que os alunos trazem para a sala de aula de literatura. Só assim será possível, finalmente, combater a retórica mistificadora que cerca a disciplina (p. 319).

Dixon e Stratta têm uma visão semelhante à de Exton, indo além em sua crítica do sistema de avaliação. Os autores questionam a expectativa de *leituras definitivas* para adolescentes, explicando que ler literatura é um ato problemático, sujeito a mudanças individuais, culturais e históricas[4]: exige-se na educação literária escolar uma postura de análise crítica da obra literária, que cabe à universidade. Estudar literatura é ato problemático, na opinião de Protherough, porque a disciplina, por sua própria natureza, se mistura imperceptivelmente a outras disciplinas, faltando-lhe consenso sobre seus limites. Estudar literatura é diferente de estudar outras matérias acadêmicas, pois a disciplina não se justifica através de conexões profissionais e práticas diretas: embora possa produzir professores e escritores, o objetivo de seu estudo não é primariamente vocacional[5]. Assim, enquanto outras disciplinas costumam ser apresentadas aos alunos de forma essencialmente racional e analítica, o estudo

---

[4]. John Dixon e Leslie Stratta, "Unlocking Mind-Forg'd Manacles?", in V. Lee, op. cit., p. 397.
[5]. Robert Protherough (1986), *Teaching Literature for Examinations*, p. 3.

de literatura na Inglaterra une o cognitivo e o afetivo, complicando até mesmo a definição de seus objetivos.

Para Protherough e Atkinson, os professores de língua e literatura inglesa são um grupo novo e facilmente identificável, surgido após o decreto de 1904 que tornou a disciplina compulsória. O primeiro grupo, formado em meados dos anos vinte, era uma categoria sem prestígio social. De acordo com o Relatório Newbolt de 1921, que analisava a situação escolar no país, os requisitos básicos para ser professor de "inglês" consistiam em um treinamento literário, não necessariamente adquirido na faculdade, uma gama de qualidades pessoais, a habilidade de liberar a criatividade potencial das crianças, a preocupação social com todos os tipos de crianças e, finalmente, alguma proficiência lingüística. A formação vocacional ou prática era desnecessária para esse profissional, de quem se esperava a competência de "modificar vidas". Ou seja, professores ideais de língua e literatura já nasciam prontos (pp. 9-10). Ainda hoje, como denunciam Protherough e Atkinson, não há consenso sobre o *corpus* da disciplina, seus limites são notoriamente obscuros e sua definição, impossível (p. 11).

Dixon[6] determina três modelos no ensino de língua e literatura inglesas, e com eles propõe um método de conceituação: o modelo de *habilidades*, voltado para a alfabetização inicial; o da *herança cultural* (a necessidade de conteúdos civilizadores e socialmente unificadores); e o modelo privilegiado no presente, voltado para o *crescimento pessoal* (os processos de aprendizagem relacionados a seus significados para o indivíduo). Reconhecendo a coexistência na escola contemporânea dos paradigmas de herança cultural e crescimento pessoal, em diferentes níveis de escolaridade, Dixon entende que o modelo de habilidades se baseia nos princípios de Matthew Arnold: a literatura de alta qualidade oferece uma crítica da vida, a cultura é um bem adquirido, e não se leva em consideração o saber cultural do aluno. Já o mo-

6. John Dixon, "A Method of Definition", in Lee, op. cit., pp. 191-201.

delo de *crescimento pessoal*, nitidamente influenciado pelas teorias progressistas de educação, peca por tender à hipersimplificação, na busca da auto-expressão individual[7].

Para David Shayer, é preocupante, na história da educação literária, a ausência de teorias bem fundamentadas nas práticas estabelecidas, através das gerações. Shayer descreve *as grandes falácias* que a disciplina vem sofrendo, ainda em prática nas escolas, submetendo alunos a leituras extensas, e aprendendo na prática "muito pouco sobre quase tudo"[8].

Assim como ele, outros autores fazem referência à ênfase dada por educadores em geral aos aspectos do patrimônio cultural, aos valores e heranças das classes hegemônicas, com implicações complicadoras para as salas de aula freqüentadas por uma clientela multicultural e multiétnica de diferentes níveis sociais.

Entre outros tópicos, James Gribble[9] analisa a negação do prazer no estudo de literatura. Em sua opinião, os pro-

---

7. Rex Gibson ("Structuralism and Literature", in Lee, op. cit., pp. 231-4) descreve quatro abordagens principais de educação literária, nascidas no meio acadêmico-universitário e representadas no ensino escolar de literatura: a primeira se baseia no *estudo de textos*, investigação paciente e escrupulosa para estabelecer a fidedignidade de textos originais; a segunda é o *encontro humano com a literatura*, a resposta ao texto, que quer saber como o indivíduo responde ao poema ou outro trabalho literário, moralmente ou como leitor sensível. São palavras-chave: "autenticidade", "sinceridade" e "consciência crítica"; teorias são desprezadas por interferir entre o texto e o leitor. Para Gibson, é o paradigma mais importante nos estudos literários ingleses. A terceira abordagem, *histórico-sociológica*, propõe o estudo de literatura para identificar seu papel e função na sociedade, para aprender sobre a sociedade através da literatura; seu objetivo funcional é servir e melhorar a sociedade. A quarta abordagem é relacionada aos *mecanismos internos* e sistemas de literatura, e é apontada por Gibson como alternativa ao estruturalismo literário.

8. David Shayer (1972), *The Teaching of English in Schools 1900-1970*, Introduction, p. 2. Shayer descreve a "falácia clássica" (estudos literários por métodos emprestados dos clássicos), a "falácia do inglês antigo" (estudo de língua antiga e medieval para tornar a disciplina respeitável), a "falácia imitativa e dissertativa" (imitar, copiar ou reproduzir modelos), a "falácia moral" (literatura para transmitir lições morais a mini-adultos), o "*status* do assunto e da correlação" (inglês com geografia ou história, agrupamentos disciplinares) e a "falácia de conteúdos e gramática" (estudo academicista, com exames e respeitabilidade através de fatos gramaticais, como treinamento mental).

9. James Gribble (1983), *Literary Education: a Revaluation*, p. 2.

ponentes de uma educação rígida e formal temem o uso da literatura não apenas por suas características recreativas e educativas, mas também por ela ser "moralmente perigosa", devido às sensações e sentimentos que pode evocar. Gribble estuda ainda a resistência de professores, estetas e filósofos da educação a qualquer proposta de incluir estudos de crítica literária como parte da educação literária nas escolas, rapidamente descartada como inadequada por "interferir com o prazer imediato de ler e, conseqüentemente, com o desenvolvimento de uma relação mais ampla com a literatura e o sabor da leitura". Na realidade, diz ele, os professores não têm clareza sobre o papel da análise crítica, geralmente apresentada aos alunos como uma perspectiva geral de pouca importância e interesse (Gribble, p. 32):

[...] a crítica literária é aquela forma de discurso que embasa a análise de obras de literatura para fazer justiça à incorporação de significado... se sua importância se tornasse bem aceita pelos professores [de literatura], meios certamente seriam encontrados de garantir que o interesse dos alunos, ao invés de diminuído pelo tratamento crítico-analítico da leitura literária, fosse aprofundado e aumentado.

Na realidade, sempre que mencionado, o tratamento crítico-literário é apresentado como de "alta competência técnica", usando o texto literário como "matéria-prima para um processo puramente mecanizado de processamento nas fábricas acadêmicas" (Gribble, p. 34). Isso não justifica o distanciamento significativo entre processos de desenvolvimento consciente através da literatura e a atividade de crítica literária:

Aprender a responder adequadamente à obra literária e aprender a articular essa resposta é, em parte, aprender a empregar uma forma de discurso que possa fazer justiça a essa interação orgânica...

Para Gribble, esse deveria ser o objetivo e o papel da educação literária na escola, já que estudar literatura implica basicamente construir uma teoria abrangente do discurso literário (pp. 43 e 78). Vários autores apontam para a necessidade de definição de um *corpus* teórico coerente para a sobrevivência da disciplina. Doyle argumenta que a falta de precisão na definição dos objetivos do estudo de literatura inglesa pode ser explicada pela tendência em evitar manifestos ou declarações detalhadas e explícitas de fundamentação crítica (p. 117). Na conclusão de seu livro *English and Englishness* (1989), Doyle indaga se "os objetos, os mecanismos institucionais e a identidade dos estudos de inglês" seriam compatíveis com aspirações democráticas. E cita as duas tendências contraditórias encontradas nos estudos literários ingleses: o papel "monumental" da disciplina nos domínios da herança cultural nacional, segundo o modelo arnoldiano, e o reconhecimento da crise da disciplina em seu estudo, numa análise crítica da "herança", questionando o papel da literatura como domínio cultural privilegiado.

Literatura inglesa e classes sociais

Os antigos problemas das escolas elementares inglesas (turmas grandes, professores não qualificados, crianças fracas e desnutridas trabalhando para sobreviver, métodos pedagógicos inadequados e obsoletos), expostos após a Primeira Guerra Mundial, tornaram clara a necessidade de uma reforma educacional. A educação deveria oferecer não apenas benefícios militares e econômicos semelhantes àqueles encontrados na Alemanha, cujo sistema escolar abolira o tradicionalismo irrelevante, mas também deveria agir sobre a situação de inferioridade cultural que caracterizava a classe trabalhadora inglesa. Nessa análise, Margaret Mathieson explica ainda que, no período pós-guerra, acreditava-se que uma educação melhor para todos não apenas ajudaria a combater o cenário inglês de inferioridade educacional em relação à Europa, mas também a alcançar maior unidade social, lutando contra os males do separatismo social. Para tal, a literatura nacional teria valor totalmente educativo, dentro de um processo escolar de ensino e aprendizagem visando ao crescimento coletivo e individual, para alcançar maior justiça social através da educação[10].

Entre 1918 e 1919, quatro comissões foram criadas na Inglaterra para relatar a situação do ensino das ciências, línguas modernas, estudos clássicos, língua e literatura inglesas. Sir Henry Newbolt coordenou uma dessas comissões. Seu relatório, *Teaching of English in England* (1921), começa assim:

> A concepção inadequada do ensino de inglês neste país não é um defeito isolado que possa ser remediado separadamente. Ele se deve a uma falha mais profunda – a falha em conceber o significado total e as possibilidades da educação nacional como um todo; a mesma falha também se deve à compreensão errônea dos valores educacionais a serem encontrados nas diferentes regiões de atividade mental, especialmente ao subestimar a importância da língua e literatura inglesas.

Essa comissão, segundo Mathieson, representava professores, diretores e inspetores de escolas preocupados com o sistema dualista, que mantinha a distância entre as classes sociais através da preparação educacional de alunos para diferentes modos de vida. Apesar de julgar o estudo dos clássicos importante e prazeroso, acreditava-se que sua manutenção, devido às dificuldades lingüísticas e aos métodos pedagógicos antiquados, servia apenas para manter o vão entre os estratos sociais. A comissão Newbolt propôs uma nova abordagem, baseada em princípios de educação liberal para todas as crianças de todas as classes sociais, atendendo assim às necessidades de uma educação geral e nacional. As práticas de memorização, a rotina, a aridez e os

---

10. Margaret Mathieson (1975), *The Preachers of Culture*.

exercícios mecanizados seriam substituídos por uma ênfase no discurso e na escrita naturais, no falar e ouvir. A mudança visava à quebra de barreiras sociais e a possibilitar uma melhor compreensão dos outros assuntos e matérias, produzindo um alunado mais confiante e socialmente eficiente. Ou, no dizer da comissão, "desenvolver a mente e a alma das crianças e não apenas prover a sociedade de mão-de-obra aquiescente e adestrada" (Mathieson, pp. 184-5).

Além disso, ricos e pobres ingleses, indistintamente, tendiam a confundir, subestimar e se aborrecer com a arte, um problema contra o qual a comissão sugeria "materiais nacionais escolhidos com imaginação", uma proposta política de que, aumentando a inteligibilidade e o prazer literário, poderia ser elevado o nível de apreciação cultural do país, evitando assim maiores problemas futuros:

> Negue-se hoje às crianças da classe trabalhadora a partilha dos bens culturais e elas, crescendo, exigirão com ameaças um comunismo do material.

O papel da literatura tinha um claro objetivo ao beneficiar os filhos das classes trabalhadoras, os futuros trabalhadores: que as aulas de literatura fossem deliberadamente irrelevantes, sem o objetivo de informar, mas sim de apresentar os alunos às "grandes mentes e novas formas de experiência". Na opinião de Mathieson, a linguagem usada no Relatório Newbolt e no *English for the English* sugeria uma responsabilidade quase religiosa de "elevar" os estudos de língua e literatura, em substituição aos clássicos e à Igreja. Assim, professores de literatura deveriam fazer o "trabalho missionário" de humanizar as massas com paixão, zelo, criatividade e humildade.

Não se contava, entretanto, encontrar a pouca simpatia das classes trabalhadoras por essa proposta de difusão da cultura liberal: se a literatura era o lazer das elites, rejeitavam-na como "mero ornamento, superficialidade, um assunto a ser desprezado por homens realmente viris". A hostilidade e a desconfiança eram mais constantes nos meios de militância sindical, nos movimentos trabalhistas organizados. Isso preocupava a comissão como questão política e social, antes que artística ou estética:

> Vemos a prevalência de tais opiniões como um assunto sério, não apenas porque se trata da alienação de uma importante parte da população do "conforto" e da "alegria" da literatura, mas principalmente porque isso demonstra uma condição mórbida do corpo político que se não tratada pode ter conseqüências lamentáveis... a nação cuja porção maior rejeita as graças da literatura e despreza essa grande influência espiritual deve sem dúvida estar se encaminhando para o desastre.[11]

Em *Preachers of Culture* (1975), Mathieson mostra como o estudo escolar da língua, literatura e cultura inglesas sempre esteve ligado à expansão educacional, ao desenvolvimento urbano e a mudanças tecnológicas

> ... para humanizar as crianças da nação através da literatura, do uso criativo de sua língua nativa e da discriminação crítica entre arte e os produtos de entretenimento comercial. Entendido como uma rede de atividades nas quais as crianças podem alcançar um desenvolvimento emocional, social e moral, o estudo de inglês tem sido visto como a disciplina escolar que, mais que qualquer outra, exige das professoras qualidades pessoais excepcionais (p. 12).

Entre as duas grandes guerras, o estudo de inglês se expandia, mas sua valorização diminuía: era um estudo posto em prática apenas em escolas elementares, nas escolas para meninas, nos institutos de formação técnico-profissional (Mechanics' Institutes), continuando ausente das escolas particulares e das universidades de prestígio até a terceira década do século vinte. Para os acadêmicos de Oxford, estudar

---

11. Tirado de *The Teaching of English in England*, p. 259, citado por Mathieson (1987), op. cit., pp. 187-8.

literatura carecia de "rigor mental"; já os diretores das escolas freqüentadas pelos filhos das elites desprezavam a matéria por não apresentar nenhuma dificuldade, além de estar associada à educação de meninas e classes trabalhadoras.

A contraproposta, segundo Mathieson, surgiria entre 1930 e 1940, defendida por F. R. Leavis e a Escola de Cambridge. Esses acadêmicos atribuíam aos professores de literatura o papel de "guerreiros"; utilizavam métodos não-historiográficos, não traduziam "significados", não explicavam dificuldades, não trabalhavam com resumos de textos literários nem com descrições de personagens, elementos esses considerados "alheios" à verdadeira educação literária, ao ensinar literatura de fato.

Doyle explica que, através dos critérios meritórios de seleção discente no final dos anos 1940, esperava-se que a educação literária fornecesse o tipo de ensino capaz de produzir homens e mulheres sem medo de perguntar, especialmente interessados em *qualidade de vida*, mais do que simplesmente arrumar pessoas na "engrenagem social existente". Para tal, abandonava-se a abordagem anterior à guerra, que basicamente consistia em justificar o foco no aumento da competência de leitura e no desenvolvimento do gosto. Agora, aprender língua e literatura inglesas serviria para instilar "disciplina mental, capacidade argumentativa e a seleção independente, sensível e rigorosa de respostas" (pp. 102-6).

F. R. Levis e I. A. Richards, de maneiras distintas, exerceram poderosa influência no ensino da literatura inglesa, através do método prático de treino discriminativo, cuja característica central era o rigor crítico "científico" no estudo da literatura, língua e cultura inglesas. Richards visava a estabelecer autoridade, veracidade e segurança textual na leitura, um projeto relativamente psicológico e formalista, enquanto Leavis tinha por objetivo uma leitura moral e estética, um projeto dirigido à elite literária e moral da nação. Essa influência foi crucial para criar um vínculo entre a academia (estudos universitários) e a escola (práticas escolares), na área de estudos literários.

A função maior dos professores agora era treinar seus alunos a "resistir", através de rigorosa objetividade, travando uma "cruzada para encorajar respostas discriminatórias discentes a todos os aspectos ambientais, como proteção anticorrupção contra materiais políticos subversivos" (Mathieson, 1975, p. 123). Na base das propostas de Leavis e Richards estava a crença na arte e nas ciências humanas como ações contínuas e não contrastantes, sendo que a arte se destacaria como a mais valiosa das atividades, por encorajar "o equilíbrio e a ordenação de nossos impulsos" (Mathieson, p. 131).

Leavis e Richards se preocupavam ainda com a desintegração cultural, a indiferença acadêmica, o declínio dos padrões e o controle dos meios de comunicação de massas "à moda nazista" (Mathieson, p. 134). Leavis sentia, porém, que, após oitenta anos de educação compulsória, o *meio ambiente* parecia estar ganhando a guerra: as crianças inglesas estavam nas mãos da indústria de entretenimento, em vez de freqüentar a alta cultura e a boa literatura.

O princípio de centralidade baseado numa "trigonometria de liberdade, gratificação e autocrítica" é a pedra angular da proposta de Leavis. Como editor da influente revista literária *Scrutiny*, idealizou o atual currículo de ensino de inglês nas escolas: "estudar o que é excelente ajuda a atingir a excelência"[12]. Até hoje, as discussões acadêmicas sobre as práticas contemporâneas de educação literária têm por base os dois autores, com a forte presença da corrente leavisiana.

Relatos de práticas literário-pedagógicas

O que querem professores e alunos? O que encontram na escola? Haverá um descompasso entre objetivos e resultados? Como são perseguidos os objetivos? Até que ponto

---

12. Fred Inglis, "Four Critics", *The English Magazine*, n.º 4, verão de 1980, pp. 10-2.

métodos e práticas pedagógicas colaboram para o fortalecimento democrático, tendo os exames como finalidade principal? Serão fortalecimento e democracia meras falácias em jargão acadêmico?

Autores diferentes têm escrito sobre seus achados em aulas de literatura nos níveis adiantados (*sixth form*), geralmente concordando a respeito de diferenças sociais e culturais fundamentais, não apenas entre quem ensina e os que aprendem, mas também entre métodos e conteúdos. Protherough, por exemplo, escreve que

> à medida que cada vez mais alunos escolhem literatura, muitos confessam tirar pouco proveito ou prazer desse aprendizado, lendo tão-somente os textos pedidos nos exames, encontrando pouca ligação entre suas vidas e aquilo que lêem.[13]

O autor descreve como os alunos crêem no cânone como representação exclusiva da literatura, esse conjunto de obras consideradas "estudáveis", sem qualquer relação com suas próprias escolhas. Ao mesmo tempo, rejeitam os métodos pedagógicos utilizados – especialmente o exercício de cópia das observações docentes – e os programas, impostos pelos requisitos dos exames, e responsáveis pela destruição do prazer de ler (pp. 15 e 36). Também Chris Woodhead, discutindo métodos de ensino e aprendizagem de poesia, afirmou ter poucas dúvidas de que os métodos e estratégias utilizados em educação literária "têm muito a explicar a respeito de as aulas serem sempre tão enfadonhas e a poesia tão pouco lida"[14].

Em sua análise de alunos, professores, práticas e exames de nível adiantado, Protherough trata de aspectos cruciais distintos na sistematização escolar da educação literária. Reconhecendo que a interação pedagógica entre professores e alunos é marcada pelos preconceitos prévios a respeito uns

---

13. Robert Protherough (1986), *Teaching Literature for Examinations*, p. 5.
14. C. Woodhead, "Getting the Proper Attention", in V. Lee, op. cit., p. 328.

dos outros e do sistema como um todo, o autor afirma que os docentes são condicionados em sua própria formação e em sua educação literária: uns, educados sob a influência das abordagens leavisianas, irão enfatizar "o poder civilizador da literatura para combater as pressões da cultura de massa", enquanto outros, formados mais recentemente, irão provavelmente perceber que o ponto central "são as finalidades políticas dos estudos literários". Em ambos os casos, perde-se de vista o texto em si, prevalecendo sua função de acesso a um padrão muito mais amplo de sistemas e códigos. Perde o texto literário sua força ético-estética como arte da palavra, para servir apenas ao aspecto sociopolítico do triângulo multidisciplinar (língua/ arte/ cultura).

Nas escolas, é comum encontrar professores não licenciados de literatura, pois a formação acadêmica específica não é pré-requisito fundamental da legislação educacional inglesa. Shayer denuncia:

> Se cursos de literatura inadequados e sem imaginação continuam, é porque alguns professores, incluindo-se aí muitos que nunca tiveram formação para o ensino de literatura, dão aos alunos uma versão aguada da lembrança de suas próprias experiências discentes.[15]

O sistema de exames garante "que a especulação sobre a possibilidade de estratégias diferentes para a educação literária não passe de especulação" (Shayer, p. 172). Os alunos precisam de permanência e continuidade, mais do que trivialidade. Como denunciam alguns críticos dos exames adiantados, os ensaios literários produzidos pelos estudantes são feitos com esmero, mas não deixam entrever nenhuma intimidade pessoal com o texto. Para Shayer, o problema estaria no método de estudos literários, apoiado na memorização de seqüências, impedindo que os alunos

---

15. Segundo David Shayer (1972), *The Teaching of English in Schools 1900-1970*, p. 158.

exercitem respostas críticas ao texto literário, conduzidos pelas questões propostas.

Dorothy e Douglas Barnes encontraram duas estratégias principais de ensino nas salas de aula de literatura inglesa: *transmissão* e *iniciação*[16]. A primeira consiste em pronunciamentos docentes oficiais a recipientes passivos, com abundância de detalhes e significados localizados, com tópicos limitados a questões predeterminadas. A segunda estratégia encoraja respostas pessoais, disponibilizando para os alunos certos princípios conceituais. Essa abordagem permite um trabalho independente de questionamento e resposta, exercendo não apenas uma enorme influência sobre o tipo de atitude internalizada pelos próprios alunos, mas também na permanência de sua relação com a literatura. Os autores descobriram ainda que grande parte da literatura escolar se localiza num nicho específico, pois, "nos livros oferecidos, a experiência era privatizada e despolitizada; isto era devido, em parte, à escolha dos textos" (p. 232).

Na pesquisa feita com mais de cento e dez professores de inglês, Protherough demonstrou como muitos docentes manifestam sua insegurança quanto à natureza do texto literário, perplexos ante a complexidade de um currículo oculto que afeta seu modo de entender o mundo. Em geral, professores de literatura percebem a disciplina através de cinco categorias: como fonte de crescimento pessoal, como cruzamento curricular, como necessidade do mundo adulto, como meio de apropriação da herança cultural e como modo de análise cultural. Essas categorias eram comparadas implicitamente pelos professores, que rejeitavam uma para favorecer outra[17].

Escrevendo sobre os cursos de literatura em níveis adiantados, Brown e Gifford entrevistaram alunos de *sixth form*, investigando suas expectativas, prazeres e desprazeres. Descobriram que a queixa geral dizia respeito às doses maciças

---

16. Barnes e Barnes; w/ Stephen Clarke (1984), *Versions of English*, pp. 225-8.
17. Robert Protherough e Judith Atkinson (1994), "Shaping the Image of an English Teacher", in Susan Brindley (ed.), *Teaching English*, p. 5.

de anotações ditadas e informação pré-digerida[18], contrariando a declaração geral do folheto oficial que rege os objetivos dos programas: encorajar o prazer e a apreciação da *literatura inglesa com base em respostas bem informadas, e ampliar essa apreciação*. Os autores criticam o discurso oficial que, pouco elucidativo para professores, combina propósitos cognitivos e afetivos sem esclarecer o que se entende por *leitura literária, apreciação* e *resposta*. Os programas excluem ainda qualquer fundamentação teórica crítica na provisão da "apreciação" literária, sob a justificativa de temer danos ao caráter *pessoal* da resposta do leitor.

Para Brown e Gifford, o papel principal do professor é "encorajar a voz tímida e hesitante do aluno" que, tendo a certeza de que "suas perguntas serão aceitas no lugar de declarações assertivas", irá perceber o desafio gratificante de buscar sua própria voz pessoal, deixando então de fazer empréstimos dos críticos (p. 9). Sabendo que não existe leitura neutra nem ensino neutro, os mesmos autores propõem uma série de abordagens experimentais, convidando alunos para discutir estratégias de aprendizagem, compartilhando pensamentos sobre ensinar e aprender, para que cada um possa desempenhar um papel mais ativo no seu próprio processo educativo (pp. 41-3). Como costuma ocorrer, esse debate sobre a natureza dos estudos literários, entretanto, ainda não chegou aos níveis adiantados (*sixth form*) na escola, um estágio ainda muito conservador.

O leitor ideal é capaz de lançar mão de um repertório amplo de leitura e saberes culturais, base da expressão e avaliação de novas leituras. Dada a tensão entre os atos de leitura e de preparação para exames, Brown e Gifford especulam se haveria meios de utilizar essa tensão no processo de aprendizagem para os exames, cujas perguntas costumam ser de tal nível de abstração que o aluno é incapaz de escolher e selecionar seus próprios materiais. Os autores exemplificam com uma questão de prova final (p. 145):

18. John Brown e Terry Gifford (1989), *Teaching A-Level English Literature*, p. 2.

"O ponto central da peça é o conflito entre o bem e o mal."
Será esse um comentário acurado sobre Hamlet?

Muitos examinadores reclamam da escrita "mecanizada" e cansada, como se apenas os alunos fossem culpados e não o sistema. Se os programas de estudos literários adiantados reservassem para o aluno os papéis de leitor e produtor, possibilitando o estudo das culturas e sociedades passadas e presentes, esse processo seria mais significativo para os alunos (Brown e Gifford, p. 179). Barnes e Barnes relatam sua experiência de observação de aulas de literatura em *sixth form*: a primeira impressão foi de entrar em um universo discente feminino, sem alunos cursando literatura (p. 260). Entretanto, a docência de literatura em nível adiantado era reduto de professores (homens) graduados e experientes, em posições privilegiadas.

A cultura literária é vista como um acompanhamento adequado ao papel feminino, associado a uma valorização de *insight* e solidariedade sobre conflito e poder, e talvez ainda ligado às esferas privadas ou domésticas. Poderíamos entender que, por causa da internalização da padronização de gênero, as meninas estariam mais à vontade na abordagem literário-pessoal da literatura do que os rapazes, o que é verdade até certo ponto, já que mais moças do que rapazes expressam sua apreciação da disciplina... Entretanto, muitas moças se mostravam tão céticas quanto os rapazes acerca da utilização prática da matéria da forma como a vivenciaram nas escolas... Em geral, padronizações de gênero na escola se relacionam a padronizações de gênero no mundo exterior... (p. 386).

A falta de teorias críticas claras cria diversos problemas na escola. Segundo Janet Emig, mantemos a visão de teoria como *representação de matriz explicativa de um ou mais fenômenos, formulada, de preferência, com formalidade, poder e elegância*. E de onde vem tal definição de teoria? É forçoso confessar que ela se desenvolveu ao longo de um período significativo de tempo, resultado da inculcação sofrida nos cursos de graduação[19]. Se os professores em geral reconhecem ensinar visando aos exames, os examinadores enfatizam o princípio liberal-humanista de individualismo e competência subjetiva na resposta do leitor ao artefato literário, sem teorias críticas que interfiram na suposta "autenticidade" das respostas.

Mathieson denuncia que os professores culpam os exames por suas próprias incertezas e inconsistências. A conseqüência está nas exigências acadêmicas inadequadas, que requerem métodos pedagógicos formais e analíticos: "enquanto os exames forem culpados por todas as dificuldades, a atenção estará sendo desviada de outros fatores e considerações importantes"[20].

Para Marius (in Engell e Perkins), a atenção detalhada e analítica à literatura crítica é indispensável ao ensino de literatura. A literatura que se ensina deveria ser discutida em sala de aula com os mesmos cuidados dedicados à leitura crítico-analítica de peças teatrais, poesia e romances (p. 185). Acadêmicos – e não professores – estabeleceram os ensaios como forma constante (não raro única) de avaliação do saber literário de estudantes de nível escolar adiantado. Isso requer dos alunos uma voz, identidade e maturidade que sua faixa etária e experiência de leitura ainda não são capazes de prover. E, diferentemente dos currículos pedagógicos de outras disciplinas artísticas, os limites da criatividade discente são predeterminados na educação literária.

De que forma são os alunos assegurados da validade de sua resposta pessoal? Será que o sistema escolar valoriza a experiência subjetiva e cultural do aluno, sem oferecer suporte teórico para expandir sua visão fragmentada do texto escrito? Precisa o aluno sempre confiar nos critérios do

---

19. "Our Missing Theory", in Charles Moran e E. F. Penfield (1990), *Conversations: Contemporary Critical Theory and the Teaching of Literature*, p. 89.
20. Margaret Mathieson, "The Problem of Poetry", *Use of English*, v. 31, nº 2, primavera de 1980, p. 39.

professor como lei, verdade e palavra final, sem expor suas próprias questões, dúvidas e dificuldades? Nesse estágio da vida escolar e acadêmica, é permitido que o aluno trate o texto literário com irreverência? Por que será que dificuldade e aridez dominam o cenário de educação literária?

Programas, exames e métodos

Ao optar por determinado programa de exames adiantados (para o GCE), as escolas revelam boa parte de suas agendas implícitas. Um dos programas mais utilizados pelas escolas de orientação menos conservadora na década de 1990 era o AEB 0660. Esse programa de estudos para os exames inclui um percentual de avaliação contínua através de trabalhos feitos durante o curso, permitindo maior flexibilidade na escolha do *corpus* literário: por exemplo, o colégio onde foi feita parte da coleta de dados, que usa o AEB 0660, incluiu literatura de autoras negras (Toni Morrison, Alice Walker, Maya Angelou) nos trabalhos de curso. Esse programa, cujo percentual de avaliação permanente decresceu de 50 para 20% a partir dos exames de 1994-95, exige maior atividade docente no processo de avaliação.

Em comum com os outros – Oxford e Cambridge, AEB 0623, ULEAC 9170 e 9176 (Universidade de Londres) – o programa AEB 0660 enfatiza as características de estilo individual, a definição substancial dos conteúdos e a expectativa de automotivação dos alunos: estudantes de literatura não devem necessitar de incentivo ou motivação externa para ler, interpretar e escrever sobre textos. Sem uma teoria clara, eles são treinados a "responder de modo pessoal" nos exames.

Para Foucault, exames de avaliação, afetando o saber nos níveis da consciência, das representações e de sua transformação em investimento político, combinam

> as técnicas de uma hierarquia observadora e as de um julgamento normalizador. É um olhar normalizador, uma vigilân-

cia que possibilita qualificar, classificar e punir. Ela estabelece sobre indivíduos uma visibilidade através da qual se diferenciam e são julgados. É por isso que, de todos os mecanismos de disciplina, o exame [uma técnica frágil em que se encontra todo um domínio de saber, um tipo completo de poder] é altamente ritualizado.[21]

Assim, exames se tornam duradouros através do processo de ensinar e aprender, um fator estável entrelaçado a um ritual de poder, capacitando o professor, "enquanto transmite seu conhecimento, a transformar seus alunos em um campo completo de saber" (Foucault, p. 186). Para tal, esses exames introduzem a "individualidade no campo da documentação" com um poder de escrita constituído como parte essencial dos mecanismos de disciplina, enquanto fazem de cada indivíduo um caso a ser descrito, julgado, medido, comparado a outros, para ser então treinado ou corrigido, classificado, normalizado, excluído. "Quanto mais poder ou privilégio, mais marcada fica a pessoa, como indivíduo, por rituais, relatos escritos ou reproduções visuais" (pp. 189-92).

Todas essas considerações sobre o papel dos exames remetem a regulamentos e métodos disciplinadores, a processos de submissão e controle. "Um corpo é dócil se pode ser subjugado, usado, transformado e melhorado" (Foucault, p. 136). Assim, entre as escolas estudadas, as de caráter mais centralizador utilizam mais claramente elementos disciplinadores, "uma anatomia política do detalhe" (idem, p. 139). Forças de utilidade (aprender a atender à demanda dos examinadores nos exames escritos e nas entrevistas; equipar-se para satisfazer possíveis empregadores) são reforçadas junto à obediência política do corpo e das respostas cognitivas, dissociando o poder do corpo e protegendo-se pela *monotonia disciplinadora*, horários, ciclos de repetição, "elo coercitivo junto ao aparato de produção" (p. 153). Assim, ao sentar alunos mais jovens em fileiras, exerce-se um meca-

---

21. Michel Foucault (1991), *Discipline and Punish*, pp. 184-5.

nismo de melhor controle, limitando-se a comunicação e o intercâmbio social. O arranjo circular, porém, predominante nas turmas de *sixth form* observadas, permite uma fiscalização mais efetiva, como o *olho perfeito* do Panopticon a que nada escapa, "um centro para o qual todos os olhares se voltam" (p. 173).

O sistema de supervisão pelos alunos "monitores-fiscais" (*prefects*) encontrado na Escola Hollybush é parte do processo de fiscalização: selecionados entre os mais aptos, os "monitores-fiscais" integram o poder disciplinador.

> Uma relação de fiscalização, definida e regulamentada, está localizada no âmago da prática docente, não como uma parte adicional ou adjacente, mas como um mecanismo inerente à prática, que aumenta sua eficiência (p. 176).

Através dessa fiscalização, o poder disciplinador se torna

> um sistema integrado, vinculado por dentro à economia e aos objetivos do mecanismo em que é praticado (Foucault, p. 176).

Retomando as questões principais

É fundamental definir a quem se dirige a crítica e o que ela oferece a quem a lê[22]:

> A literatura não é apreendida por alunos ou professores como uma força civilizadora. Ela é estudada como um campo em um *corpus* de conhecimento formal. Será possível chamar de crítica o trabalho formal apresentado aos alunos?

Apesar do aumento do número de estudantes de literatura, a leitura literária vem se mostrando cada vez mais irrelevante para suas vidas. O ensino e a crítica têm sido instrumentos tradicionais de dominação e opressão antes que

---

22. Louis Kampf e Paul Lauter (eds.) (1973), *The Politics of Literature: Dissenting Essays on the Teaching of English*, New York: Vintage Books, pp. 15 e 20-2.

de esclarecimento, armas para manter a ordem hegemônica das relações sociais. Por sua vez, as escolas agem como árbitros do gosto, tratando seus alunos como audiência alheia ao empreendimento cultural, no qual atuam simplesmente como espectadores em uma performance. Ellen Cantarow descreve seu próprio processo de transformação gradual rumo à conscientização política. Vinculou sua ação como professora de literatura a seu envolvimento político, reconhecendo a necessidade de adquirir uma base teórica, *extensão natural da revolução, um processo contínuo de aprendizado em que ambos, professor e alunos, pudessem participar, em que a educação fosse uma extensão do trabalho, sendo ambos engajados*[23]. Integrando a luta política pelo fortalecimento das classes trabalhadoras, esse processo representa a cultura dessas classes, sem imitar de modo subserviente o estilo da classe do poder. Entretanto, a educação literária recomendada pelas teorias liberais para "enriquecimento" da vida da pessoa faz da literatura um capricho isolado "que confirma a esterilidade da vida sob o capitalismo", funcionando como instrumento para impor aos alunos as ideologias dos poderosos (Cantarow, p. 91).

A própria habilidade da classe governante inglesa – na política e na literatura – de absorver e neutralizar aqueles que ascendem a partir das camadas inferiores tem levado a uma perda acelerada das culturas locais e submersas que diferem da cultura dominante.[24]

É crença tácita, na Inglaterra, que o gosto pela literatura se desenvolve na esfera privada dos lares das classes média e alta. A experiência literária serve tanto de "elevador" moral como de aprimoramento no uso da língua. A falta de teorias específicas caracteriza a proposta pedagógica da educação literária. Eagleton define o uso estratégico da educação

23. Ellen Cantarow, "Why Teach Literature?", in Kampf e Lauter, op. cit., p. 73.
24. Martha Vicinus, "19th-Century British Working-Class Poetry", in Kampf e Lauter, op. cit., p. 348.

literária como o cultivo nas classes médias do estilo tradicional da aristocracia, vinculada à "melhor cultura da nação". Isso resultaria na elevação dos patamares morais e espirituais[25] do povo.

Os programas ingleses de educação literária negam a posição pós-colonial invocada por outras comunidades acadêmicas de culturas liberais, fugindo, assim, da reflexão sobre os limites da construção de sentido consensual (e obscuro):

> A cultura se torna tanto uma prática desconfortável e perturbadora de sobrevivência e complementaridade – entre arte e política, passado e presente, o público e o privado – quanto seu ser resplandecente é um momento de prazer, luz ou liberação.[26]

A clientela real de estudantes de literatura encontrada nos centros urbanos ingleses é oriunda não somente de diferentes camadas sociais, mas também de outros países e culturas. Isso cria uma grande área de conflito sociopolítico no processo de leitura de textos exclusivamente britânicos, impostos a alunos egressos de outras culturas anglófonas, cujas vozes estão ausentes dos programas. Essa ausência literária omite a representação de sociedades colonizadas e minorias étnicas. Os programas de estudos que incluem autores negros, cuja obra já foi analisada, aprovada e celebrada internacionalmente pela mídia e por ela parcialmente neutralizada, se omitem quanto à possibilidade de incluir histórias, culturas e tradições educacionais étnicas como parte do cânone. Não podemos esquecer que a educação literária é o ensino contingente de valores, de uma ordem estética e política. No paradigma inglês, minorias raciais e mulheres não encontram o reflexo ou a representação de suas imagens, ou a ressonância de suas vozes culturais. Como afirma Gates, a questão fundamental não é *como ensinar um*

---

25. Terry Eagleton (1989), *Literary Theory: an Introduction*, p. 24.
26. Homi Bhabha, op. cit., p. 175.

livro escrito por um negro, mas sim "como desenvolver uma prática literária socialista" (in Moran e Penfield, p. 69).

Argumenta-se que o que professores de literatura inglesa sabem acerca dos hábitos das classes trabalhadoras, quer historicamente, quer pedagogicamente, na forma como "os impingem na vida das crianças a quem lecionam", vem dos significados sugeridos pelos livros, e os papéis sociais são internalizados através dos textos consumidos na infância. Assim, professores de literatura oriundos da classe média, atuando em ambientes de classe trabalhadora, deparam com contradições intrínsecas: devem se ater aos efeitos de seus próprios valores de formação? ou optar por uma consciência crítica de possibilidades politicamente democráticas em suas salas de aula?

Observando aulas de literatura na Inglaterra

Nesta parte irei descrever a experiência de observação desenvolvida durante seis meses em 1994, parte do processo de reconhecimento do sistema inglês. As escolas visitadas, descritas a seguir, foram escolhidas por diferentes motivos, sendo que duas foram a base do trabalho de campo e produção de dados: uma escola de subúrbio e um colégio urbano. Lembro que, no modelo inglês, o estudo secundário (*secondary education*) atende a jovens de 12 a 16 anos, idade limite da educação compulsória. A faixa etária observada, acima dos 16 anos, constitui o *sixth form*, os dois anos de preparação de estudantes com aspiração acadêmica para os competitivos exames adiantados (*A-levels* ou *General Certificate of Education*), porta de acesso à universidade.

Escola Applebee

Minha primeira visita, planejada com antecedência, foi a uma escola secundária grande, mista e não-confessional, situada em bairro de classe média alta e freqüentada por estudantes de várias nacionalidades e etnias. Eu iria observar aulas de literatura do professor Abdul, indiano radicado em Londres, em turma de primeiro ano do *sixth form*. Após as apresentações iniciais, segui Abdul ao encontro do *register group* supervisionado por ele, com alunos de diversas séries escolares. No sistema inglês, cada professor orienta um grupo como *tutor*, responsável principalmente por seu comportamento social (integração, disciplina, recomendações, admoestações). Esses encontros duram dez minutos, antecedendo o início dos trabalhos de manhã e à tarde, pois as escolas funcionam em regime "integral" de seis horas diárias (das 9 às 15h). Apesar do ar aparentemente informal, seus alunos o tratavam com cerimônia, esperando permissão para se sentar e para sair da sala. Toda a movimentação era controlada por Abdul, que naquela tarde repreendia severa e publicamente um aluno negro. Aparentemente, ele havia cometido uma infração disciplinar, e estava sendo ameaçado de punição grave em caso de reincidência.

Na turma de primeiro ano de *sixth form* havia apenas oito moças e dois rapazes, trabalhando um texto (o primeiro e/ou o último monólogo) de *Talking Heads*, de Alan Bennett. O programa de exames da Comissão Examinadora de Oxford e Cambridge permite a escolha de textos contemporâneos, desde que respeitada a lista de sugestões. Após ser apresentada formalmente, fui instada por Abdul a participar das atividades. A presença dele era marcante, dominando o ambiente. Duas alunas leram textos em voz alta, mas era Abdul quem fazia todas as perguntas e dava, ele mesmo, a maioria das respostas. Aparentemente, tentava assim gerar um debate; porém, ninguém ali parecia à vontade. Tomei notas e gravei as duas aulas, sentada na extremidade do semicírculo. As relações entre professor e alunos eram formais e distantes. No breve intervalo entre as aulas, ele propôs que eu conversasse com os alunos.

Começando a conversa, perguntei por que haviam escolhido literatura para os exames. Todos, à exceção de um dos rapazes, disseram ter sido motivados pelos bons resultados obtidos anteriormente nos exames de literatura (GCSE), decidindo continuar com a disciplina. Agora, já informais e desenvoltos conversando comigo, lamentaram a perda da motivação e do ímpeto iniciais, devido à falta de "espaço" pedagógico para expor suas idéias, dúvidas e opiniões. Todos consideravam problemática a comunicação com a maioria dos professores, cujas práticas pareciam carecer de método ou atitude facilitadora. Surgiu ainda uma discussão interessante sobre a prevalência do gênero feminino na área de estudos literários naquele nível: sete alunas afirmaram ter sofrido pressão familiar ou social para não fazer disciplinas científicas, "mais difíceis e masculinas" e com "menos chances de sucesso".

Escola Moderna

Escola urbana em prédio de linhas modernas, estava situada no meio de grande área verde em bairro de classe média. Um cartaz à entrada descrevia as numerosas variedades étnicas e lingüísticas presentes na escola (mais de setenta idiomas eram usados pelos/entre os alunos). O programa de literatura adotado para os exames adiantados era o AEB 0660, que permitia então 50% da avaliação total feita de forma contínua.

Passei três semanas visitando a escola e assistindo a aulas de literatura. Curiosamente, embora tivesse obtido permissão antecipada, percebi que a maioria dos professores hesitava em permitir minha entrada em suas turmas, dizendo temer que suas atividades pedagógicas fossem pouco úteis a meus propósitos. Por exemplo, alguns estavam engajados *apenas* em trabalho oral com suas turmas; outros iriam *somente* corrigir tarefas naquele dia; outros ainda lamentavam o *baixo nível* intelectual de suas turmas, antecipando meu desapontamento ou a reduzida contribuição a meu estudo.

Em uma das turmas, a professora Jan fazia a leitura do drama *The Crucible*, de Arthur Miller. Ela avisara que o nível daqueles alunos era especialmente baixo. Como não fui apresentada, minha presença foi ignorada. Havia dez alunas e três rapazes. As estratégias docentes seguiram o que, mais tarde, eu entenderia ser habitual nas aulas de literatura na Inglaterra: Jan lia uma ou duas páginas, interrompendo para explicar o vocabulário que julgava difícil para os alunos, ocasionalmente interrompendo a leitura para resumir o enredo, fazendo perguntas orais para testar a atenção e compreensão auditiva. Em outra turma, um grupo de cinco alunas trabalhava sobre a autobiografia de Sean O'Casey, e outro grupo elaborava um projeto de estudos da mídia, criando e planejando um filme de suspense.

A última experiência de observação foi na turma de Jack. Era o mesmo grupo de alunos já visto com a professora Jan, agora contando com sete alunas e três alunos enfileirados. Para iniciar o estudo de *Macbeth*, de Shakespeare, Jack dissertou sobre a importância do texto shakespeariano, sua beleza e seu valor histórico-cultural; em seguida, distribuiu folhas com o discurso de Lady Macbeth às feiticeiras, usando estratégias variadas para tentar despertar o interesse dos alunos e conseguir sua atenção e silêncio. Algumas vezes recorreu a um grupo de alunas de artes cênicas (uma das disciplinas de exames), pedindo-lhes explicações sobre os recursos dramáticos usados pelo autor. Falou de Renascimento, história da Inglaterra, saberes ancestrais, alquimia, filosofia, psicologia e a vida de Shakespeare, culminando com uma leitura dramática do excerto. Os alunos, apáticos e entediados, com expressiva linguagem corporal, cochilavam nas carteiras ou conversavam entre si. A única exceção era uma jovem negra franzina, cujas tentativas de participação ativa eram, curiosamente, descartadas pelo professor.

Summerhill

À época de minha visita, a escola era dirigida pela filha de A. S. Neill, Zoë Redhead. Juntei-me ao grupo de sessenta e dois visitantes do mês de março de 1994, vindos de Cambridge, da Irlanda, Alemanha, Holanda, Suíça, Áustria, Canadá e Japão. Situada em uma pequena cidade à beira-mar, Summerhill é famosa pela marca progressivista radical de seu fundador, sobre quem eu já lera bastante, e que me intrigava como educador. Visitar Summerhill foi uma experiência relevante para repensar os objetivos democráticos na educação através da releitura das abordagens alternativas, aprendizagem ativa e o progressivismo do início do século.

A escola é cara, freqüentada pela alta classe média de vários países, e segue as premissas de seu fundador; entre elas, a crença no saber extralivresco, ou seja, o saber contido em livros não seria fundamental para o crescimento e a educação das crianças (embora o próprio Neill fosse um ávido leitor). Segundo o professor que nos conduziu pela escola, o acervo da biblioteca escolar é reduzido, e seu papel é mantido intencionalmente secundário na formação dos alunos.

Sarah, professora de língua e literatura inglesas, descreveu sua frustração anterior à ida para Summerhill, enquanto lecionava na rede pública; a quantidade de trabalho burocrático exigido pelo setor público tomava o tempo que gostaria de dedicar a leituras ou estudos. Além disso, considerava igualmente frustrante o elevado número de alunos por turma (cerca de trinta e cinco nas escolas públicas), impossibilitando o trabalho individualizado, em contraste com as pequenas turmas (de cinco a oito alunos) em Summerhill. Ainda segundo Sarah, embora a assistência às aulas não seja obrigatória, à medida que os alunos ficam mais velhos e decidem fazer os exames secundários finais (GCSE), nível terminal da escola, eles próprios pragmaticamente estabelecem regras rígidas de pontualidade e assiduidade, exigindo a aquisição de conhecimentos conceituais sólidos. Sarah discordou da fala de seu colega, que afirmara não haver interesse por leitura literária na escola, pois seus alunos liam bastante ficção e fantasia. Ela narrou o caso de uma aluna semianalfabeta, disléxica, empenhada em melhorar sua habilidade de leitura e que, com a ajuda da professora, leu *The Crucible*, de Arthur Miller, em apenas três aulas.

De modo geral, os alunos de Summerhill tratam conteúdos escolares objetivamente, e o próprio aprendizado, de um ponto de vista bastante prático. Ficou visível que a experimentação progressista da escola está relacionada ao desenvolvimento de pessoas independentes, críticas e criativas, mas de alto poder aquisitivo. Embora a escola dê especial atenção às artes, pouca experimentação foi possível perceber em termos de aquisição de conteúdos.

Escola Hollybush

Depois de observar duas escolas urbanas, julguei importante experimentar outros tipos de ambiente escolar, antes de tentar estabelecer paradigmas de educação literária na Inglaterra. Residente em um povoado ao norte de Londres durante o primeiro ano na Inglaterra, tive pouca dificuldade em entrar como observadora em duas escolas locais. O perfil social, cultural e político do povoado, cuja população era de aproximadamente nove mil habitantes, indicava uma tendência pedagógica bastante diversa daquela experimentada nas escolas de Londres. Foram visitadas as duas escolas locais com melhores índices de aprovação nos exames adiantados: Hollybush e San Martin.

Após várias tentativas de abordagem consegui autorização para observar aulas e, posteriormente, entrevistar alunos e professores de literatura. A escola Hollybush oferece educação secundária (de 12 a 16 anos) e *sixth form*, funcionando em um prédio moderno com jardins bem cuidados e limpeza impecável. Adota-se uniforme, mas os alunos adiantados têm permissão para usar traje passeio, seguindo o "esquema cromático" da escola: azul-marinho e branco. Calças *jeans* e sapatos esportivos são proibidos, assim como jóias e acessórios extravagantes. Os alunos usam gravatas e as alunas estão sempre bem penteadas e maquiadas. Cada professor/a de língua e literatura inglesa trabalha isoladamente no planejamento e preparação de suas aulas. Seu espaço de trabalho é constituído de pequenos nichos individuais alinhados junto à parede, na sala do departamento de línguas. Hollybush é uma escola mista, não-confessional, aberta a alunos de variadas origens socioeconômicas e educacionais. Na década de 1990, ingressavam anualmente 161 alunos no sétimo ano, início da educação secundária. Havia um total de 68 professores: 25 homens e 20 mulheres em horário integral, e 3 homens e 20 mulheres em meio expediente. Além deles, havia 15 auxiliares, técnicos e bibliotecárias. À época de minha observação, 164 alunos cursavam o *sixth form*, sendo que 60 estudavam literatura, com 8 professores de língua e literatura inglesas.

O departamento de inglês distribui anualmente um folheto discriminando seus objetivos pedagógicos:

> ajudar os alunos a desenvolver as habilidades lingüísticas e a adquirir uma apreciação da língua inglesa, enquanto ainda enfatizando a adequação de expressão e a clareza de comunicação...[...] para ajudar as crianças a desenvolver um sentimento de satisfação e prazer derivado do uso da língua e do envolvimento em todos os modos.

Nos níveis adiantados, os alunos continuam desenvolvendo "as habilidades de ler, escrever, falar e entender". Basil Bernstein (*Class, Codes and Control*, v. 3, p. 135) afirma que

> onde a pedagogia é invisível, a hierarquia é implícita, e espaço e tempo são classificados de modo lasso; o controle é inerente na comunicação interpessoal elaborada em um contexto onde fiscalização máxima é possível; [...] pedagogias invisíveis executam modalidades específicas de controle social que tem suas origens em uma fração particular da classe média,

uma descrição acurada das regras escritas e de sua real implementação na Escola Hollybush.

Para atrair alunos, sobre cujo número é determinada a receita anual de cada escola, os colégios e escolas da rede pública publicam prospectos de divulgação de seus méritos e bons resultados. No texto do folheto de propaganda do *sixth form* da Escola Hollybush, podia-se perceber a mudança de tom: abandonando o discurso do prazer (apreciação, satisfação) e da interação social (adequação, ajuda, envolvimento) empregado nas séries iniciais, a linguagem agora era dirigida a resultados (continuar, desenvolver) nas séries adiantadas, com a distribuição desigual de deveres e tarefas ao redor das quatro habilidades lingüístico-comunicativas básicas a serem dominadas no estudo de línguas, nativa ou estrangeiras. Nada além da competência nas quatro habilidades era prometido.

A Escola Hollybush adotava então o programa AEB 0623 de língua e literatura, uma escolha que confirma os objetivos e valores determinados: o programa exige a ampla leitura de textos literários (canônicos) e não-literários, incluindo outros meios de comunicação (rádio, jornais e revistas, televisão). Essa combinação, porém, não era visível nas práticas pedagógicas observadas na escola. Combinando língua e literatura, o texto do programa AEB 0623 prescrevia a "ampla leitura" de jornais e periódicos diários e semanais, além do estudo dos textos selecionados. Os candidatos deveriam utilizar todos os meios de comunicação disponíveis, em sua preparação para os exames; deveriam se mostrar conscientes dos estilos e dos conteúdos, plenamente capacitados para transferir *insights* reflexivos a práticas cotidianas variadas de uso da língua inglesa (discursos, cartas, relatórios, anúncios, editoriais e artigos jornalísticos, textos literários e técnicos).

No AEB 0623, havia três provas com o mesmo peso avaliativo: a primeira, com duas perguntas compulsórias, uma redação e um teste de capacidade de síntese; a segunda testava a compreensão de conteúdo e discurso de textos desconhecidos, acrescida de duas questões sobre dois dos livros estudados (autores modernos e contemporâneos de Philip

Howard a Maya Angelou). A terceira prova exigia uma redação sobre dois livros de cada seção (uma seção de autores "clássicos" ingleses, como Daniel Dafoe, Jonathan Swift, Shakespeare, Chaucer, Richard Sheridan e John Marston, e a outra incluindo Charlotte Brontë, Thomas Hardy, poetas vitorianos e pós-românticos, Virginia Woolf, D. H. Lawrence, Ted Hughes, Elizabeth Jennings, Brian Friel, Harold Pinter, Toni Morrison e Robert Holman, com indicações dos textos a serem lidos).

Pareceu evidente o consenso entre as regras, os métodos e as estratégias encontradas no departamento de inglês na Escola Hollybush, cuja apregoada superioridade atraía grande número de candidatos aos níveis adiantados. Para a admissão a esse nível, havia uma seleção qualitativa dos candidatos, nem sempre atingida, o que alimentava críticas explícitas às regras e normas gerais da escola. Um exemplo era a professora Sue, cujo discurso valorizava o apoio mútuo e o compartilhar de idéias entre colegas de departamento; entretanto, nem ela nem seus colegas planejavam as aulas em conjunto, preparavam materiais pedagógicos coletivamente ou discutiam questões específicas de educação literária entre eles.

Assisti a duas aulas com uma turma de oitavo ano, com 26 alunos. O professor fez um trabalho de lingüística aplicada, tratando de diferenças discursivas, dialetais, abordando ainda pronúncias e sotaques, e os valores sociais intrínsecos a cada representação lingüística. Assisti também a duas aulas de décimo segundo ano (segundo ano de *sixth form*), cuja estratégia consistiu em anotações pelos alunos sobre o romance *Sons and Lovers*, de D. H. Lawrence, ditadas pela professora. Assisti a uma turma de sétimo ano, trabalhando ortografia e expansão vocabular através de exercícios estruturais no livro-texto. E, finalmente, passei à observação das turmas de Pete e Sue, em que iria concentrar minha investigação.

a) Turma de Pete

Pete me apresentou rápida e formalmente a sua turma de 9 moças e 5 rapazes sentados em fileiras, empenhados em analisar a linguagem do poema "In Memoriam A. H. H." (1833), de Tennyson. As estratégias didáticas seguiam o padrão geral: leitura de estrofes em voz alta, interrupção da leitura para esclarecimentos, paráfrases vocabulares, algumas perguntas formais para testar a compreensão, perante uma turma totalmente passiva e quase sempre silenciosa.

Ao final da leitura, Pete explicou o significado de "elegia", recomendando vagamente a leitura independente sobre o tópico, na biblioteca. Uma aluna mais corajosa perguntou se aquele era um poema religioso, tendo por resposta que era um "poema com função social". O poema não foi todo lido em sala, por "ser muito longo", ficando o restante da leitura como tarefa de casa. As mãos do professor tremiam perceptivelmente enquanto ele lia para a turma, em voz alta, uma quantidade substancial de informação histórica e biográfica sobre Tennyson e seus contemporâneos. Entremeava a leitura com perguntas a que ele próprio respondia, depois de alguns segundos. A mesma aluna *corajosa* perguntou a opinião de Pete sobre a sexualidade de Tennyson, que lhe parecia *gay*, por ter escrito algo tão sentimental para o amigo morto. Pete, surpreso, respondeu através de mais dados históricos e explicações científicas, preocupado em garantir a virilidade heterossexual do poeta. A maioria dos alunos se ocupava com brincadeiras silenciosas sob as carteiras, trocando bilhetes e escrevendo cartas. Voltei a essa turma para observar outras aulas antes de começar as entrevistas.

b) Turma de Sue

Com 15 alunos (apenas 2 rapazes) sentados em semicírculo, a atmosfera na turma de Sue era descontraída, e os alunos mais ativos. Ela também utilizava a estratégia de ler estrofes do poema "Locksley Hall", de Tennyson, interrompendo a leitura para explicar estruturas e vocabulário, traduzindo o significado geral de partes do poema. O ambiente em classe era bastante ruidoso. Muitos alunos faziam perguntas, interrompiam a leitura, dando opiniões e fazendo brincadeiras, sem parecerem intimidados. Sue me pediu desculpas por estar assistindo a mais duas aulas sobre Tennyson, o que ela parecia considerar pouco agradável. As anotações dos alunos eram feitas em seus próprios livros, permitidos nas salas de exames. Além da biografia do poeta, Sue dissertou ainda sobre problemas políticos, econômicos e sociais da Inglaterra vitoriana, procurando sempre garantir a beleza da poesia de Tennyson. Pouco antes de terminar a segunda aula, Sue precisava gritar para ser ouvida, completamente rouca, pedindo silêncio e atenção. Voltei a esse grupo quatro outras vezes para observação e, posteriormente, para entrevistas.

Escola San Martin

Situada em bem-cuidado prédio vitoriano cercado por belos jardins, a escola primava pela aparência aristocrática. Seus alunos se comportavam de forma refinada, com uniformes impecáveis (as turmas usam apenas as cores da escola, como na Escola Hollybush). Não foi fácil entrar na San Martin: a visita só foi autorizada após duas cartas e vários telefonemas ao professor e coordenador de literatura, Mr De Mornay, um profissional aparentemente muito ocupado, que me tranqüilizou quanto à observação, garantindo ser procurado por pesquisadores com "bastante freqüência", dado o interesse especial despertado pela escola.

Antes de entrarmos na primeira turma da manhã, Mr De Mornay afetadamente confidenciou necessitar de um "balde" de café para enfrentar aquela turma específica, "ignorante, inculta e incompetente", logo de manhã. Havia 10 alunas e 3 alunos, sentados em semicírculo, analisando dois poemas de John Keats. O professor fez referência à apostila distribuída na aula anterior e que, segundo ele, deveria facilitar a leitura crítica dos poemas. Usando charadas literárias, testava o conhecimento dos alunos, nada fazendo para desanuviar o ambiente excessivamente formal e cerimonioso. Mr De Mornay conduzia a turma apontando as "falhas e contradições", os aspectos positivos e negativos do poema, descrevendo o estilo narrativo de Keats em verso e nas cartas e indicando critérios de análise de vocabulário e construção métrica, além da rima. Chamou ainda a atenção para recursos sonoros, motivos, intenções do autor, análise do discurso e do conteúdo, de forma vaga e abstrata. A seguir, deu referências para consulta de elementos concretos, descrições e recursos para "melhorar" as narrativas nas provas. Uma mesma dupla de alunos respondia às perguntas do professor.

Em duas ocasiões durante as aulas Mr De Mornay fazia sinais para mim, expressando descontentamento com a falta de "saber" de seus alunos: ao pedir que associassem o texto em análise a um trecho do *Paraíso perdido* de Milton; e depois, ironizando sua expectativa de resultados naquela turma, com tantas e tamanhas lacunas cognitivas, me pedindo "desculpas" em nome deles. Quando eu disse que os achava bons alunos, ele reagiu com uma sonora, debochada gargalhada. Os alunos trocaram olhares entre si, mas nada disseram.

Willar Waller escreveu, em 1967, que raramente o castigo é puro, mas freqüentemente mesclado a todos os tipos de mecanismos de reprovação pessoal e social, com explosões de temperamento, ridicularização, ameaças e intimidações designadas a fazer a ocasião mais memorável ou para possibilitar uma válvula de escape para o temperamento do professor (*The Sociology of Teaching*, p. 201). Era assim que Mr De Mornay punia a turma, aquém de suas expectativas idealizadas de realização cognoscitiva.

No intervalo entre as aulas, expliquei que meu interesse maior não era o conhecimento estritamente literário dominado pelos alunos, mas antes o aspecto pedagógico das práticas literárias. O professor, nesse ponto, descreveu seu próprio estilo docente como sendo "informal e agradável", com a utilização de diferentes abordagens e estratégias, especialmente com os grupos competentes.

Com 6 alunos e 9 alunas, a turma seguinte reagia de forma mais descontraída e confiante às provocações do professor. Discutiam os ensaios, cenários e guarda-roupa da peça que apresentariam. A essa altura, percebi que Mr De Mornay carregava um gravador pendurado ao pescoço, talvez como proteção defensiva contra o meu próprio gravador sobre a mesa. Nessa aula, continuariam a discussão de *Othello*, de Shakespeare, iniciada anteriormente. Fazendo a aproximação da literatura com outras obras de arte, outras peças e programas de televisão com temas afins, o professor deu a palavra a um dos alunos, que mencionou um filme então em cartaz, *Cliffhanger*, com Sylvester Stallone. Dizendo que o protagonista é "morto" várias vezes, mas sempre consegue sobreviver, conseguiu "chocar" o professor com o "pauperismo da comparação". Com um gesto de desprezo, descartando a contribuição do aluno, ele comentou que o exemplo estava "abaixo do nível da discussão". O aluno rapidamente silenciou, de cabeça baixa.

Os sentimentos das personagens, suas características, ações e motivos foram analisados após a leitura expressiva, durante a qual o professor ignorava as tentativas dos alunos de interromper sua performance teatral. Entretanto, a turma toda parecia envolvida e interessada. Finda a aula, Mr De Mornay distribuiu folhas com a tarefa de casa, prometendo (sem jamais cumprir) me enviar aquela tarefa e o programa de estudos da escola pelo correio, em seguida. Quando mostrei interesse em retornar e observá-lo mais vezes, ele suspirou aborrecido e recomendou que eu procurasse outro lugar, pois haveria outras exigências – novo pedido formal escrito – antes de marcar nova data.

Colégio Urbano

Especializado em preparação para os exames adiantados (GCE), o Colégio Urbano oferece apenas os dois anos de *sixth form*. Caracteriza-se por uma atmosfera bastante informal, sem qualquer tipo de "esquema cromático" ou uniforme, com alunos e professores se tratando pelo primeiro nome. A proposta, segundo o folheto de apresentação, é seguir um currículo multicultural que reflita "as necessidades da comunidade local". Seu "espírito comunitário" envolve um sistema de professores-tutores, responsáveis por pequenos grupos de alunos, além de aconselhamento pedagógico e vocacional, apoio de aprendizagem e educação especial. Algumas atividades extraclasse são oferecidas, tais como visitas ocasionais a teatros, cinemas, concertos e exposições, além de encontros com autores convidados ao colégio. O colégio abrange três locações distintas, cada uma concentrando uma área específica, distando cerca de dois quilômetros entre si. O velho prédio onde funciona o departamento de inglês é do período pós-guerra, complementado por salas pré-fabricadas de madeira, semelhantes a vagões de trem, de conforto precário.

O departamento de estudos de inglês me pareceu um grupo bastante coeso de doze profissionais comprometidos com o sucesso dos alunos, tendo por elo principal Rose, coordenadora e professora de literatura. O corpo docente se reúne semanalmente para discutir problemas, estratégias e novas propostas, e para preparar materiais pedagógicos de uso comum. Além das aulas, o departamento oferece ainda oficinas para tirar dúvidas, no horário do almoço, abertas a quem quiser aparecer. Segundo o folheto do colégio, os professores

> visam ao sucesso de todos os alunos em termos de aprendizagem, acesso a qualificações desejadas e ascensão ao objetivo seguinte. Desejam ainda que a experiência inteira no colégio seja um período prazeroso de desenvolvimento pessoal. Trabalham com afinco para garantir que cada aluno escolha o curso certo através da oferta de um setor de informação e aconselhamento. O grupo todo se esforça para oferecer um ensino de alta qualidade, as melhores facilidades, e apoio e aconselhamento pedagógico. Esperam um alto padrão de todos os alunos.

A política do colégio também se declara afirmativa, atendendo à igualdade de oportunidades, não tolerando racismo, sexismo ou nenhuma outra forma de preconceito ou discriminação. Há orientação específica para os exames de literatura inglesa (AEB 0660), explicitando as determinações do curso e os requisitos de ingresso. O programa escolar de estudos exige dos candidatos:

- compreensão de textos à primeira vista, sabendo as circunstâncias pessoais e históricas em que foram escritos;
- compreensão da natureza e dos relacionamentos entre personagens;
- visão dos significados sob a superfície do texto;
- apreciação do estilo do autor;
- resposta pessoal bem fundamentada no texto;
- demonstração de como textos excitam emoções em leitores ou audiência;
- elaboração de conjecturas interessadas e informadas, se necessário, sobre as intenções de um autor;
- manutenção de uma leitura ampla de um autor ou de um número de textos sobre um mesmo tema ou em mesmo gênero literário;
- exploração de obras escritas para um tipo diferente de sociedade e em idioma diferente daquele do candidato;
- produção escrita eficiente e apropriada, em resposta aos textos estudados,

enquanto o curso, centrado no programa AEB 0660, requer:

- apreciação de uma variedade ampla de respostas evocadas pela literatura;
- exploração de textos para a descoberta de novos pensamentos;
- compreensão de si e dos outros;
- reflexão sobre o que foi lido;
- consciência das ambigüidades e a expressão dessa consciência, onde necessário;
- desenvolvimento de novos usos da língua para poder articular percepções, compreensões e pensamentos;

- finalização de projetos, nos quais a escolha de tópicos e a motivação tenham partido principalmente dos alunos;
- sensibilidade a indicações de humor e sentimentos;
- interação com obras escritas para um tipo diferente de sociedade e em idioma diferente daquele do aluno;
- resposta em estilos diferentes da redação tradicional discursiva ou crítica.

Segundo o livreto de propaganda, compunham, então, o programa de leitura e estudo: os *textos* recomendados (duas peças, sendo uma de Shakespeare; um romance e uma antologia poética), os *textos* lidos no curso (os ensaios produzidos e uma monografia sobre determinado tópico literário escolhido – valendo 20% do total) e *excertos* de prosa e poesia para as provas. O ingresso requer, como pré-requisito, a média mínima C nos exames secundários (GCSE) na área de língua ou literatura inglesa, e em três outras matérias. Os candidatos ainda se submetem a um pré-teste escrito.

Escolas e cursos que optam por um programa de exames contendo um percentual de avaliação contínua (trabalhos feitos durante o curso) revelam algo importante, pois

> trabalhos de curso fazem os alunos responsáveis por seu próprio aprender e lhes possibilitam ver como tudo o que fazem contribui para sua avaliação final. Isso promove flexibilidade de visão, cooperação e originalidade.[27]

Em geral, a observação de aulas no colégio foi uma experiência mais agradável. Encontrei alunos engajados em ação aparentemente interativa com professores empenhados, havendo comunicação em clima de reciprocidade e estratégias didáticas mais criativas e dinâmicas. Conforme esperado, observar cada professor revelou seu estilo próprio, com respostas variadas das turmas. Contudo, o processo de observação e entrevista descobriu uma profunda contradi-

---

27. Clive Harber (1992), *Democratic Learning and Learning Democracy: Education...*, p. 8.

ção entre o discurso libertário dos professores e a prática de treinamento de alunos. O modelo pedagógico encontrado se baseava em um tipo específico de revisão textual e argumentação, cuja referência era o saber literário puro, sem a discussão dos motivos, requisitos ou métodos. Como já dito acima, a diluição de processos pedagógicos, além de comprometer a objetividade do produto final esperado, faz parte do mecanismo intrínseco de controle, dentro do macrossistema educacional.

Para aqueles alunos e professores, qual seria o papel da literatura como matéria de estudo – um processo de conscientização, um valor estético, prática lingüística, uma fonte de idéias políticas, fermento de mudanças sociais? Eu mesma somente fui entender o enorme vácuo social, cultural e econômico entre os *habitus* de alunos e professores nas entrevistas com os alunos. Esse vácuo esteve presente nas aulas de literatura, nas declarações verbais, nas atividades culturais que destacavam afinidades e filiações de classe média.

a) Primeiro dia de observação

Relaxadamente, Mark me convidou para uma conversa ao sol, sem pressa, embora já estivesse bastante atrasado para o início da aula. Percebendo minha aflição, ele explicou que, tendo por padrão pessoal a falta de pontualidade, jamais exigia que seus alunos chegassem na hora[28]. A aula, assim, começou com mais de quarenta minutos de atraso.

Havia 14 alunos inscritos, mas, como Mark tampouco exigia assiduidade, apenas metade estava habitualmente presente. Na manhã de 3 de maio de 1994 havia 6 alunos em classe, sendo 5 moças e 1 rapaz, organizados em dois grupos interagindo ativamente durante os três tempos de aula. O professor pediu que eu me apresentasse e, em seguida, iniciou a análise da obra *Fever Pitch*, de Nick Hornby, cuja pré-leitura fora rejeitada pelas alunas, por ser "mais um livro machista sobre futebol".

---

28. Grande parte dos ilhéus encontrados habitualmente não era pontual, contrariando o estereótipo colonizador.

Em meio à aula, surgiram dúvidas sobre o sistema de avaliação, o trabalho de curso, as redações já escritas e aquelas por escrever. Mark aconselhou os alunos a "fazer o jogo dos examinadores", recomendando que "lessem o mais que pudessem, de tudo". Em seguida, começaram a redigir um ensaio sobre o livro de Hornby, partindo de quatro questões apresentadas por Mark. Mais dois tópicos foram sugeridos para a monografia (de oitocentas palavras). Todos os alunos optaram por escrever sobre a terceira pergunta: criar personagem imaginário, obcecado por alguma coisa. Os títulos das monografias (redações extensas) também foram discutidos sem pressa.

Mark não corrigia a escrita dos alunos e evitava opinar, limitando-se a apresentar questões e problemas, deixando para a turma as tentativas de solução e respostas. À medida que a discussão evoluía, ele ia registrando no quadro-de-giz o que era dito, principalmente pontos de vista opostos, para reflexão[29]. A turma concluiu que a história não era tão entrecortada quanto haviam antecipado e, em deferência especial, fizeram referência ao capítulo sobre Pelé e o futebol brasileiro, tentando me incluir na discussão. Após o intervalo, a discussão foi variada, indo da *psique* masculina à escolaridade, do sistema de classes na Inglaterra à ironia textual, para só então iniciar o trabalho escrito. Retornei para outras quatro visitas à turma de Mark no Colégio Urbano.

b) Desenvolvendo o olhar

A turma de Pennie tinha 16 alunos, sendo apenas 2 rapazes; haviam sido descritos por Mark como um grupo tipicamente de classe média inglesa. Na ocasião, concluíam a análise de um poema sobre a guerra. Pennie orientava o processo de redação de ensaio crítico, pedindo aos alunos que "lessem verso por verso, sublinhando as palavras-chave, sem

---

29. Naquela aula, por exemplo, ele escreveu: "Diary: dates/ small sections/ personal; Newspaper: tabloid/ simple, chatty/ titles suggestive & humorous; Humour: self-deprecating/ football more important than women; Irony: saying something but not really meaning it; Growing up: insecure/ relationship with society and family."

desperdiçar tempo". Enfatizava ainda o uso de um esquema visual no planejamento da redação, alegando se preocupar com a performance dos alunos, que teriam que escrever sobre textos desconhecidos, sob a pressão dos exames. Tirou dúvidas, ouviu perguntas, recomendou "muita leitura, muita anotação e novamente muita leitura", deixando de lado tudo o que não fosse estritamente relevante para resolver a questão, "usando sempre o texto por base". A seguir, devolveu as redações corrigidas e distribuiu folhas com tarefas: ler e analisar duas canções tiradas da *Twelfth Night*, de Shakespeare, ou um poema de Dannie Abse. Uma aluna perguntou se aquele Dannie Abse era "o pai da Terry", aluna do colégio. Era.

A turma foi dividida em quatro grupos; antes de passar à correção, Pennie distribuiu uma apostila de duas folhas intitulada "Trabalhando poemas à primeira vista", que os alunos consideraram útil e se apressaram a ler, fazendo, a pedido da professora, anotações no papel. Ela deu mais instruções sobre o comportamento ideal nas provas, o que pensar e fazer, em que ordem etc., finalizando com a recomendação de que "se mantivessem concisos e diretos". Tratando textos e alunos com firmeza, Pennie não ditava notas; as decisões pareciam tomadas conjuntamente. Retornei à turma de Pennie outras quatro vezes.

c) Abrindo os olhos

Rose começou sua aula às 9h em ponto. Às 9h15, havia apenas 10 alunas, do total de 15 matriculadas. Logo chegaram duas alunas, para desconforto de Rose, que reclamou da interrupção do fluxo da aula causada a cada nova entrada. Às 9h25 outras duas retardatárias tentaram entrar, mas Rose não permitiu. Agora já visivelmente aborrecida, disse à turma que "chegar atrasado era grosseria, falta de educação". (Nas entrevistas, as alunas iriam se queixar do tratamento "autoritário" a elas dispensado por Rose, diferente dos demais professores. Por sua vez, a professora tinha consciência de que as regras e normas de conduta e relacionamento pedagógico estavam claras: todos sabiam que ela exigia atenção e silêncio absolutos, pontualidade e assiduidade.)

Rose distribuiu cópias de *Jane Eyre* (de Emily Brontë) e *Beloved* (de Toni Morrison), e determinou a tarefa: ler o primeiro capítulo de cada obra para, em seguida, compararem os estilos de abertura das autoras. Isso era feito como preparação para a leitura e análise de textos à primeira vista nos exames. Após algum tempo, Rose pediu a uma aluna que lesse em voz alta, para logo se arrepender: dada a dificuldade de expressão da aluna, continuou ela mesma a leitura dos dois textos.

Flagrando uma aluna escrevendo um bilhete, Rose a repreendeu severa e publicamente, de modo impaciente, sem que a aluna esboçasse qualquer reação. A professora dividiu a turma em pequenos grupos, determinando quem trabalharia com quem. A insatisfação da turma era evidente, mas ninguém reagiu. Embora tematicamente próximo, o trabalho desenvolvido por Rose nessa turma foi diferente daquele relatado por Boerckel e Barnes, uma experiência baseada na pedagogia de Paulo Freire para fortalecimento dos alunos na leitura de *Beloved* (Boerckel e Barnes, 1991, "Defeating the Banking Concept of Education", sobre trabalho escolar crítico feito sobre *The Bluest Eye*, de Toni Morrison). Não havia espaço para problematização real ou crescimento individual na turma de Rose, tampouco para críticas ou diferentes leituras. As alunas não ganharam "mais controle sobre suas vidas" através de um trabalho de conscientização crítica[30].

Enquanto os alunos faziam a tarefa, Rose passeava pelos grupos, ajudando a definir características textuais, estabelecendo regras de leitura. Em seguida, um exercício de tempestade cerebral levou a perguntas de compreensão de leitura, e Rose permanentemente exigia que avançassem na reflexão, aprofundando as questões.

---

30. Boerckel et al.: "se tratarmos nossos alunos democraticamente, eles terão uma chance de ganhar maior controle sobre suas vidas sendo forçados, gentilmente, a se tornar criticamente conscientes" (p. 9).

Sentindo que haviam feito o suficiente, Rose elogiou seu esforço, suas respostas, e passou então a explicar técnicas de redação, anotando no quadro-de-giz as contribuições verbais da turma. No intervalo, perguntei sobre sua fundamentação teórica, e ela disse utilizar uma combinação de teorias feministas, pós-estruturalistas e pedagógicas. Ela reafirmou seu compromisso com o ensino-aprendizado através da ação. De volta à sala, a classe passou o resto da manhã redigindo um ensaio sobre *Under Milkwood*, de Dylan Thomas, já analisado anteriormente. As alunas encontravam muita dificuldade para começar a escrever, o que deixava Rose irritada e impaciente. Ela então sugeriu um esquema visual circular (*spidergram*), que desenhou no quadro, incluindo os elementos principais do ensaio. Isso permitiu às alunas finalmente iniciarem a redação. Voltei à turma de Rose mais quatro vezes.

Algumas considerações

Após observar as aulas descritas, identifiquei como estratégias docentes comuns às práticas vistas, assentadas sobre objetivos preestabelecidos:

- leitura oral expressiva executada por cada professor, visando a desenvolver habilidades de leitura e compreensão auditiva, facilitando a concentração nos elementos textuais;
- explicação literal das dificuldades textuais pelo docente, seleção acelerada de vocabulário e estruturas pelo docente, definindo um "saber comum"; à exceção do colégio, alunos raramente eram estimulados a fazer outras perguntas;
- análise dos recursos lingüísticos e literários pelo docente, de quem todo conhecimento e saber emana;
- análise crítica textual através da redação de ensaios designados por cada professor, uma prática alicerçada na reescritura constante, para que os alunos produzam "mais e melhores redações", evidência escrita da organização dos dados fornecidos pelo/a professor/a;

- resumo oral, referências ulteriores e implicações de exames através dos comentários do/a professor/a sobre as redações; tal realimentação reforça, entre outras questões, a reprodução consentida de valores predeterminados.

Straw e Bogdan definem as abordagens do ensino de literatura, dependendo da ênfase dada pelas diferentes estratégias, como *tradução, transmissão, interação* e *transação*. Segundo os autores, é no "ponto de instrução" que professores podem auxiliar seus alunos a alcançar uma sensibilidade de leitura, "entender os acontecimentos em suas vidas como um processo construtivo e colaborativo" (p. 2). As teorias de leitura que fundamentam esse contrato se baseiam no processo transacional sugerido por Louise Rosenblatt, segundo o qual ler é uma construção do leitor durante o ato de leitura. Noções de transação e de construção põem em foco a construção social do saber, dando ao processo educativo um objetivo comum. Straw e Bogdan vinculam esse processo à psicologia social vigotskiana (a compreensão lingüística desenvolvida como resultado de seu uso social). Na sala de aula, os estudantes podem negociar o significado não só com o texto, mas com membros de diferentes comunidades interpretativas, principalmente através de situações que privilegiem a interação social. Na prática de "tradução", os leitores são vistos como "solucionadores de quebra-cabeças", traduzindo o significado do texto reificado através de suas próprias habilidades. Na "transmissão", o significado reside no autor: o texto é mero veículo para se chegar ao significado do autor, e dados sobre sua vida são de capital importância. A prática de "interação" consiste em tornar o texto menos visível, o autor mais proeminente, o leitor fundamentalmente importante, a leitura uma questão de solucionar problemas, dando-se maior valor ao conhecimento dos sistemas semiológicos. A abordagem "transacional" valoriza a importância do leitor no ato de ler, diminuindo o papel atribuído ao autor ou ao texto, como um ato de atualização do leitor em vez de comunicação: ele é o elemento ativo da reconstrução do texto (pp. 15-7).

Para esclarecer um pouco mais essas estratégias, eu diria que a maioria das salas de aula observadas na Inglaterra utilizam a abordagem de "tradução", centrada nos conteúdos escritos, valorizando a informação lingüístico-literária específica, traduzindo textos em linguagem oral facilitada para favorecer a compreensão. Um pouco menos freqüente – e às vezes encontrada em combinação com a primeira – foi o uso da estratégia de "transmissão", destacando os valores morais e culturais do autor, além de informação histórica, os clássicos e a Bíblia. A estratégia de "transação", tão raramente encontrada isoladamente quanto a de "interação", visava à interação sociopolítica entre leitores, leitores e textos, professores e alunos. Dessa forma, a estrutura habitual das aulas se caracterizou pela ênfase em práticas convencionais de técnicas de leitura, pela determinação dos professores das dificuldades textuais, tendo os exames como meta e parâmetro, pela *tradução* do vocabulário, explicação das estruturas, metáforas e significados ocultos por cada docente, pela ênfase na cognição e na quantificação do conhecimento. Esse saber é adquirido, invariavelmente, através das anotações copiadas nos cadernos. Eloqüente, para quem observa, é a linguagem corporal dos alunos, expressando enfado, passividade, desconforto e constrangimento.

Segundo a classificação de Barnes, as estratégias empregadas nas situações acima descritas, à exceção do Colégio Urbano, reforçavam o aspecto da *transmissão*, sem *iniciação*; apenas no colégio os alunos eram instados a interagir ativamente, fazendo algumas propostas e contribuindo para a leitura e análise literária. Em todos os outros ambientes vivenciados, os alunos se limitavam a ouvir passivamente o professor, anotando dicas, traduções e fragmentos de informação em seus livros e cadernos. Entretanto, os vácuos socioculturais e as contradições entre professores e alunos, entre métodos e conteúdos, impedem uma iniciação verdadeira através do reconhecimento cultural e do fortalecimento democrático no colégio. Um exemplo claro da ausência de fundamentação teórico-conceitual crítica estava nas aulas de

Rose, cujos alunos dependiam do seu esquema sintetizador no quadro-de-giz para poderem seguir adiante e realizar as tarefas propostas.

Terry Eagleton afirma que a educação literária praticada de fato nas escolas inglesas não estimula o pensamento analítico: evitam-se teorias literárias, sob a acusação de que interferem na relação entre leitor e obra literária. Diz o autor que, "sem algum tipo de teorização, não importa quão implícita e impensada", não saberíamos reconhecer uma obra de arte literária, para começar, e muito menos saberíamos como lê-la[31].

Ouvindo os sujeitos

Não há dúvida de que os conteúdos da educação literária são comprometidos com a reprodução cultural. A educação literária bem representa os paradigmas das representações e relações sociais. Assim sendo, a ausência de teorias explícitas é significativa, em termos socioculturais, comprometendo a comunicação literário-pedagógica, bem como a aparente simplificação metodológica em prática nas salas de aula de literatura.

Neste trabalho, dentro do panorama de visão da educação literária como representação metafórica das sociedades, através dos valores culturais, estéticos, políticos e pedagógicos que a disciplina traduz, tento determinar os objetivos de ensinar e estudar literatura, o papel social atual da educação literária nas escolas, e ainda o meio de fortalecer sujeitos sociais através da disciplina. Para isso, é necessário entender as formas que assume o processo de educar através da literatura nas sociedades em que se insere.

Na seção anterior foram descritas as experiências pedagógicas observadas na Inglaterra. Nesta parte, ouviremos

---

31. No prefácio de *Literary Theory: an Introduction*.

os sujeitos envolvidos descrevendo seus *habitus*, projetos, dilemas, propósitos, dificuldades e os limites reconhecidamente impostos pelo sistema de modo geral. Através de Sue, Pete, Mark, Pennie, Rose e seus alunos, traçaremos um perfil do cenário social da educação literária na Inglaterra.

Os professores por eles mesmos

Procurando definir os *habitus* dos professores, seus valores, e as formas incorporadas de percepção sociopolítica, cultural e pedagógica, comecei a entrevistá-los perguntando sobre sua formação e os caminhos anteriores a sua profissionalização. As diferenças entre os 5 professores (2 do povoado descrito e 3 da capital) eram mais marcantes em termos de seus compromissos políticos, e menos por sua formação literária e roteiros profissionais, com poucas surpresas e variações. Houve unanimidade no reconhecimento da importância da "biblioteca de casa": até mesmo Sue, a única oriunda de um lar de classe trabalhadora, falou de sua biblioteca de casa, que ficava "logo ali na esquina":

não havia livros em nossa casa, exceto por uma ou duas enciclopédias. Mas havia uma biblioteca pública no alto da rua e eu era filha única, uma criança solitária, e leitora voraz...

Para ela, esse fator exerceu uma influência literária duradoura sobre seu saber "um pouquinho de tudo", uma característica, para ela, "essencial ao professor de literatura". Sue só se formou após os 40 anos de idade, na dúvida entre ensinar "inglês (= língua e literatura) ou religião", para ela disciplinas de conteúdos semelhantes. Todos os outros professores declararam ter pais altamente escolarizados, além de possuírem uma variedade de obras literárias em seus lares de classe média. Mark, cuja performance docente tanto me impressionara, surpreendentemente confidenciou sua total falta de autoconfiança, devido à formação em Cinema, e aos "montes de poesia" que ele jamais lera. Formada em Serviço Social, Pennie parecia ensinar literatura como "concessão", classificando a docência como "indulgência, mais que trabalho". Pete confessou ter resistido a entrar no magistério, como professor de literatura, tendo tentado "uma quantidade de outros empregos antes". Apenas Rose parecia ter optado por lecionar literatura desde o início, com formação específica, e mestrado em literatura caribenha.

Apesar das diferenças sociais de origem, Pete e Sue apresentaram posturas políticas e sociais semelhantes. De certo modo, poder-se-ia dizer que seu ambiente profissional havia agido sobre eles de forma determinante e pré-seletiva: a escola contratava apenas profissionais dispostos a obedecer às regras, apoiadas numa agenda complexa (e implícita) de valores ideológicos. Ambos acreditavam na competência da literatura na formação do caráter, pois através de seus efeitos, "capazes de arredondar arestas", os alunos poderiam se tornar pessoas "melhores". Tal visão é comentada por Eagleton, que afirma que a reação liberal-humanista não é enfraquecida por acreditar no papel transformador da literatura; sua fraqueza está em superestimar absurdamente esse poder de transformação, fora de qualquer contexto social determinante. Assim, entende-se o *tornar-se "uma pessoa melhor"* da forma mais estreita e abstrata possível (p. 207). Ambos compartilhavam opiniões e pontos de vista semelhantes com relação à macropolítica (sociedade e estruturas educacionais) e à micropolítica (interação pedagógica, relações e valoração) do sistema, insistindo numa visão determinista da disciplina, e rejeitando os alunos julgados "incompetentes" ou sem talento para os estudos literários devido à sua "ortografia atroz".

Mais que uma matéria a ser aprendida, para Sue e Pete, estudar literatura demonstrava uma tendência pessoal e social. Sem a diversidade étnica e cultural observada em outros ambientes, a maioria dos problemas político-econômicos do meio *sub-urbano*, provinciano da escola do povoado ficava distante daqueles tornados urgentes pela vida urbana. Assim, enquanto Pete se mostra alheio às demonstrações políticas populares que ocorriam em Londres àquela época, em protesto contra a Carta da Ordem Pública e da Justiça Criminal de Outubro de 1994[32] – que ele concluiu não ser uma questão "estritamente relevante" para seu trabalho como educador –, Sue se sentiu à vontade para defender a nova lei, que limitava os direitos civis e a liberdade geral dos cidadãos ingleses, usando um argumento ("sou totalmente favorável, se é que a lei vai proibir esses marginais de pisar nos jardins e danificar nossas coisas") impressionante pela alienação político-social.

Sue e Pete percebiam a literatura como matéria "difícil de ensinar", pesada, substanciosa, situada em uma esfera superior da cognição humana, de difícil acesso ao estudante comum; ao mesmo tempo, os estudos literários seriam um fim em si mesmos, distanciados de qualquer mediação social, cultural e política. Sue se queixou da ignorância generalizada da maioria dos alunos, que desconhecem "as palavras mais básicas" em textos literários, sua falta de "curiosidade etimológica", sua "preguiça". O comentário final exemplifica a crença generalizada entre professores de que o nível atual de saber (cognitivo) dos alunos e sua capacidade de leitura decaíram assustadoramente, em comparação com a clientela de classe média do passado.

Cantarow argumenta que a educação literária atual se apresenta como meio de preservar privilégios profissionais e de justificar procedimentos burocráticos que garantam aqueles privilégios na universidade. Em conseqüência, torna-se instrumento de imposição aos alunos das ideologias instituídas pelas classes hegemônicas, numa apologia da

32. A nova lei, *Criminal Justice and Public Order Bill*, aprovada em outubro de 1994, trouxe sérias limitações à liberdade da população: reuniões com mais de dez pessoas (festas, demonstrações ou protestos) devem ser comunicadas previamente à polícia; requer autorização expressa o acampamento selvagem em fazendas, mesmo com a anuência do proprietário das terras; foi suspenso o tradicional direito à invasão de propriedades não habitadas (*squatting*); seis ou mais veículos estacionados juntos em terrenos baldios podem ser rebocados pela polícia; proibidas as festas com música amplificada; o silêncio em interrogatório policial passou a ser considerado admissão de culpa; policiais uniformizados podem prender sem mandado etc.

ideologia liberal que afirma que *a literatura enriquece a vida*, tornando-se assim "um enfeite, uma unidade isolada que confirma a esterilidade da vida nas sociedades capitalistas" (in Kampf e Lauter, p. 91).

Isso surgiu claramente nas falas de Sue e Pete sobre o papel da literatura: se ela percebia na literatura "uma área absolutamente enriquecedora para complementar a oportunidade de conseguir um emprego, pois livros *arredondam* a pessoa, dando-lhe profundidade e plenitude...", Pete dizia acreditar que a literatura era importante "pelo prazer, diversão e satisfação obtidos pelo leitor".

Enquanto as pedagogias literárias na escola do povoado suburbano eram centradas em épocas e gêneros, estilos e significados interpretativos, no aumento do vocabulário e na aquisição de fragmentos de informação histórica e biográfica associados aos textos literários, os professores do Colégio Urbano declaravam lidar com questões políticas de modo consistente e permanente. Mark, por exemplo, mencionou racismo, sexismo, a imposição de um gosto e do cânone como partes integrantes da educação literária, dizendo que tanto ele como seus colegas "deliberadamente traziam questões ligadas a sexualidade e a gênero" para suas salas de aula, gerando ocasionais respostas reacionárias no meio dos alunos:

> tivemos há algum tempo dois alunos, rapazes de classe média, que disseram "graças a Deus terminamos de estudar literatura, assim não vou ter que ler mais uma escritora mulher e preta".

Rose disse simplesmente que "se você está ensinando literatura, é difícil ignorar questões políticas". E Pennie preferiu se omitir, não respondendo à pergunta.

Todos os professores se descreveram como "trabalhadores de sala de aula", à exceção de Pete, que acreditava possuir uma "mente acadêmica", vendo-se mais como intelectual (com a função de reflexão e produção de conhecimento) que como simples professor: o trabalho na escola parecia não lhe trazer gratificação pessoal ou profissional, pois Pete aspirava a atuar no meio acadêmico universitário. O planejamento de aulas e a preparação de materiais docentes foram itens reveladores das diferenças entre as práticas de Sue e Pete. Vendo a si mesma como professora de escola do interior ("não sei e não gosto dessas coisas, referências bibliográficas, notas de rodapé"), sem possibilidade de ascensão acadêmica por questões de gênero, *status* social e *habitus* (segundo ela, "inadequados"), Sue se via presa a um trabalho que julgava "ingrato". Comentando as opções de seus alunos por carreiras profissionais, ela disse:

> ... nenhum dos alunos escolheu cursar Letras. É um emprego ingrato, e as perspectivas são... quer dizer, eu até que gostaria de lecionar em uma... não, eu não tenho autoconfiança... Pete é que gostaria de ensinar em uma universidade, faculdade, educação superior, mas as chances de entrar em uma são tão limitadas, a menos que você tenha feito algo em profundidade, uma pesquisa, publicado uma tese ou algo assim... e ah, eu não gostaria de fazer isso, eu não sou... (ela ri).

Sue se relaciona com a educação literária numa base de estranhamento, dificuldades e distância, que ela prevê e compartilha com seus alunos:

> Comecei fazendo os poemas mais fáceis e simples para quebrar o gelo, devagarinho, porque coisas como "In Memoriam" e "Locksley Hall" são medonhas, então eu achei que a gente podia fazer os mais faceizinhos primeiro, e os mais cabeludos com um fio condutor acessível... Eu mesma odeio sentar e ter que pesquisar qualquer coisa em detalhe, com notas de rodapé e bibliografia e tudo o mais... especialmente teorias educacionais... Ih, meu Deus, odeio! O que eu quero mesmo é aprender as coisinhas, um tiquinho aqui, outro ali... não é meu estilo...

Planejar aulas, uma atividade que Sue considera "odiosa", consiste, para ela, em estudar as notas de rodapé e o manual do professor, além de colecionar informação aleatória "por aí", levada por seu "amplo conhecimento das coisas" acumulado ao longo da vida e da carreira, e que ela considera de grande ajuda para sua "performance teatral" ("é o que é de fato, lecionar é como estar no palco, não é?").

Por sua vez, Pete declarou planejar suas aulas cuidadosamente, "para não ser apanhado pelos alunos sem saber alguma coisa". Como professor branco, de classe média, jovem e do sexo masculino, Pete tinha planos de ascensão acadêmica, enquanto negava qualquer conexão entre literatura e questões sociopolíticas atuais ou outras formas de representação cultural, leitura ou educação: estudar literatura serviria apenas para melhorar os modos e o gosto segundo os padrões das elites, evidenciando sua *ideologia*, "aqueles modos de sentir, avaliar, perceber e acreditar que têm alguma relação com a manutenção e a reprodução do poder social" (Eagleton, op. cit., p. 15).

Planejar e preparar aulas, para Mark (Colégio Urbano), era uma tarefa apenas bimestral, quando o departamento estabelecia as metas "do que vamos estudar e o que teremos que cobrir". De acordo com o programa do colégio, a escolha dos textos para as redações durante o curso é atribuição dos professores. Embora ele tenha justificado a escolha de *Fever Pitch* contando uma anedota autoritária e encerrando com a afirmação "porque eu gosto... é uma ótima razão!" (risos), sua interação com os alunos pareceu bastante diferente da auto-imagem apresentada na entrevista. Para explicar a base de seu trabalho, Mark disse:

> Eu sempre uso a mesma coisa, na verdade; eu uso teoria narrativa. Olho para Teodor (sic) Todorov e realmente explico sua teoria para os alunos. Porque eu penso que os livros... você pode ver os livros como algo interessante, ou sem dúvida tentando ser diferente quando eles se afastam da estrutura narrativa básica, e as coisas que não se afastam estão apenas brincando de ser radicais... eu acho que a estrutura narrativa amarra isso...

Sua reação à pergunta sobre a ausência freqüente de apoio teórico no ensino de literatura foi ambígua e, como a maioria de seus colegas, Mark também propunha uma abordagem "instintiva" para substituir o vácuo teórico, minimizando a importância da fundamentação teórica que eu havia imaginado encontrar em suas aulas; também ele enfatizava a importância de os alunos fazerem anotações como estratégia central de preparação para "boas" redações. Durante a entrevista, Rose foi mais explícita em sua resposta sobre a rotina pedagógica:

> Gosto de ter aulas com um bocado de atividades diferentes acontecendo porque acho que os alunos precisam disso, precisam estar ligados na literatura de algum modo. Então acho que planejamento e preparação, para mim, é o mais importante, mais que corrigir as redações. Gasto tempo suficiente... sim, gasto mais tempo provavelmente pensando sobre as aulas do que corrigindo e dando notas, eu corrijo rápido, sou rápida, o que significa dizer que para mim o planejamento é da maior importância. Para encontrar diferentes maneiras de levar os alunos a se envolver com o texto.

À pergunta sobre o uso de teorias e de críticas literárias no ensino de literatura, Rose identificou a abordagem encontrada no colégio de uma maneira mais consistente:

> Acho que há um tipo de osmose que vem acontecendo nos últimos anos em relação à crítica... os textos têm sido examinados de diferentes modos, a idéia de ter diferentes leituras em vez de só uma... E imagino que de uma certa forma nós, no departamento, encorajamos as pessoas a fazer assim, para que os alunos comecem a ver que o texto, de certa forma, faz sua própria escrita, e não apenas aquilo que o escritor, que o autor pretendeu fazer, e assim você tem diversas interpretações, uma vez que consiga definir seu ponto de vista coerentemente. Então acho que encorajar diferentes leituras de um texto é importante, e se você quiser pode examiná-lo sob um ângulo socialista ou comunista, ou tradicional, levantar o debate sobre a existência ou não da

"grande literatura", acho isso importante... olhar os gêneros literários para decidir que uma idéia, ao menos para seus estudos individuais, pode usar ficção popular tanto quanto o texto clássico.

Sobre a maneira como tais abordagens eram trazidas aos alunos (seria a pedagogia intuitiva de Mark generalizada no colégio?), Rose mais uma vez, ao colocar seus alunos à frente das questões teóricas, permitiu que o fantasma dos exames aparecesse, dominando todos os critérios pedagógicos. Ela afirmou que o saber teórico se restringia à escolha dos gêneros literários como estratégia de redação: "em sua composição extensa eles podem optar pelo gênero policial, por exemplo...", enquanto o conhecimento e a descoberta literária deveriam brotar das práticas individuais de composição.

Pennie levantou dois pontos fundamentais para entender o modelo inglês de educação literária: os alunos terminam aprendendo através da própria prática e do contato com seus pares, sem nenhum esclarecimento de argumentação: simplesmente "eles acabam descobrindo o que é que você quer deles". E todo aquele exercício pedagógico-literário consistia em "escrever mais, maiores e melhores redações"... "porque eles têm que escrever" e, afinal, passar nos exames. Como os demais, Pennie não embasava sua prática em uma definição precisa dos limites da disciplina, dos métodos, estratégias e teorias. Ela ainda exemplificou o que seria classificado como errado na disciplina: "mostrar uma preocupação com as normas lingüísticas através da abordagem comunicativa".

Às vezes eles fazem uma citação errada... eles acham que podem fundamentar um enredo para você: "ele disse que a amava – I love you", a gente não precisa de uma citação ali. Você precisa fazer uma citação quando você quer que o leitor de sua redação veja a linguagem e você queira apontar alguma coisa da linguagem... Então eles precisam aprender por que estão usando referências textuais, alguns deles... alguns já sabem... Algumas vezes a redação é uma confusão e não dá para ler direito, e eles precisam aprender a planejar, mesmo que seja um planejamento rápido, em suas cabeças apenas...

E mais:

Às vezes, a gente dá um plano esquemático para eles de bandeja, com tudo o que a gente espera que eles cubram na redação... e realmente se eles escreverem um parágrafo sobre cada uma daquelas coisas eles conseguem fazer uma boa redação. Às vezes você devolve uma redação, escrevendo "por favor! Que plano estranho foi esse que esta redação seguiu?", porque você vê que é uma completa... o texto pula daqui para ali e de volta, em círculos, e os alunos precisam arrumar as coisas, que aí a redação sai.

A esse ponto da entrevista, quando discutíamos a prática de ensino de literatura na vida real, o discurso vago e filosófico de Pennie acerca de valores, verdade e autoconhecimento estava sendo substituído por problemas de estrutura e de linguagem, itens relevantes na prática cotidiana. E ela, até então lânguida e descontraída, começou a demonstrar pressa e desconforto súbitos. O contraditório segredo estrutural de escrever uma boa redação, agora, havia sido descoberto: um plano de parágrafos cobrindo os itens essenciais.

A representação pessoal de valores sociopolíticos para Mark foi problematizada quando lhe pedi um perfil político de sua atuação:

... isso é voltar no tempo, aos anos setenta, quando eu era estudante, e você acreditava que toda ação tinha uma base ideológica, mesmo que você não acreditasse e tentasse ser apolítico, aquilo ainda assim era uma declaração política sobre o que você fazia, sem saída. Tento não deixar [a política] influenciar minha prática docente. Prefiro bancar o advogado do diabo a seguir determinada linha política. Acho que a discussão sobre pessoas diferentes é... em outras palavras, acho que a gente faz os alunos pensarem que há sempre mais de uma resposta, e é isso que eu acho que tento fazer.

Enquanto Pennie se declarou um "animal social, mais que político", Rose disse:

> Por exemplo, ensinando literatura negra, literatura do Caribe, da Ásia, qualquer uma, é interessante que os alunos percebam a existência de um conceito de literatura de Terceiro Mundo, e o que isso significa... E ver os efeitos do colonialismo na literatura. E livros, poemas etc. que se levantam contra o colonialismo. Quero dizer, aquele tema geral único que perpassa muitos dos livros que estudamos é o tipo de tema imperialista ou antiimperialista, que entra aqui, entra no olhar para uma parte da literatura americana que estudamos: Miller, Tennessee Williams, acredito, política sexual e acho que nesse trabalho há desafios subjacentes ao *status quo*, por assim dizer.

Alguns dilemas políticos e pedagógicos

Apesar de as relações sociais parecerem abertas e amigáveis, percebia-se a ênfase no "ensinar", em detrimento do "aprender". Mais tarde essa impressão seria confirmada pelos alunos, para quem o aprendizado seria mais efetivo se sua própria consciência cultural e compreensão textual fossem consideradas relevantes, e as inferências extraclasse menos vinculadas a valores de classe média, que os excluíam completamente.

Pennie dissera que o fundamento do ensino de literatura naquele nível era fazer com que os alunos "desenvolvessem suas próprias respostas", que ela facilitava, fornecendo "a linguagem das respostas", e insistindo no modelo intuitivo de "resposta pessoal e subjetiva ao texto literário". Quando, porém, lhe pedi uma definição dos métodos e teorias embasadoras, Pennie concordou haver "um modelo padrão", sem conseguir esclarecer as bases teóricas, as abordagens metodológicas, ou estratégias específicas além de tentativa e erro, e a observação dos pares. Sua explicação se restringiu ao aspecto lingüístico-formal da produção textual:

> Sim, há um padrão, é uma mentira dizer que eles podem responder da maneira que quiserem... Mas também se eles trabalharem em grupos você pode... encaixar... eu acho que os alunos se sentem apoiados pelos colegas, eles podem dizer uns aos outros o que vão planejar... fazer... podem ler as redações uns dos outros... ou... Acho que eu penso que eles ficam sabendo o que é que a gente quer... eles ficam mais independentes para escrever as composições para os exames escrevendo mais, maiores e melhores redações, não para os exames, você me entende?... Não é só treinando para os exames, eles escrevem redações porque têm que escrever. Acho que o objetivo de fazê-los reescrever... ajuda a ver os problemas, os erros que cometeram na primeira versão também, então realmente os ajuda a produzir material nos exames...

Rose exigia participação ativa e permanente contribuição de suas alunas, crucial quando se busca o fortalecimento democrático. No evento que presenciei, por exemplo, das alunas atrasadas para a aula, ela, visivelmente aborrecida, usou um argumento bastante delicado naquele ambiente multicultural: acusou-as de falta de educação e de boas maneiras. Além disso, sendo a única professora entrevistada no colégio com formação específica em literatura, embora tivesse definido seu trabalho pedagógico como uma combinação de críticas e teorias variadas – desconstrutivismo, pós-estruturalismo, pedagogia crítica de conteúdos e feminismo –, Rose não foi capaz de esclarecer qual o produto final da mistura.

As práticas literárias na escola pareciam ocultar regras implícitas de comportamento e diferenças socioculturais que apenas se tornaram visíveis para mim durante as entrevistas, revelando dilemas não verbalizados e lacunas de compreensão entre a linguagem de classe média dos professores (tais como "filisteu", cujo significado a maioria ignorava, mas preferia não perguntar), seus hábitos (pressupondo que os alunos apenas precisavam de "vontade" para freqüentar peças de teatro) e os valores de classe trabalhadora dos alunos, mesmo no ambiente menos repressor do Colégio Urbano.

O dilema central de Mark era relacionado ao papel de autoridade docente que se esperava que ele exercesse; sua própria dificuldade de ser pontual era tratada como uma questão política (travestida de personalista), gerando um conflito sociocultural com Rose, para quem a pontualidade seria uma questão de "educação, berço e boas maneiras". Também parecia ambíguo o esforço declarado de Mark em *cobrir toda a matéria*, utilizando materiais estocados nos arquivos do departamento quando não preparava aulas, e seu autoconsciente, descontraído estilo docente.

Ao descrever a "liberdade" de opiniões no colégio (*o individualismo é precioso para nós e jamais desencorajamos ou ridicularizamos tais tentativas, queremos que os alunos se sintam confiantes para expressar um ponto de vista diferente, sabendo que ele não será descartado nem corrigido*), esses professores não pareciam perceber que a maioria dos alunos comuns dificilmente confiaria plenamente em seu próprio saber literário e em sua competência escrita para desafiar o sistema, como o exemplo citado, do aluno de classe média que escreveu uma redação sobre "D. H. Lawrence e futebol". A lacuna social, cultural e econômica encontrada diariamente nas aulas de literatura parecia passar despercebida pelos professores de modo geral. Por tal razão, me pareceu de crucial importância entender como os alunos seriam fortalecidos em direção a uma prática satisfatória e autotransformadora e à participação social efetiva. Também me intrigava a possibilidade de alcançarem os objetivos democráticos estabelecidos, já que as práticas se apoiavam basicamente na intuição e no individualismo de marca social.

Na Escola Hollybush, Sue considerava um fator complicador a ausência de rigor seletivo na aceitação de alunos de literatura para os cursos adiantados. Para ela, obter bons resultados nos exames adiantados comprovava a competência dos alunos, professores, departamentos e escolas, bem como sua habilidade de agir segundo os "níveis de exigência" dos comitês examinadores. Ela comentou que o número de alunos que a escola indicava para os exames, e quem se inscrevia, era um elemento crucial na mediação do gerenciamento financeiro da escola (a verba recebida do governo estaria diretamente vinculada ao número de alunos inscritos e aprovados nos exames). Pete, por sua vez, julgava ideal "ter alunos realmente comprometidos com literatura, querendo passar nos exames e se esforçando, principalmente fazendo as tarefas e os trabalhos extraclasse". Assim, para professores de literatura no povoado conservador, os alunos ("as atitudes descansadas das crianças... a dificuldade de levá-los a produzir os deveres a tempo...", segundo Pete) pareciam ser o problema maior em sua rotina, adversários difíceis para serem tratados através da estratégia de distanciamento e *silêncio* (Pete) ou da dedicação *afetuosa* (Sue). A prioridade seria cumprir o objetivo sociocultural e financeiro através do cumprimento do programa, garantindo o número máximo possível de aprovações nos exames. Essa determinação aparente de ações presentes pelo futuro foi tratada por Bourdieu:

> Se [agentes] parecem determinados por antecipação de suas próprias conseqüências, dessa forma encorajando a ilusão final, o fato é que, sempre tendendo a reproduzir as estruturas objetivas das quais são produto, eles são determinados pelas condições passadas que produziram o princípio de sua produção, ou seja, pelo resultado real de práticas passadas intercambiáveis ou idênticas, o que coincide com seu próprio resultado à medida que as estruturas objetivas das quais são o produto são prolongadas nas estruturas dentro das quais eles funcionam. [...] O *habitus* é a fonte dessas séries de mudanças que são objetivamente organizadas como estratégias sem que sejam o produto de uma intenção estratégica genuína – o que poderia pressupor ao menos que elas são per-

cebidas como uma estratégia dentre outras possíveis estratégias (*Outline of a Theory of Practice*, pp. 72-3).

As histórias pessoais de Sue e Pete, aliadas à cultura histórica que envolve a disciplina (tradição, herança, passado), juntamente com a cultura privilegiada por seu meio profissional presente, ajudaram a entender a consistência de suas práticas, que se projetavam para uma avaliação futura.

A negação de conflitos políticos explícitos era fundamental para o atendimento orquestrado dos objetivos comunitários da Escola Hollybush, onde nem alunos nem professores explicitaram nenhuma preocupação evidente com questões sociopolíticas mais amplas. As notícias mais polêmicas foram tratadas com distanciamento e neutralizadas pela leitura unicamente racional. Sue, por exemplo, atendendo a uma recomendação do modelo de exame seguido pela escola, selecionou, duplicou e levou uma notícia de jornal para os alunos. Não a leu nem discutiu, embora estivesse consciente da necessidade de os alunos saberem "o que está acontecendo no mundo".

Não, era apenas um extra. Não estava diretamente envolvido com nada do que estávamos fazendo, apenas um monte de declarações mais ou menos controversas sobre a atitude do adolescente moderno, dos alunos, de que modo eles têm sido ensinados, como têm reagido... Eu apenas queria interessá-los por um minuto, não havia tempo, eu não queria mandar fazer uma composição em cima daquilo, não queria nem mesmo discutir nada, eu só queria que eles lessem, e quem sabe algo naquele artigo poderia engatilhar qualquer coisa em suas mentes para uma redação no exame ou algo assim... nunca se sabe... [...] porque estou pensando em quando eles forem para as entrevistas, especialmente para Oxbridge [Oxford e Cambridge], os examinadores querem alguém com um certo brilho, um certo conhecimento do que está acontecendo no mundo... algo para que você dê sua própria opinião, para além dos limites estreitos dos textos que eles estão estudando...

Também na Inglaterra o fator *tempo* conduz a ação pedagógica, justificando omissões políticas e funcionando como forte elemento de controle. Interesse e dedicação a um tópico ou texto se traduzem numa gradação de valores decrescentes, desde "corrigir uma redação", "discuti-la", "ler o texto", até "engatilhar algo em suas mentes". Pete afirmou que, se algum dos alunos trouxesse um tema político atual para discussão, ele pediria que os interessados conversassem sobre o assunto por conta própria após o término da aula, para evitar desperdiçar tempo precioso e escasso. Um artigo político, com linguagem não-literária, não contribuiria para o "arredondamento" das personalidades dos alunos; além disso, a imagem intelectual do professor poderia sair arranhada perante a possibilidade de variadas e inesperadas perguntas que poderiam surgir no contexto mais livre das discussões políticas, e para as quais ele poderia não estar "preparado".

No Colégio Urbano, Rose atribuía suas dificuldades maiores à falta de experiência de leitura, de comprometimento e motivação de seus alunos de literatura, resumindo seu papel docente em

> lidar com os alunos mais fracos e tentar fazer com que realmente gostem da disciplina e sejam levados a ler para sua própria diversão e para querer começar a ver os significados subentendidos nos textos.

Assim, seus alunos se tornam pedagógica e epistemologicamente independentes:

> Bem, acho que os estudos independentes para as monografias são uma parte importante desse processo: eles começam a ler para isso no segundo período do primeiro ano e entregam as pastas com os trabalhos de curso no primeiro bimestre do segundo ano. É um processo de cerca de seis meses trabalhando sozinhos nos livros de sua própria escolha, que os encoraja à independência, penso eu. [...] Acho que o exame é aberto o suficiente para permitir respostas,

desde que sejam baseadas no texto. E acho que os alunos podem ser bastante abertos... Quero dizer, algumas questões nas provas realmente indicam essa direção, até certo ponto.

Entretanto, ao explicar o que ela percebia como os objetivos e o perfil da disciplina no colégio, demonstrou sua posição de identificar a leitura literária como "motivo" e meio de atingir o objetivo maior de "produzir ensaios críticos":

> O curso de literatura para níveis adiantados que nós fazemos, predominantemente... de respostas à literatura, mas há escrita criativa também, porque você sabe, a gente usa literatura como um estímulo para a própria escrita dos alunos.

Mark e Pennie diferiam na forma de lidar com suas histórias pessoais e profissionais perante turmas multiétnicas, na maioria de classe trabalhadora. A romântica imagem que Mark fazia de alunos de literatura era, até certo ponto, de que eles seriam material bruto a ser moldado, lapidado e civilizado por um heróico professor de literatura – que não ele próprio.

> E eu me lembro de quando estava no meu primeiro ano de trabalho como professor e o diretor disse... havia uma professora de literatura que ensinava poesia de forma brilhante a uns guris bem cabeça-dura, que fora da escola eram literalmente incontroláveis, vagando pelas ruas, fazendo bagunça, destruindo tudo... Foi a primeira disciplina em que a turma inteira conseguiu uma nota, para alguns deles era a única disciplina com nota... inglês e literatura inglesa, que ela ensinava. E todos eles escreveram um poema, tinham que escrever um poema para "o lobo dentro de mim". Eles tinham que escrever... muitos passaram séculos escrevendo. A. J. [a professora] adora poesia, adora escrever poesia e ela simplesmente os contagiou com esse entusiasmo... até eu vir para esta escola, os alunos lá eram muito mais receptivos à poesia.

Tais requisitos para literatura são questionáveis, pois exigem a ação docente de alguém especialmente dotado pedagógica, artística, acadêmica e pessoalmente, um herói individual. Na verdade, isso requer uma categoria de profissionais bem equipados para ensinar literatura com sucesso, ou seja, tratar a educação literária como disciplina relevante em sua contribuição para a consciência social, cultural e política. Além disso, cresce a lacuna entre as primeiras séries escolares (cujo objetivo é obter respostas criativas) e as séries mais adiantadas (cujo objetivo é a produção de ensaios críticos sem metodologia ou teorização clara), entre alunos de classe média e os de classe trabalhadora que, ao chegarem ao *sixth form*, terão que provar competência intelectual na compreensão da obra literária sem a necessária construção de base.

A distância cultural entre alunos de classes sociais diferentes certamente reforça a separação entre eles com base na aptidão e sensibilidade literárias. Pennie, cujo principal dilema pareceu relativo à questão de valores de classes sociais, presumia uma média de 70% de alunos da classe trabalhadora em sua turma, apesar de considerar que *"classe é uma coisa difícil de..."*. Na realidade, ela não pareceu preocupada com os problemas de multiculturalidade social, com as lacunas e contradições sociais e político-econômicas em sua prática literário-pedagógica, apesar do discurso político marcado por sua formação acadêmica. Na opinião da maioria dos alunos entrevistados no colégio, os professores não pareciam ter consciência do despreparo de seus alunos quando ingressavam no *sixth form*. Isso contrastava com a alta expectativa docente, o volume de leituras, o tal "compromisso" literário, e a crítica implícita ao texto canônico. Apesar disso, analisando as razões do sucesso do trabalho realizado no Colégio, Mark reconheceu:

> ... quero dizer, as escolas secundárias ensinam inglês muito bem e em condições bem difíceis, quer dizer, nós temos condições melhores e assim parecemos obter um maior sucesso, mas, na verdade, estamos apenas continuando um bom trabalho de base já feito...

De modo geral, cinco professores brancos, de classe média (por berço ou opção), apresentaram variações de conteúdo em suas práticas observadas: na escola do povoado, um meio homogeneamente branco e de classe média, o departamento de inglês havia optado por um programa de avaliação através de provas finais, concentrando esforços na leitura interpretativa de textos predeterminados; as aulas eram baseadas nas explicações dos professores, ditando notas que os alunos copiavam, sem estratégias interativas. Dada a aparente uniformidade sociocultural daqueles alunos, os dilemas e as dificuldades se dirigiam estritamente a questões de comprometimento literário, saber conceitual e dedicação aos estudos. No Colégio Urbano, um ambiente multiétnico e multicultural freqüentado por muitos alunos da classe trabalhadora, as relações eram aparentemente mais interativas e dinâmicas. À medida que me aproximei dos alunos, contudo, ficou claro que as questões de classe social eram tratadas em superfície, deixadas em surdina latente.

O processo de entrevistar professores e alunos trouxe mais surpresas e descobertas no colégio que na escola; havia conflitos profundos que passavam aparentemente despercebidos. Enquanto os alunos da escola se queixaram das estratégias passivas, da falta de comunicação pedagógica entre educadores e educandos e da "digestão" característica de práticas pedagógicas baseadas em controle de poder explícito, no colégio os problemas relatados se referiam a diferenças sociais, mostrando um ressentimento discente profundo contra conteúdos, práticas e representações sociais hegemônicas.

Modos de aprender: perfis e opiniões dos alunos

Havia em média dezesseis alunos em cada turma de literatura na Escola Hollybush. Eram todos brancos, na maioria do sexo feminino, e de classe média inglesa. Vinham de lares cujos pais, na maioria, tinham também estudado literatura no *sixth form*. Haviam escolhido a disciplina não somente por causa dos bons resultados obtidos nos exames secundários de GCSE, mas porque gostavam de ler, ou consideravam importante a aquisição de valores britânicos através da literatura canônica. Essa tendência havia sido apontada por Raymond Williams como o "turno da tradição", a promoção de um "saber cultural" que iria enriquecer seus valores pessoais ou facilitar a aquisição de uma melhor compreensão das tradições nacionais. Em geral, Shakespeare contava com a incondicional apreciação e aprovação desses alunos, à exceção de Chris, um aluno de Pete, que julgava haver "palavras demais para pouca substância" nas obras do bardo inglês. Os alunos avaliavam a atitude distante de Pete como "timidez" ou "juventude". Um homem inglês, branco e de classe média não levantava dúvidas quanto ao saber literário ou à competência pedagógica para preparar as turmas para os exames. Por outro lado, Sue, mulher mais velha, sem uma "postura intelectual" e oriunda do proletariado (o que na Inglaterra é visível como marca na pele), não era totalmente levada a sério. Apesar de rejeitar a passividade e o formalismo didático, a pedagogia "digestiva" e as notas ditadas, os alunos acreditavam, entretanto, não haver outra maneira de lidar com "a dificuldade literária". Assim, enquanto o primeiro excerto de entrevistas abaixo é crítico, o segundo, pelo mesmo grupo de três alunos de Pete, do sexo masculino, é acrescido de um tom de desculpas pela crítica, levantando uma inesperada questão de gênero invertida.

    1. ... na maior parte, dizem para a gente o que fazer, a gente só senta lá e toma nota do que os professores dizem. Acho que o que devia acontecer era a gente sentar em grupos e discutir uns com os outros, porque você vê, a gente tem idéias... Acho que dessa forma seria melhor, do contrário a gente fica entediado, o tempo não passa...
    2. ... eu sem dúvida faria tudo bem diferente, mais informal, porque eu me sinto muito mal naquela sala, nunca digo nada, sento e fico quieto. Mas eu penso, e geralmente o

que eu penso está certo, mas não falo nada... Não acho que é assim porque a gente é inglês, acho que depende da turma...
 1. É mesmo, acho que ficaria mais interessante assim. Eu achava antes que ia fazer muita coisa diferente, de escrita, não apenas essas redações críticas. E pensei que ia ter muita discussão, mais discussão...
 3. É que ele [Pete] não faz nenhuma discussão na aula dele, ele não dá valor a nossas habilidades, ele só quer informação, e o único jeito que ele avalia a gente é através do nosso trabalho escrito... Acho que há muito mais coisas que o simples trabalho escrito... E... Eu também não acho que ele conheça a gente muito bem, não, acho que ele não conhece ninguém.
 2. Vê só, os professores na realidade não conhecem ninguém, eles pensam que conhecem você, quando escrevem coisas sobre você no boletim, coisas que nunca são verdadeiras.

E, logo a seguir:

 1. O trabalho que a gente faz [com literatura] é muito difícil, a gente não seria capaz de fazer sozinhos... Sabe, as coisas são mesmo difíceis de entender... Como com... ahn... o livro de Truman Capote que a gente está fazendo no momento... eu faria do jeito que você viu lá na sala, com o professor, eu acho...
 2. O outro professor dá as piores aulas possíveis... as aulas dele são tão chatas, não consigo me concentrar, todo mundo cai no sono... [se eu tivesse que ensinar literatura] eu faria a coisa mais animada, pelo menos mais do que só sentar e ir lendo o livro... eu teria discussões, que eu acho superúteis. Ah... e eu ia fazer os alunos lerem o livro, em vez de ler junto na sala, página por página...
 3. E eu daria um tratamento mais igual aos rapazes da sala. Porque nós três somos os únicos rapazes daquela sala, e o professor só se interessa pelas meninas... Eu não sabia que ia ser desse jeito, eu pensava que a gente ia fazer outras coisas, escrever outras coisas, com mais discussões... Gastamos doze semanas em um livro, o que é tempo demais. Vamos terminar um curso de dois anos tendo feito somente o

que... sete ou oito livros, quando a gente poderia ter feito muito mais...

Um grupo de três alunas confirmou a pedagogia de silêncio passivo e pouca reflexão adotada nas aulas de Pete, rejeitando a inutilidade da discussão imposta, que entendiam como oposta à desejada e genuína troca de idéias e leituras.

1. ... a parte escrita é interessante, mas... o modo como eles tratam disso tira todo o interesse... eles não fazem você pensar, você só senta lá e fica...
2. ... e você não escuta nada, só senta lá e... fica pensando em outra coisa qualquer! Eles pensam que você está pensando, e aí é que está a piada! Não custa nada, você só tem que lutar contra o tempo...
3. Às vezes ele [Pete] não sabe as respostas, e você senta lá e ele espera uma eternidade... e nunca discute nada... e o jeito que ele lida com nossas perguntas, faz a gente...
2. ... pelo menos ele não é um bobão como o professor Jones, que pensa que, se deixar a gente ter uma ou outra discussãozinha, a gente está falando alguma coisa, mas ele não sabe fazer... se algum dia ele propusesse uma pergunta interessante, a gente ia acabar discutindo e se envolvendo...
1. ... porque todo mundo tem idéias e trocando você aprende e entende o poema melhor...
2. ... ele força muito e faz tudo ficar tão difícil, olha só as palavras que ele usa!
3. A gente gostaria de ficar menos passiva, só um pouquinho. Discutir e debater mais, e aí... se ninguém souber a resposta certa, ele pode nos dizer. Mas pelo menos, se você sabe, você tem seu próprio ponto de vista e pode seguir em frente!

Os alunos entendiam as atitudes amigáveis de Sue como disfarce para sua insegurança pedagógica. Não os intimidando – pelo silêncio, pelo saber ou pela postura – Sue se tornou vítima de um senso de humor bastante cruel: mais de um grupo entrevistado me contou, com visível ironia e condescendência, do pranto da professora à frente de várias turmas, após brincadeiras de mau gosto, reforçando sua imagem de vulnerabilidade e fraqueza. A esse respeito, disse Sue em entrevista:

> Eu agüento até certo ponto, faço piada... de vez em quando, mas às vezes eu fico muito muito zangada e estouro. E houve uma vez em que saí da sala, porque a turma estava sendo tão mal-educada comigo, eu não conseguia me fazer ouvir, eles não atendiam aos meus pedidos de silêncio e atenção, então eu simplesmente me retirei... fechei meu livro e os deixei lá.

A turma de dezenove estudantes – com apenas dois rapazes – falou sobre o método de "fragmentos de conhecimento" usado por Sue, dizendo dar valor às suas tentativas (infrutíferas) de tornar as aulas "mais vivas":

> 1. ... tem horas em que você se diverte e quer continuar, saber um pouco mais... ou então fica tão tedioso, que você simplesmente desliga e sai do ar... como quando a gente leu Hamlet, foi tão rápido!
> 2. Acho que devia ser tudo feito de modo mais criativo... ela [Sue], por exemplo, dá umas apostilas que... ajudam...
> 1. Mas podia ser tudo bem mais informal, né?

Abaixo, um trecho da entrevista com os melhores alunos da turma de Sue: David, Sarah e Catherine. A postura de David era a favor de "purismo literário"; e o tédio das aulas de literatura, segundo ele, se devia ao baixo nível de conhecimento e de interesse da maioria dos alunos, abaixo de seu próprio "padrão literário".

> S.: Sinto uma grande pressão na gente para ler todos esses clássicos... ela... eu acho meio demais ser forçada a ler todos esses livros que você jamais leria se fosse dada a opção...
> C.: Eu sinto a mesma coisa que você...
> D.: Eu tiraria umas quinze pessoas daquela turma, deixaria três ou quatro apenas... com um tutor ou algo semelhante, ficaria muitíssimo mais interessante... nos sentamos

para ler os livros ou poemas juntos e gastamos aulas e aulas para ir de um capítulo para o outro e... fica chato demais! Até mesmo para nós que... gostamos de ler... eu faria muito mais ensaios críticos do que fazemos e poderíamos ter um curso muito mais puxado. Porque... eu acho que os professores não puxam o suficiente, e é essa a razão pela qual ficamos dois semestres dando um mesmo livro, *Sons and Lovers*... que está levando uma vida! Está chegando ao ponto de toda a turma não agüentar mais o livro. Acho que o problema principal é o desperdício de tempo naquela turma, porque a turma é grande demais! ... e há muita repetição... na minha opinião é altamente irritante.

Outro grupo de alunas de Sue levantou questões semelhantes, mencionando o ritmo lento, o número limitado de textos para leitura e o conseqüente e inevitável tédio. Comentaram ainda as contradições didáticas:

L.: ... me preocupa a pouca quantidade de trabalho feito: só lemos até agora um livro, ainda temos três para ler e analisar... tem sido tão lento, tão chato!...
O.: A parte escrita, para mim, é totalmente imprevisível: da última vez fiz uns garranchos com a primeira coisa que me veio à cabeça... eu mesma achei um horror, sem planejamento, e aí ela me deu um B... fiquei surpresa... se eu fosse chefe de departamento, mudava tudo...
B.: ... Eu acho o nível adiantado tão diferente da escola secundária...
O.: ... mas ela sabe um bocado... e a aula dela não é tão tensa...
L.: ... bem, mas eu não diria que ela... tem um bom domínio da turma, nem controle da disciplina... a gente dizia cada coisa para ela, só para irritar... não de propósito, mas... ela é uma professora legal...
O.: É mesmo... eu acho que... ela tem bastante conhecimento, mas... as aulas dela... não sei, penso que ter o controle da turma é muito importante...

Em um ambiente formal como o da escola, é difícil crer que os alunos se sentissem tão liberados e à vontade a ponto de "levantar os pés, jogar os sapatos para o alto e para os lados", o tipo de comportamento mencionado, e que consistiu em um teste dos limites do próprio poder e da tolerância de Sue. Mas foi possível perceber ali, antes de mais nada, uma questão de discriminação sexista e sociocultural. Como já dito, pouco se falou no colégio sobre métodos ou estratégias pedagógicas, sendo levantadas questões de diferenças sociais e culturais nas relações internas e externas entre alunos e entre professores e alunos, implícitas, e não visíveis para o observador ocasional. O longo trecho abaixo é parte da entrevista com os alunos de Pennie. As três alunas, todas de origem estrangeira (uma turca, uma ganense, outra filha de pais africanos), aos poucos levantam a questão do dano ao prazer de ler pelo tratamento de "dever" atribuído ao estudo de literatura, aliado ao sentimento de estranhamento sociocultural naquela turma.

1. Eu me sinto bem à vontade com literatura, é mais ou menos do jeito que eu esperava que fosse... mas às vezes fico pensando, sabe, nossa... como tem coisa para aprender...
2. ... eu não, eu não gosto tanto quanto poderia porque... por causa da pressão em cima da gente...
3. Analisar tudo tira o prazer, porque você sabe que está fazendo aquilo por um motivo, não para se divertir.
1. Eu acho que o modo como a gente aprende é bom... Pennie ajuda bastante a gente, ela não dá de colher, deixa a gente... discutir... eu acho proveitoso...
2. ... é bom às vezes, mas tem gente que domina a discussão...
3. ... na maioria das vezes a gente não fala aquilo que está pensando...
2. ... é muito frustrante, tira todo o estímulo... faz você se sentir incapaz, incompetente...
3. E o que torna as coisas ainda piores é que a professora nem percebe... a discussão já mudou para outra área, outro assunto, no qual alguns alunos não entram e tudo mais... e a professora nem mesmo percebe...
1. ... e você vê que não conta... eles falam sobre todas aquelas coisas que você nunca ouviu na vida, e se sente deixada de lado, excluída, se sentindo idiota...

2. E ninguém quer a nossa opinião, a gente não tem valor nenhum... e tudo tem muito a ver com o tipo de curso... o jeito como a gente fala, e tudo mais, só porque a gente vem de Hackney...
1. ... eu venho de Brixton, é uma mudança cultural radical... as pessoas julgam você pelo sotaque, pelo lugar de onde você vem...
3. Eles fazem você se sentir diferente... e isso acontece comigo o tempo todo!
1. Isso faz a gente se sentir tão inferior... na minha aula de história, no outro dia, bem... lá então, fico completamente perdida...
2. Eles acham que todo mundo sabe exatamente as mesmas coisas, o conhecimento não é discutido... a turma inteira tem que saber aquelas coisas extras, e se por acaso alguém não sabe...
3. No outro dia, tinha alguém na nossa turma chamando o outro de "filisteu"... porque a pessoa não sabia uma fábula ou coisa parecida... Você sabe, nem todos nós tivemos as mesmas oportunidades... você sabe, em termos de dinheiro...
1. ... e alguns de nossos pais não sabem nem mesmo falar inglês direito!...
2. E é caro ir aos lugares! E também em nossas escolas [de origem] a gente aprendia outras coisas, nós também temos um conhecimento que eles não têm...
3. ... eles nem querem saber!
2. E os professores não são nem um pouco sensíveis... nem percebem o que está acontecendo.
1. E é claro que eles se ligam àqueles alunos com quem eles se identificam mais e que falam... porque eles é que sabem o que está acontecendo por aí... em vez de explicar para a turma inteira.
3. ... e daí que você se sente tão pequena quando você pergunta e recebe uma resposta do tipo "ah, mas você já devia saber isso..."
2. ... e todo mundo faz piada daquilo, e você não quer perguntar, porque você sabe que vai ficar sem graça...
1. Acontece mais na aula de Pennie.
3. E ela é tão apaixonada pelo que faz que se você muda para um assunto que ela ama, ela vai esquecer completa-

mente que... epa, tem coisa aqui que algumas pessoas não sabem...
1. E ela adora cultura... pena que a gente não consegue acompanhar...
2. ... e você acaba pensando "que é que está acontecendo?", o que é muito...
3. Tem gente que só falta falar "meu Deus, cala essa boca, por favor"...
1. Só que a gente não é menos inteligente do que eles...
2. Eu acho que é complicado [reclamar sobre esses sentimentos] porque é algo que a gente não sabe explicar muito bem, e... eu acho que a gente tem mesmo é que aprender a lidar com isso...
1. ... e é muito subconsciente de todo modo... nós temos que fazer o melhor possível, de qualquer maneira...

É clara nas falas a gradação avaliativa. Partindo dos conteúdos do curso e da apreciação pelas estratégias pedagógicas de Pennie, elas, à medida que se tornavam mais confiantes, chegaram ao elemento sociocultural, que passou a predominar. A análise dessas alunas, clara e firme, mostra como a educação literária ali praticada as excluía de participação mais profunda, tanto pela conexão especial de valores entre a professora e os alunos de classe média, quanto porque "o saber é tido como homogêneo", o que elas conscientemente mostraram não ser um problema de inteligência, mas antes de culturas – local, social e política. Esses pontos foram reforçados por outros grupos de alunos de Pennie, sendo que apenas dois alunos se concentraram na dificuldade de lidar com a imprecisão dos títulos das composições e na quantidade de materiais que compõem o estudo de literatura. Um terço dos alunos somente conseguia compreender as questões após a interferência da professora na leitura conjunta, embora eles já tivessem lido "os mesmos textos mais de vinte vezes sem entender uma palavra".

O que professores descrevem como "apatia" discente seria na verdade uma combinação de fatores, como a externalização da insegurança e a internalização de incompetência para lidar com o texto literário, em conseqüência de sua atuação como aprendizes passivos. No paradigma inglês vivenciado, se não lhes era facilitado o acesso a outras formas de leitura, os alunos sofriam a falta de fundamentação teórica consistente, sobre a qual pudessem embasar a "opinião" requisitada. Sem ajuda para encontrar e avaliar os recursos, recebiam no colégio uma forma de liberdade que não conseguiam aproveitar ou expandir. Naquele meio multicultural, percebia-se um sentimento bastante forte contra a manutenção de Shakespeare no programa de estudos, em contraposição à escola de periferia, onde a maioria – até mesmo alunos com auto-imagem negativa de baixo rendimento – considerava Shakespeare importante para sua formação. Abaixo, trecho de uma conversa com outras duas alunas e um aluno:

> X. Pennie fala bastante, ela passa metade da aula falando com você, e o problema é que... geralmente tem somente metade da turma acompanhando o que ela diz, que já leram todos aqueles livros, ou que entendem esse negócio de teatro... e o resto da turma, se a gente preferir não se envolver... ou, se a gente não estiver entendendo, pode simplesmente sentar lá o tempo todo sem falar uma palavra e no final ir embora sem a menor idéia... Você precisa apenas ir embora para casa e escrever um ensaio...
> Y. Eu me sinto superburra naquela aula e não me envolvo em nada do que é ensinado, posso sentar lá assim como não estar lá, dá no mesmo, porque... não ganho nada ficando lá mesmo... e nem recebo ajuda, nem chego perto, só fico lá sentada, olhando...
> X. Ela não é boa de ajuda individual, no duro. Ela trata a gente como adultos e tudo o mais, e também descreve as coisas bem, mas... ela não gosta de escrever no quadro, nem diz... "isso é o que vocês têm que fazer"... dividir em grupos... ver a estrutura... ela só diz "este aqui é o título da composição", e fala dos poemas e tudo... e a gente pensa "tudo bem, tá ótimo"... e a gente vai para casa, não faz nada por uma semana, e aí vê que não sabe fazer nada...

Y. No final da aula você não tem nada para levar para casa para refletir, porque... é tudo durante a aula, você fica numa ótima, mas quando você finalmente chega em casa e daí a uma semana vai escrever o ensaio é que vê que não tem nada...
Z. (rapaz) É verdade, porque... metade do tempo Pennie passa falando num nível que a gente não entende, e acaba só sentado lá, porque ela não baixa ao nosso nível...
Y. Você pode até passar a aula toda discutindo o assunto da composição, ou sobre o que é o livro, mas no final das contas, você ainda não tem nem uma idéia vaga do que precisa fazer, sobre o que tem que escrever...
Z. Tem uma coisa aqui nesta escola: a gente não conhece eles (professores), nem eles conhecem a gente... mas aqui tem um bocado de trabalho para fazer e a gente cresce bastante... é bem mais intensivo e exigente... diferente de uma escola comum.

Mark era admirado por seu estilo positivo, "descontraído e não intimidador", e foi apontado como modelo docente de literatura, especialmente em comparação com outros professores. A conversa abaixo se deu com duas alunas e um aluno, todos de origem africana. O rapaz sozinho verbalizou a resposta, apoiado pelos sinais de aprovação das duas colegas.

Se eu fosse dar aula, faria do jeitinho que Mark faz: ele não é rígido, nem medroso, não nos deixa tensos, é super-relaxado, mas, ao mesmo tempo, ele ensina à beça. Ele ouve e respeita nossas idéias – diferente do outro professor de literatura que nós temos, que se zanga à toa, é impaciente, sério demais, ele faz uma pergunta, você tá tentando responder e nunca está certo, nunca é suficiente, ele fica falando "vai, vai, continua..." ou então "tá, mas... o que mais?", enquanto Mark diz "sim, está certo, mas você poderia mudar isso ou aquilo...". O outro professor espera que os alunos adivinhem a palavra exata que ele está pensando, aquela da cabeça dele e só aquela.

Os alunos de Rose não verbalizaram a pressão social divisória com a mesma veemência dos alunos de Pennie. Reconhecendo sua competência em assuntos literários "até porque do contrário ela não seria chefe de departamento", consideravam-na exigente e estritamente profissional, evitando estabelecer vínculos pessoais, mas trabalhando com dedicação e seriedade. Três alunas entrevistadas (identificadas como jamaicana, americana e afro-inglesa) culparam o programa e o cânone imperialista e colonizador por seu desconforto e insegurança. Ironizaram o tratamento dado a Shakespeare e a Donne, identificaram-se com a escrita de Maya Angelou e Toni Morrison, e disseram se ressentir do estilo impessoal de Rose, seco e, às vezes, constrangedor.

1. O pessoal do governo ou da Secretaria de Educação não percebe que há tantas pessoas de diferentes partes do mundo aqui na Inglaterra e que essas pessoas querem saber também sobre seus lugares de origem... Quer dizer, aprender para poder se identificar melhor e se definir na sociedade...
2. No meu caso, adoro histórias de horror, e não tem nada parecido no programa de leituras...
1. Ainda, eu gostaria de sugerir que os alunos descobrissem as coisas por si mesmos, em vez de receber ordens, ou chegar alguém sempre e dizer do que se trata... isto é isto e aquilo é aquilo, sabe como? Talvez a gente pudesse colocar um pouco da nossa própria experiência nas análises dos livros...
2. ... e não somos mais crianças, eles aqui deveriam saber disso, e uma vez ou outra compartilhar uma risada com os alunos, em vez de ser sempre sério e professoral...
3. Alguns professores dizem "isso está errado", mas eles também poderiam dizer "olha, você tem um ponto de vista interessante, vamos conversar", sei lá, algo do tipo... Mas não, tem horas que eles intimidam mesmo a gente, com seus diplomas e títulos e experiência docente... e então eu desligo e deixo para lá!
1. ... tem professor que fica puto quando você pergunta... eu por exemplo gosto mais da Rachel, Rose é muito do estilo senta e faz teu trabalho sozinha... Rose também cha-

ma tua atenção e todo mundo ouve o que ela fala, às vezes ela chama teu ensaio de "porcaria", e todo mundo escuta...
2. ... isso fere minha autoconfiança... se você não está legal, a aula não funciona. Você odeia o professor e acaba não fazendo nada.
3. É sim, e a relação com a professora tem vezes que fica meio... tensa, você com medo de perguntar as coisas... Aí não dá mesmo, porque... você tá lá só para responder, nunca para perguntar, de qualquer maneira...
2. ... e o pior é que é para responder somente aquilo que eles querem ouvir, o que... afeta seu aprendizado.
1. Meu recado para os professores seria... ponham um pouco mais de entusiasmo no que vocês fazem e tentem ser também um pouco mais amigos, e não apenas professores...
2. ... e eu diria ainda, permitam uma certa privacidade a seus alunos, principalmente quando for fazer críticas...
3. ... e sumam com King Lear... (risadas)
1. ... e também com a monografia...

Percebe-se aí o difícil trato com situações pedagógicas imprevisíveis e mutáveis, adotando-se uma série de regras predeterminadas e de perfis fixos para os alunos, tratados como "adversários" no processo pedagógico, ou como objetos passivos do ato pedagógico-literário. Waller escreveu que "a relação professor-aluno é uma forma de dominação e subordinação institucionalizada", no confronto "com um conflito original de desejos": os professores representam o mundo adulto, que se opõe à vida espontânea da juventude, por representar o currículo formal imposto através de tarefas, enquanto os alunos "estão mais interessados em viver em seu próprio mundo do que nos pedaços ressecados de vida adulta que os professores têm a oferecer". Além disso, professores representam "a ordem social estabelecida na escola" que lhes interessa manter, "enquanto alunos têm apenas um interesse negativo nessa superestrutura feudal". Assim, por estar a autoridade com os professores, espera-se que os alunos sempre cedam, "indefesos contra a máquina com que o mundo adulto conta para reforçar suas decisões" (W. Waller, pp. 195-6).

Lacunas e contradições, dificuldades e limites

Para Bogdan, não basta que o ensino seja teoricamente embasado para eliminar o poderoso impulso de modificação pessoal inerente ao processo de ensinar: a "aula de leitura não é uma declaração; é uma performance. Não é teoria, é prática... para a autotransformação"[33]. Serão os professores seres politizados? Serão as pessoas nas organizações sociais tão politicamente conscientes e envolvidas? É o próprio Griffith que pergunta e responde que *não são*. Como já dito, os professores entrevistados na escola se declararam politicamente apáticos, como se possível fosse permanecer alheio e distante de problemas políticos dentro do universo da educação. No colégio, embora questões políticas fossem levantadas e discutidas, as declarações dos alunos contradiziam a postura democrática e anticonservadora de seus professores, já que a maioria do alunado, não-branco e de classe trabalhadora, se sentia invisível e sem representação no discurso literário e nas práticas pedagógicas.

Para Harber (p. 13), a socialização escolar dos jovens na Inglaterra postulava os valores conservadores de manutenção das desigualdades. Ao tentar se distanciar de assuntos abertamente políticos, Sue e Pete, por exemplo, acreditavam estar se afastando de representações e opções políticas, muitas vezes através do silêncio consentido, pela omissão. Inocentes úteis ajudam a manter estruturas e interesses tradicionais. Harber acrescenta que se a geração mais jovem fosse encaminhada a "refletir criticamente sobre a estrutura política da vida no país, isso envolveria uma consideração sobre a evolução de certas estruturas e procedimentos, bem como sobre sua adequação às populações multirraciais da atualidade" (p. 13).

A distância entre teorias literárias e abordagens pedagógicas, na prática, pareceu reforçar o poder dos valores

---

33. "When is a Singing School...?", op. cit., p. 12, citando Felman (1987), *Jacques Lacan and the Adventure of Insight*, p. 20.

sociais implícitos no ensino e aprendizado de literatura na Inglaterra. Se a literatura está intimamente relacionada a questões de poder social, seu efeito no controle e na educação de adolescentes na escola não pode ser ignorado. Apesar do aparente escrutínio por que passavam os textos literários nas aulas de Sue e de Pete, sua abordagem não enfatizava a "centralidade de uma análise crítica rigorosa, uma atenção disciplinada às palavras na página, encapsulando energias criativas contra a sociedade comercial" (Eagleton, 1989, pp. 31-2). Os professores da Escola Hollybush pareciam comungar com o projeto *Scrutiny*[34], de Leavis, da crença sociocultural de que "literatura faz uma pessoa melhor" e que algumas formas literárias têm mais valor que outras, o que Eagleton considera "uma versão pequeno-burguesa do chauvinismo das classes abastadas, modulado por uma nova classe social" (p. 37).

Autores diferentes discutem se significantes são historicamente variáveis, enquanto significados são constantes: "alguns autores atribuem significados ao que leitores vêem como significantes" (Eagleton, 1989, p. 67). Por esse motivo, um trabalho literário pode "significar" coisas diferentes para pessoas diferentes em tempos distintos. A pergunta inicial mais comum – "o que o autor quer dizer aqui?" – põe a descoberto o verdadeiro papel do aluno, que não é de participante, leitor ou sujeito historicamente ativo. O problema da intenção do autor vem sendo trabalhado de formas diferentes, em diferentes tempos sócio-históricos, à procura de significados variados de um mesmo texto literário. Não é possível determinar significados textuais com total segurança, embora estudantes de literatura sejam levados a crer em verdades literárias e leituras excludentes, sem contemplar linhas de pensamento opostas ou diferenciadas além

---

34. *Scrutiny* era o jornal crítico lançado por F. R. Leavis e sua mulher Q. D. Leavis em 1932, dedicado à "centralidade moral de estudos de inglês, sua relevância crucial para a qualidade da vida social como um todo". Tal foi sua importância que alunos de literatura na Inglaterra ainda hoje são seus herdeiros, conscientes ou não. Segundo Terry Eagleton, 1989, p. 31.

daquela apresentada a eles por seus professores, com a ajuda das anotações dos manuais do professor.

Sem acesso a diferentes linhas de pensamento ou compreensão dos gêneros textuais intrínsecos, alunos de literatura não são capacitados a atuar como críticos competentes para reconstruir as convenções e visões gerais que cercaram o autor à época da escritura. Tampouco são treinados para interpretar um trabalho do passado através de um diálogo entre o passado e o presente. Conseqüentemente, não se pode esperar que alunos se desvinculem das leituras da realidade social a eles impostas, como parece ser o objetivo do sistema de exames.

Ficou claro, no entanto, que as estratégias pedagógicas observadas eram bastante afetadas – até mesmo conduzidas – pelas regras dos exames, que supostamente exigiam "uma resposta pessoal crítica", em vez de qualquer outra reação ao impacto do texto escrito. Como dito com franqueza por Sue:

> Sim, você tem que ensinar para os exames, quer dizer... Você precisa... eles têm que aprender a dar aquilo que os examinadores querem. Se você puder alargar seus horizontes de modo geral ao mesmo tempo, tanto melhor. Basicamente, o objetivo de nosso trabalho é fazer com que eles consigam a melhor nota possível.

Para garantir o sucesso de seus alunos nos exames, Sue e Pete seguiam um ritual de tradução e interpretação de textos que exigia dos alunos/leitores grande disposição física e psicomotora, para dois anos de anotações e cópias. Ao reconhecer a importância das conexões históricas como informação adicional, Pete limitava o conceito de *história* a um saber factual não problematizado, que prescindiria de argumentação política. Independentemente de teorização acadêmica, as práticas escolares vivenciadas se apoiavam na "leitura atenta", interpretação e análise, em caminho e rotina de mão única, que vinculavam o sucesso acadêmico do aluno a pressupostos implícitos e obscuros. Nesse sentido, permitir aos alunos que falassem e apresentassem suas próprias leituras, impressões, dificuldades e entendimentos textuais corresponderia a "uma perda do tempo de todos", enquanto anotar a explicação do professor significaria tomar um atalho que permitiria mais tempo de leitura e interpretação. Tal medida de ensino bem-sucedido expressaria questões qualitativas, apresentando-se como a teoria dominante na sala de aula de cursos de níveis escolares adiantados, autenticados pelo elevado índice de aprovações nos exames.

Capítulo 5 **Analisando e interpretando os signos**

Signos brasileiros de educação literária

Na segunda seção do capítulo anterior descrevi a situação encontrada no Brasil no início do ano letivo, em março de 1995. Havia problemas de micro e de macroestrutura sistêmicas, ampliados à medida que o Estado se retirou do gerenciamento da educação. Essa situação parecia atingir o limite máximo: os salários dos professores no Estado do Rio de Janeiro nunca haviam estado tão baixos, era aguda a crise de carência de professores, e crônica a indigência crescente das escolas públicas. Tudo levava a um quadro de abandono de uma geração de jovens sujeitos sociais que, em idade escolar, não encontravam incentivo para estudar.

Os problemas examinados neste capítulo estão situados na microestrutura das salas de aula de educação literária, em que literatura era disciplina ensinada e estudada como matéria compulsória para os exames vestibulares que irão selecionar, entre milhares, as poucas centenas de candidatos considerados mais adequados e bem equipados intelectual e socioculturalmente para ingressar no domínio acadêmico das universidades. Tal seleção ainda hoje depende mais de adequação que de inteligência, competência ou aptidão.

A educação literária, embora exercesse papel quantitativamente secundário no sistema, era matéria altamente representativa do processo total. Como disciplina compulsória, a literatura deveria ser estudada por todos os alunos no nível de ensino médio, independentemente de preferências pessoais ou inclinação acadêmica. E, afinal, nenhum dos alunos entrevistados declarou apreciar a matéria por causa de seus conteúdos, nem gostar das práticas pedagógicas experimentadas no estudo compulsório de literatura.

Apesar de o programa básico de escolas de ensino médio ser determinado pelos legisladores estaduais dos assuntos educacionais, sua validação é confirmada pelas principais autoridades universitárias. São elas que, à época das inscrições para os exames vestibulares, publicam as listas de conteúdos, cujo conhecimento é considerado fundamental para o aluno passar e se tornar universitário. Com discretas variações, todas reforçavam o paradigma positivista implantado na virada do século vinte pelos militares republicanos, apoiado no estudo da história literária.

Em minha pesquisa, percebi pelo menos duas grandes contradições em tais programas de estudos. A primeira era a discrepância entre os *objetivos declarados* para a educação literária, sempre situados ao redor do eixo de "satisfação pessoal, social e cultural", e os *conteúdos*, baseados na descrição cronológica e acrítica de fatos sociais, econômicos, políticos e geográficos que deveriam justificar a produção literária de um dado período, em dada região do país, por dadas razões – freqüentemente apenas históricas. Assim sendo, era a situação de produção literária que contava, e não os fatores sociais, culturais, econômicos e políticos de leitura. O processo, como um todo, era dirigido ao passado, e o estudo histórico servia apenas como pano de fundo estático para explicar as camadas e os valores canônicos mantidos imutáveis, jamais desafiados, e, acima de tudo, estratificados pelo estudo da produção de literatura.

Alunos de ensino médio no Brasil não constituíam, na década de 1990, a maioria escolar. Isso era devido aos desvios do compromisso constitucional impostos pelo próprio sistema, visíveis primeiramente na inadequação da educação primária da rede pública, e ainda no reduzido número de escolas secundárias da rede pública. Tal fato era demonstração clara da omissão do Estado e retrato de uma opção ideológica, deixando as classes trabalhadoras fora da escola.

A educação moderna no Brasil foi oficialmente planejada para atender ao público geral, desde a Constituição de 1930, que garantia educação livre e igual para todos e, depois de 1971, compulsória até a idade de 14 anos. Sua falha, segundo Florestan Fernandes, se deveu à falta de capacidade criadora, já que a República não criou modelos educacionais baseados na "economia capitalista, tecnologia científica e regime democrático". Ao se omitir de seu papel como Estado educador, eximiu-se da responsabilidade como fundador de escolas e supervisor do sistema nacional de educação (in *Educação e sociedade no Brasil*, p. 4).

Se todos os alunos permanecessem na escola para concluir a educação de primeiro grau, até a oitava série, um número muito maior provavelmente poderia continuar seus estudos, aumentando a demanda por um número muito maior de escolas públicas de ensino médio do que a atual provisão. Atualmente, a assimilação e acomodação das classes médias no domínio da educação privada têm sido abaladas por sua insolvência e impossibilidade de pagar duplamente pela educação de ensino médio (indiretamente, através dos impostos e, diretamente, às escolas particulares). O recente retorno das classes médias à educação pública de ensino médio trouxe um tumulto social para as escolas decrépitas, mal equipadas, carentes de recursos humanos. Além disso, a clientela habitual dessas escolas, as classes trabalhadoras, foi ejetada das salas de aula, ficando fora do sistema ou procurando alternativas baratas na rede privada de qualidade duvidosa. A ausência do Estado ficou evidente, por exemplo, na cidade escolhida para este estudo, com cerca de 500 mil habitantes, e que tinha apenas dezenove escolas públicas (estaduais) de ensino médio, que atendiam ainda à população periférica oriunda dos municípios rurais e semi-rurais vizinhos.

Com o fim dos exames de admissão ao antigo ginásio, as escolas públicas estaduais se tornaram não-seletivas, destinadas ao público, com vagas distribuídas por ordem de chegada. Qual seria, então, o perfil desses alunos, os que freqüentam tais escolas? Quem é a clientela que interessa particularmente aos planejadores universitários? Que interesses se escondem por trás de currículos e programas? Ao tentar definir o perfil da clientela que então freqüentava a rede pública de ensino médio, encontrei uma maioria de alunas não-brancas, de classes trabalhadoras.

Os currículos e programas de literatura escolar, via de regra, tinham por objetivo

> reconhecer a literatura brasileira como um elemento de nacionalidade, como um elemento de produção, conservação e transmissão da cultura brasileira, e da expressão humana básica, visando a amplificar horizontes culturais e a experiência vital através do desenvolvimento de hábitos de leitura, bem como o aprofundamento do saber literário.[1]

Os currículos e programas de literatura não faziam referência a questões de gênero, etnia ou classe social. Na verdade, não havia nenhuma representação dos leitores, nem eram contempladas as individualidades e subjetividades multiculturais. A regra geral era introduzir certos conceitos básicos emprestados da teoria da comunicação, como um conjunto de pontos a serem lembrados antes de atacar o lento, determinista e historicizado programa de estudos. Outros tipos de análise histórica não eram considerados, visto que seus cenários não-canônicos poderiam comprometer a imutabilidade dos conteúdos literários impostos a alunos e professores.

---

1. Declaração de intenções e objetivos da Escola C, em muito coincidente com os documentos das escolas estaduais.

A outra contradição fundamental nos currículos de literatura estava na discrepância entre o tempo alocado para o aprendizado de literatura na escola e as dimensões físicas do programa, com uma quantidade excessiva de história literária a ser memorizada, além dos textos para leitura, interpretação e análise, para que tudo fosse finalmente testado. Essa testagem se dava através de um pequeno número de questões de teor tão irrelevante que, nas provas dos vestibulares mais recentes, se poderia dispensar o estudo real e o ensino efetivo. Dessa forma, negava-se à educação literária seu papel vital no desenvolvimento da "ampliação dos horizontes culturais e expressão vital" e, principalmente, em relação ao "desenvolvimento de hábitos de leitura", ao "aprofundamento do conhecimento literário", comprimido em livros didáticos com mil páginas matematicamente divididas em três anos de leitura acelerada, simbolizando as contradições sociopolíticas na cultura brasileira.

Democracia, para Henry Giroux (1993, p. 13),

> é tanto um discurso quanto uma prática que produzem determinadas narrativas e identidades processuais informadas pelos princípios de liberdade, igualdade e justiça social. Ela se expressa não em platitudes morais, mas em lutas e práticas concretas que encontram expressão nas relações sociais da sala de aula, na vida cotidiana, nas memórias de resistência e luta. Junto com suas possibilidades mais emancipatórias, a democracia encoraja todos os cidadãos a construir ativamente e compartilhar o poder sobre aquelas instituições que governam sua vida.

Na opinião de Waller, a educação põe as pessoas em contato com o fluxo central da cultura, indissoluvelmente vinculada ao posicionamento na sociedade. Assim, quando a escola separa indivíduos em classes que, a rigor, representam certas estratificações sociais e ocupacionais, ela está sendo "democrática", mas não igualitária. A igualdade não é essencial para a democracia, enquanto a competição é. Afirma Waller que "a democracia não é uma sociedade sem classes, mas uma sociedade de classes abertas".

Considerando as desigualdades entre culturas, nações e sociedades, Waller conclui que "nenhuma sociedade moderna é completamente democrática", o que se reflete nas salas de aula (pp. 21-2). A composição social nas escolas estaduais poderia indicar possibilidades democráticas úteis para a compreensão da formação e do encontro de subjetividades individuais dentro de formações sociais complexas e contraditórias. Os conteúdos curriculares têm aí um papel crucial.

Formação e profissão

Apesar da predominância de jovens mulheres nas escolas, não foi encontrada uma só autora ou escritora sendo estudada ou indicada nos programas de estudos. Num país de mulatos, com histórica miscigenação, havia apenas um autor negro a ser estudado, Cruz e Sousa, incluído nos programas por ser o maior poeta simbolista da nossa literatura. Tampouco havia, na seletividade do cânone de educação literária, autores não-brancos que tratassem da questão racial. O número elevado de escritores contemporâneos de prosa e poesia não encontrava espaço na educação literária, que igualmente ignorava textos literários que abordassem a ditadura militar dos anos 1960 a 1980, com os contrastes e características multiculturais do país, entre gêneros, classes sociais, etnias e suas culturas. Na verdade, os currículos de educação literária apresentavam uma organização emoldurada de conteúdos que raramente ia além da literatura produzida após o início do século XX. Não podemos esquecer que os conteúdos e programas de estudos literários na escola foram traçados pelos legisladores educacionais da Primeira República, aproximadamente 1890, tendo permanecido quase intocados até o ano 2000.

A educação literária deixou a desejar em termos dos conteúdos programáticos, dos vácuos, omissões e contradições conceituais. As práticas pedagógicas também foram julgadas inadequadas e pouco satisfatórias pelos envolvidos.

Enquanto muitos professores culpavam o sistema, o Estado, os legisladores, o cânone e, não raro, os próprios alunos, poucos profissionais procuravam olhar criticamente para sua própria formação, sua competência literário-pedagógica e seu papel político como educadores de gerações de brasileiros. As práticas mais constantes encontradas nas salas de aula visitadas se fundamentavam em estratégias de *amor* ou de *silêncio*, ambas poderosas formas de controle, substituindo o saber pelo afeto ou impedindo o "perguntar".

Os valores adquiridos na formação dos professores reforçam a idéia de que a literatura é enriquecedora, traz autosatisfação e alta cultura. Entretanto, as lacunas entre a especificidade de determinados conhecimentos teóricos e a prática docente entravam o enriquecimento e a auto-satisfação através da leitura literária. Alguns professores reconheciam o esvaziamento teórico de seu treinamento, centrado em conceitos e estratégias didáticas positivistas. O papel original da leitura como "modelo e prazer" que os influenciou a se tornarem professores de literatura não era vivenciado por seus alunos, indicando que algo mudou, mais que a distância socioeconômica, entre as gerações.

Há uma distância considerável entre propostas acadêmicas de pedagogias críticas e os conteúdos e práticas escolares no Brasil. Venturelli propõe dois eixos principais de pensamento e ação para a educação literária: o primeiro focaliza o discurso literário em si, com a finalidade de definir seu perfil específico, enquanto o segundo enfoca a situação social da produção literária, já que nenhuma obra de arte se faz aleatoriamente, situada em um vácuo social. Somente após lidar com ambos os aspectos seria possível levar os alunos à compreensão dos discursos implícitos encontrados nos textos literários.

Venturelli[2] propôs uma visão de educação literária como disciplina que desenvolveria nos alunos a habilidade crítica

---

2. Paulo Venturelli (1990), "A literatura na escola", *Revista Letras*, nº 39, Editora da UFPR.

e criativa de análise, bem como a participação em debates, para melhor prepará-los para o exercício de cidadania crítica. Essa proposta se opunha à visão da literatura como *um signo de, não um signo para*[3], comum nas escolas brasileiras de ensino médio. O tratamento da literatura como "um signo de" situa o texto como artefato para utilização pragmática imediata, com objetivos pedagógicos acríticos, esvaziando, conseqüentemente, suas qualidades estéticas. Venturelli acrescenta que a literatura não poderia ser fixada por normas, por características de períodos literários e movimentos, por carregar consigo a marca da transgressão que dirige o trabalho criativo dos chamados "bons autores". Desta maneira, ele afirma, a biografia e a historiografia como componentes do nacionalismo literário não seriam suficientes para explicar o ato literário.

Conforme explicado por Reis[4], tais componentes de nacionalismo privilegiam uma totalidade, portanto deixam de enfatizar as diferenças internas e ainda de lidar com as distinções humanas dentro de espaços sociais. A história deveria ser entendida, em vez disso, como um *problema* no qual as práticas sociais constitutivas deveriam ser submetidas a constante repensar.

Nada semelhante à proposta bi-axiomática de Venturelli nem à visão mutacional proposta por Reis para o fato histórico foi jamais visto em qualquer das aulas de literatura observadas. Além disso, a fundamentação epistemológica pareceu bastante reduzida nas práticas observadas, reguladas pelos livros didáticos adotados. O poder, assim, emanaria da digestão do saber e da verdade contidos nesses manuais, sem a consideração de críticas teoricamente fundamentadas.

Lawrence argumenta que a proposta de "abertura" do cânone, para organizações conservadoras, corresponderia a

3. Décio Pignatari, em entrevista com M. T. Fraga Rocco (1981), *Literatura/Ensino: uma problemática.*
4. Roberto Reis (1993), "Espelho retrovisor: considerações sobre a transição brasileira", *Travessia*, n.º 27, Editora da UFSC.

um ato de violência, à destruição da *cidadela de tradição* na qual se assentam valores políticos. Revisar a tradição literária e o cânone reflete uma luta ideológica, mais que uma ordem estética natural, talvez porque "os cânones literários escondem suas próprias histórias de violência"[5]. No caso das turmas visitadas para esta pesquisa, conflitos sociopolíticoculturais puderam ser percebidos através de algumas vozes, ocorrendo tanto no nível de produção quanto de recepção. Manter a tradição positivista de história literária seria uma tentativa de neutralizar ou reduzir o conflito.

Batsleer et al. (op. cit., p. 27) afirmam que o discurso literário ocupa uma posição

> que possibilita deslocar e suplantar a análise política, histórica e social da atividade cultural como sendo estreita, provinciana e partidária demais e a se oferecer como uma explicação totalizadora, ecumênica, imparcial e socialmente isenta.

Para Lillian Robinson[6], o cânone literário pode ser comparado a um "acordo de cavalheiros", por sua tendenciosidade de classe e de gênero, disfarçada sob a gentileza da canonização, que aparentemente separa arte e política. Lawrence acusa os manifestos modernistas, que enfatizam as propriedades formais da arte, de terem ajudado a "desacreditar os laços entre a literatura e as preocupações políticas e sociais imediatas" (p. 4). Se por um lado não é difícil entender o fenômeno de desinteresse por questões políticas nas nações colonizadas, pela hegemonia implicitamente manifestada no cânone, por outro lado é mais complicado compreender a manutenção de uma ideologia de repressão em ex-colônias, como o Brasil, cuja independência política formal data de dois séculos.

A duplicidade do discurso colonial, segundo Bhabha, é ambivalente, marcando contraditoriamente tanto o coloni-

---

5. Karen R. Lawrence (ed.) (1992), *Decolonizing Tradition*, Introduction, p. 2.
6. "Treason our Text: Feminist Challenges to the Literary Canon", in Elaine Showalter (ed.) (1985), *The New Feminist Criticism*, p. 106. Citado em Lawrence, op. cit., p. 4.

zador quanto o colonizado: a agonia da incerteza encontra-da na incompatibilidade do império e da nação leva a juízo o próprio discurso de civilidade no qual o governo representativo clama por liberdade, e o império por seus críticos ("Sly Civility", *The Location of Culture*, pp. 95-6).

A outra ação política relativa a programas e currículos deveria ter por objetivo a formação de docentes e a integração da leitura textual ao conhecimento informativo, fundamentado em uma visão crítica das teorias literárias. Os professores brasileiros entrevistados se mostraram inseguros quando confrontados com perguntas sobre conhecimentos teóricos, que geralmente confundiam com dados histórico-biográficos sobre autores e escolas literárias. O saber teórico, para eles, se apresenta como um tipo de conhecimento estático que rejeita o confronto com o mundo, fonte verdadeira do saber, com seus diferentes níveis e fases (Freire, 1995, p. 98).

As universidades não privilegiam a *teoria* – no sentido de reflexão crítica sobre a *praxis* – como questão central da produção de conhecimento. Por conseguinte, muitos departamentos universitários se eximem de um perfil teórico, abrigando uma variedade contraditória de teorias sem saber claramente como as integrar, contextualizar e aproximar. O que acontece é a oferta de uma sucessão de modelos metodológicos, cada um com sua pedagogia correspondente, indo da filologia lingüística à história literária positivista e à explicação do New Criticism, tudo como camadas geológicas superpostas por novas teorias e metodologias, como descreve Gerald Graff[7]. Assim sendo, "atrair alunos para a leitura" se torna uma questão de sorte ou "magia", arena específica de professores especialmente talentosos. "Saber o que está acontecendo" se torna um pedestal informativo somente acessível aos poucos cuja abrangência de leitura, mais ampla que a da maioria, possa conduzir a orquestra de estudantes

---

7. Gerald Graff, "Taking Cover in Coverage", in Cain, op. cit., pp. 9-11.

rumo à inferência cognitiva, preenchendo vácuos de saber, o que não corresponde necessariamente a torná-los competentes para exercer plena cidadania. "Dar-lhes o programa", em mão única de direção, é o único papel reservado ao professor mediano de literatura, um papel que persegue objetividade impessoal sem gratificação profissional.

Professores e intelectuais, professores ou intelectuais, professores vs. intelectuais

Em passado não muito remoto, o professor era um dos pilares da sociedade brasileira, juntamente com o médico, o padre e o juiz. Essa imagem desapareceu junto com o empobrecimento da profissão docente. Fomos realinhados junto aos cidadãos de menor prestígio social, de limitado valor social, e reduzida auto-estima pessoal e política.

Professores e intelectuais são categorias cuja diferença está colocada no plano do valor sociopolítico, mais que no próprio campo do saber. Por exemplo, a professora Beth, da Escola A, parecia ter um bom conhecimento teórico-filosófico e vasta leitura de obras literárias; isso foi visível em suas aulas e ratificado durante a entrevista. Além disso, era autora de materiais de língua portuguesa para provas e concursos, com razoável sucesso de vendas. Entretanto, negava para si o papel de intelectual, não apenas por trabalhar em escolas (e não na universidade, onde "se produz conhecimento válido"), mas também porque seus livros tinham objetivo pragmático, destinados a alunos, e "não a discussões acadêmicas". O valor social da denominação "intelectual" era, para ela, superior ao de "professora", pois o saber do verdadeiro intelectual tem um *locus* específico, ou seja, se situa intramuros da academia.

A separação hierárquica entre professores e acadêmicos reforça a divisão sociopolítica entre fazedores e pensadores, entre trabalhadores e teóricos, entre mãos e cérebro, imposta como se fosse possível. No cotidiano escolar, vemos professores simplesmente arrumando em uma bandeja didática a refeição pouco nutritiva que lhes foi imposta como formação, preparada pelos livros didáticos. É senso comum que pensar e teorizar são atribuições dos habitantes dos espaços acadêmicos. Graff denuncia o alheamento imposto ao corpo discente acerca dos conflitos e das discussões conceituais. Permite-se aos estudantes que vejam apenas os "produtos rançosos dos modelos acríticos", sem que tenham voz na organização do saber que deveriam estar ajudando a construir. Na universidade brasileira, estratégias de *amor* e *silêncio* costumam se encontrar na base da passividade intelectiva e da esterilidade educacional. A hierarquia é invocada como escudo protetor contra o aprendizado participativo, mantendo os alunos distantes dos debates que os afetam diretamente. Essa situação vai se reproduzir em sua própria experiência docente.

O outro lado da dificuldade conceitual, não verbalizado pelos professores, se encontra no domínio do conhecimento teórico. Graff, escrevendo sobre a situação nos Estados Unidos, levanta alguns pontos que fornecem uma fonte útil de discussão sobre a situação no Brasil. Ele denuncia o permanente isolamento entre os departamentos universitários. Esse isolamento é grave, porque impede que licenciandos desenvolvam o pensamento crítico, a "problematização" conceitual, *atravessando fronteiras* teóricas entre áreas de conhecimento e saberes epistemológicos fundamentais. Talvez seja por isso que os professores de literatura entrevistados não se vissem como intelectuais, ainda que escritores: as teorias que fundamentam sua escrita estão embasadas em pragmatismo empiricista, bloqueando uma proposta consistente de novas linhas de pensamento, papel esse que os professores acreditam pertencer às altas esferas da academia. A ausência de teoria nos currículos, tanto na universidade como na escola, cria o "empiricismo desconectado da história literária positivista e das explicações formalistas" (Graff, p. 3), que se sustenta na crença de que os fatos farão sentido e produzirão significados naturalmente e por si próprios.

É imperativo reconsiderar a situação socioeconômica do professorado brasileiro, que já compõe o proletariado da nação: as longas horas de trabalho, as condições de trabalho, o processo de alienação e desvalorização da profissão docente, os salários extremamente baixos, tudo contribui para sua auto-imagem de decadência social como trabalhadores de *menor valor*. O distanciamento da reflexão epistemológica e da leitura literária tem uma relação íntima com as dificuldades crescentes de aquisição sistemática de livros, periódicos ou revistas especializadas. Há professores que identificam a leitura acelerada de manuais didáticos para preparar suas aulas como os únicos atos de leitura reflexiva e cognição de seu cotidiano, conforme encontrado em pesquisa de campo para outro trabalho (Leahy-Dios, *A dinamização da leitura na biblioteca escolar*, 1989).

Pucci et al. apontam como única vantagem dessa desvalorização e empobrecimento do magistério o fato de a classe docente em geral ter aprendido, com outros trabalhadores braçais, a lutar pelos seus interesses, através dos processos de organização e luta em associações e sindicatos de classe. Entretanto, organização e luta, na última década, têm surgido apenas na forma de greves, cujos efeitos para o alcance dos objetivos almejados têm sido irrelevantes. Na verdade, professores diferem de outros profissionais principalmente pelo fato de que, antes de ser *locus* de trabalho no sentido lato, a escola é *locus* de distribuição de informação, com limitado poder de alcance sobre as modificações sociais (conforme M. B. Abraão, 1990, in *Anais* da 42ª Reunião Anual da SBPC, v. II).

As dicotomias teóricas e práticas na educação literária processada no Brasil comprometem o alcance dos "padrões elevados": o treinamento acrítico em história literária, o distanciamento reflexivo entre as teorias literárias e as principais linhas de pensamento dos críticos contemporâneos, da hermenêutica ao pós-estruturalismo. É exigido dos professores que adotem uma postura crítica, mas sem uma formação conceitual e filosófica coerente; que sejam críticos intuitivos e de bom senso empírico, correndo o risco de tomar por exercício crítico a denúncia moralista vazia e o entusiasmo populista surgido do vácuo. A dificuldade e a complexidade das variedades de crítica literária, filosófica e social atordoam e alienam alunos e leitores ocasionais, entre os quais se situam os professores, incapazes de transformar discursos teóricos construídos academicamente em práticas quotidianas de sala de aula.

As práticas observadas parecem se concentrar em duas forças axiais mutuamente reforçadoras, mas que não desafiam o discurso socialmente divisivo, etnocêntrico e antidemocrático: a estratégia de *amor* e a estratégia do *silêncio* forçado, suporte de grande parte da ação didática. O *amor* tomou a forma de controle emocional contra a resistência e a oposição, mascarando desigualdades ideológicas, enquanto o *silêncio* foi visto sendo usado por alguns alunos, em determinadas classes, como forma de opressão coercitiva igualmente silenciadora. A inadequação e o sentimento de inferioridade visíveis na professora Marta, por exemplo, se escondiam atrás de um vínculo emocional com seus alunos; todo o modelo observado na Escola B se fundamentava no *amor* como elemento vocacional. O silêncio imposto aos alunos tem várias formas, especialmente na negação de uma pedagogia da pergunta, ignorando que *pedagogia* é também "uma forma de trabalho cultural que envolve a produção de conhecimento e identidades sociais" (Giroux, 1993, p. 4). Assim, alunos imobilizados irão parar de "criar, mobilizar e garantir desejos próprios" (Giroux, 1992, p. 117).

Conceituando "dificuldade" em educação literária

A educação literária no Brasil tem se caracterizado, acima de tudo, pela dificuldade de mediar a realidade da sala de aula e o saber academicamente criado. Os professores costumam ver no cânone um grande problema, imposto por um poder que não ousam confrontar, com uma utopia social que os decepcionou ao prometer turmas cheias de leitores prontos, hábeis e sensíveis aos poderes literários, competentes e intuitivos, profundamente interessados no estudo da história e da alta cultura de seu país através da história literária. Mas também têm um sério problema consigo mesmos, como profissionais de literatura: sentem que não detêm um cabedal de leitura suficiente, estão insatisfeitos com os programas, os conteúdos, as escolas, os alunos, as provas, sua própria competência.

O aluno regular, que em nada se aproxima do modelo utópico de estudante de literatura, costuma ser o lado mais fraco no cabo-de-guerra escolar. Ao culpar os alunos e suas deficiências, os professores são encurralados, sem nada a fazer que tentar "dar o melhor de si", através da obediência cega ao livro didático, por *amor* ou por *silêncio*.

Os compromissos políticos específicos que se encontram na base da construção de sentidos e significados afetam a produção e o consumo da obra de arte literária, determinando quem são os autores maiores e os menores, quem faz parte do cânone – e quem não entra nele –, que leituras serão feitas. Considerando os poderes compartilhados pela escola e pela decisão sociopolítica de determinar quem escreve, quem publica, quem lê, quem interpreta, quem ensina, bem como os modos de ler, interpretar e ensinar, podemos preservar ou transformar a estrutura das relações sociais. *Voz* e *representação* nas aulas de educação literária no Brasil exigem uma revisão do cânone, dos programas, conteúdos e métodos didáticos, imbricados e tecidos na política do país.

Diante da urgência sociocultural de abordar questões como gênero e sexo, os alunos entrevistados apontaram claramente o tipo de herança cultural que o cânone literário deveria privilegiar. Pediam ainda, por exemplo, a inclusão de autores e textos que lidassem com eventos políticos recentes no país, mantidos alheios à educação literária praticada nas escolas. Além disso, os conteúdos prescritos pelos currículos de literatura reforçavam a estratégia de *inadequação*, *dificuldade* e *quantidade*, restringindo de vez possíveis estratégias de experimentação. Por outro lado, o treinamento acadêmico de professores de literatura sempre falhou por não demonstrar a possibilidade e urgência das leituras marginais: o acesso às teorias – que potencialmente "subvertem" o *status quo* – escapa à ênfase sobre conceitos pré-fabricados, dominante nas práticas escolares e acadêmicas, criando um círculo vicioso entre o processo pedagógico e o produto literário destinado a alimentar práticas de alienação.

Aqueles de nós que vêem a educação como prática de liberdade não podem aceitá-la como a transmissão rígida do saber e da cultura nem como o despejar de relatos ou fatos sobre o educando. A transmissão do conhecimento, diz Freire, mata o conhecimento; a educação não pode ser outra coisa que comunicação e diálogo, o "encontro de sujeitos em diálogo à procura do significado do objeto do saber e do pensar" (*Educação como prática de liberdade*, pp. 137-8). O saber começa com a consciência de saber pouco, de reconhecer o constante criar e recriar conhecimento. O que professores viam como ausência de hábitos de leitura e de conhecimento literário prévio, para Freire, é a falta de fé no povo, aliada à afirmação errônea da absoluta ignorância dos outros, dos alunos. Ao fazê-lo, os professores praticam a "alienação da ignorância", sempre presente nos alunos e nunca neles mesmos. Professores com tais características não estão prontos ao diálogo, que consideram desperdício de tempo. Pois desconsideram o fato de que o conhecimento somente pode ser construído nas relações de transformação entre os seres humanos e o mundo, aperfeiçoando-se na problematização crítica dessas relações (Freire, 1994, p. 107). Esse é um lado do problema.

À educação literária – e a seu conjunto de possibilidades crítico-criativas – tem sido negada essa função, pela imposição de conteúdos positivistas, pela ausência de conceituação teórica relevante, pelo vácuo causado pelo currículo historiográfico engessado. A disciplina requer um programa de estudos que seja ato de criação substanciado teoricamente, capaz de liberar outros atos de criação, ações em que alunos irão desenvolver a impaciência e a vivacidade características da busca e da inventividade (Freire, ibid., p. 43). É difícil pensar em um meio melhor de problematizar conteúdos literários do que compartilhar o poder entre alunos e professores democraticamente na busca de interpretações significativas do artefato literário, oferecendo leituras variadas e de real significado multicultural.

Conteúdos como "fragmentos e retalhos"

Dados os limites de seu papel como profissionais desintelectualizados, professores não têm o poder de mudar, criar ou desafiar o conhecimento. Sua função social dentro das salas de aula se limita, assim, à prática mecanicista de combinar letras, palavras e frases literárias, sem a exigência de refletir sobre questões mais amplas, de pesquisar, criticar, concluir e rever conteúdos, o cânone, as práticas pedagógicas, sua própria competência específica e compromisso político. Necessitam apenas de um bom domínio de letramento ou de leitura funcional que lhes possibilite usar os livros didáticos facilitadores da rotina docente, que evidenciam a existência de um cânone, um programa de datas, nomes e fatos autojustificados pelo paradigma positivista. Não quero aqui culpar o livro didático pela dominação e dependência cultural e intelectiva dos professores. Na verdade, esses livros apenas representam o estado de pobreza intelectual de boa parte dos professores e, conseqüentemente, dos alunos de literatura.

Quando uma professora entrevistada (Luísa) se declarou incapaz de planejar suas aulas, sendo salva do caos diário pela intervenção de um *insight* de última hora, no contexto da análise ela poderia estar verbalizando sua insatisfação com os limites das práticas contidas nos livros didáticos, percebidos a partir de seu ponto de vista. Luísa optou por abandonar o modelo e seguir um paradigma alternativo e paralelo de literatura, no qual acreditava, mas destinado a permanecer como curiosidade, brincadeira, um desvio do currículo e do programa oficial. Justamente por ser intocável, o currículo de literatura, aliado ao treinamento acrítico oferecido aos professores, não levantava dúvidas, debates, incertezas ou dilemas, deixando ainda de favorecer a experimentação ou a problematização; pesado e maçante, encontrava no fator "tempo" seu maior aliado. Mil páginas deveriam ser lidas, em voz alta ou em silêncio, memorizadas, resumidas, fichadas, checadas e testadas para a loteria das cinco perguntas que caem nos exames vestibulares. A rotinização e o enfado eram sua espinha dorsal, para todos os envolvidos. Pequenas variações surgiam na forma de textos esparsos, poemas ou contos curtos apresentados como material adicional, uma pequena distração no intervalo entre capítulos de história literária colonialista.

Os conteúdos nos livros didáticos tradicionalmente são organizados em unidades menores de controle do tempo; assim, espera-se evitar o desperdício de informações a serem "dominadas"[8]. Com isso, professores são, assim, levados a crer que "fragmentos e retalhos" de informação literária disfarçados como conhecimento literário, do tipo que enche as páginas dos livros didáticos de literatura, é tudo o que realmente interessa, de modo a alcançar o fim maior, que é o maior número de aprovações nos vestibulares. A prática docente dos "fragmentos e retalhos", encontrada abertamente nas salas de aula inglesas, assume na escola brasileira a forma de poemas esparsos, recortes de jornais, excertos de contos adicionados aos conteúdos dos programas.

8. A maior parte das coleções aprovadas de livros didáticos de literatura traz, em cada capítulo, "atividades para reflexão, criação e discussão", "textos críticos" e um "plano de estudos com tarefas dirigidas". Para o terceiro ano do ensino médio, cada unidade termina com amostras de provas de vestibulares passados. São questões baseadas na memorização de nomes, títulos de obras, versos, características de períodos literários. Embora falte reflexão e opiniões discentes nas práticas escolares bancárias, os "guias de estudo" pedem que os alunos dêem "sua opinião, reflexão e atenção". Nos mesmos livros, as biografias dos autores costumam informar: "nascido na Rua Aurora, em São Paulo, a 9 de outubro de 1893; seu pai, Dr. A. C. Andrade, de origem humilde, era um pequeno-burguês enérgico e trabalhador, que teve forte influência moral sobre o filho. A mãe, amorosa e compreensiva, era D. Maria Luísa". A informação remete a preconceito sexual, moralismo acrítico e reforço da distribuição positivista (público *versus* privado) dos papéis da família.

Raymond Williams, em 1958, usou as palavras *indústria, democracia, classe social, arte* e *cultura* como chave do mapa para mudanças mais abrangentes na vida e no pensamento desde as últimas décadas do século dezoito. Williams identificou o problema como sendo de "adaptação do nosso treino social a uma cultura de leitura ampla", já que "os padrões mais elevados de habilidade de leitura na sociedade contemporânea dependem de um nível de instrução e treinamento muito superior àquele comumente disponível" (p. 298). Williams relacionou os conteúdos educacionais com os conteúdos de nossas relações sociais, percebendo que somente poderia haver modificações dentro de uma mudança total mais ampla (in *Culture and Society: 1789-1950*, pp. 298-9). A partir daí, é possível questionar a possibilidade de professores e alunos de literatura no Brasil se tornarem – e até que ponto – agentes de poder social. Explica Gore que agir socialmente (no sentido de "dar autoridade, permitir, licenciar") requer um agente, que poderia ser o *self* na auto-ação. O conceito de autoridade coloca um limite enorme no trabalho docente: há uma contradição entre os modos de trabalho em instituições patriarcais socialmente imóveis, por exemplo, e a exigência de construção de pedagogias críticas dentro de discursos de regulação social[9].

De que modo professores lidam com a manutenção dos programas oficiais, adotando ao mesmo tempo o discurso da democracia política? Gore afirma que *autorizar* sugere que o poder pode ser dado, doado, controlado, segurado, conferido e retirado, um papel desempenhado pelas escolas como complexos de culturas dominante e subordinada, cada uma ideologicamente ligada ao poder que possuem para definir e legitimar uma construção particular de realidade (pp. 57-8). Nos relatos, percebe-se uma contradição na quantidade de material informativo a ser "coberto" em três anos, em encontros semanais de noventa minutos, seja lendo li-

---

9. Conforme analisado por Jennifer Gore (1992), op. cit., em artigo em que a autora discute as questões de poder e autoridade na escola.

vros didáticos ou apostilas de compilação. O conteúdo dessa educação literária requer que os alunos aprendam sobre os cenários históricos dos diferentes períodos literários, assim como sobre a vida dos autores e as características formais dos movimentos artístico-literários – visando sempre aos exames. "Com que finalidade?" é a pergunta feita pelos alunos: como recurso adicional dos estudos e saberes históricos, ou como reforço à cultura brasileira? Não há provisão de tempo para a reflexão sobre textos, para a discussão de questões socioculturais ou para leituras críticas: nem professores nem alunos são ouvidos sobre os programas da disciplina. Propor "autorizar" os alunos em tal contexto parece quase impossível, por requerer uma desmistificação dos saberes e imposições do cânone, além do esclarecimento das regras de dominação que subordinam sujeitos marcados por gênero, etnia, classe social e sexualidade, conforme apontado por Luke e Gore (p. 1).

A tradição brasileira tem sido a de *ditar* idéias, nunca trocá-las, segundo Freire (1976, p. 38):

> Dando ao aluno fórmulas para receber e armazenar, não lhe oferecemos os meios de pensamento autêntico; a assimilação resulta da busca, do esforço de recriar e reinventar.

Freire acrescenta que a educação como prática de liberdade não é a mera transmissão de conhecimento ou culturas, nem o depósito de relatórios ou fatos no educando, perpetuando os valores de uma dada cultura, ao tentar adaptar o educando ao meio (op. cit., p. 147). Para o autor, o conhecimento significa "problematização", no sentido dialético. Nessa visão, os programas deveriam apresentar problemas relativos ao ser humano e ao mundo, permitindo aos alunos adentrar criticamente esse universo, no jogo entre a manutenção e a mudança cultural. Para isso, toda a estrutura deveria ser problematizada: "o ponto de partida do diálogo é a busca por um currículo", o que deve ser fundamentado teoricamente tanto quanto possível.

Os currículos literários brasileiros sofrem a lacuna de uma *teoria da intervenção na realidade*, o essencial contato analítico com experiências vividas para substanciar e experimentar essa existência de modo completo. Desconectados da vida, esses currículos "centrados em palavras esvaziadas da realidade que eles supostamente deveriam representar, sem atividade concreta", não conseguem desenvolver uma consciência crítica. O resultado é a identificação equivocada de teoria com verbalismo, quando na verdade a educação no Brasil é falha em teoria, tendendo à abstração que intensifica a "ingenuidade" política (p. 37).

Educação literária, ficção pedagógica, fatos políticos

Na busca de conhecimento específico, a educação literária no Brasil visa a sujeitos dóceis e passivos, cuja curiosidade instintiva é negada para que desapareça gradualmente das salas de aula. Os programas negam a procura, a invenção e a reinvenção. De acordo com Freire,

> no processo de aprendizagem a única pessoa que realmente aprende é ele/ela que se apropria do que é aprendido, que apreende e conseqüentemente reinventa aquele aprendizado; ele/ela que é capaz de aplicar o aprendizado apropriado a situações existenciais concretas. Por outro lado, a pessoa que é preenchida por outra com "conteúdos" de cujo significado ele/ela não tem consciência, que contradizem seu modo de ser no mundo, não pode aprender porque não foi desafiado/a (op. cit., p. 88).

Métodos de ensino são um filtro mediador poderoso para (ou contra) a identificação discente com as disciplinas, produzindo significados "através dos quais alunos constroem seus futuros individuais e coletivos", combinando a linguagem do *self* e da crítica social com possibilidades específicas de conhecimento (Giroux, 1994, p. 64). Uma questão pedagógica crucial – o problema de métodos de ensinar e aprender – revela relações desiguais de poder enraizadas em formas discursivas e não verbalizadas visíveis através de representações simbólicas. Como produção cultural, a pedagogia é parte da construção e da organização do conhecimento, desejos, valores e práticas sociais, com possibilidades de espaços renovados e recém-criados dentro e fora de salas de aula, fundamentadas em relações e princípios menos desiguais entre alunos, professor e alunos, e a sociedade exterior.

Giroux exorta a que se criem novas esferas e alianças públicas nas quais os princípios de igualdade, liberdade e justiça se tornem princípios organizacionais primários não somente para estruturar relações entre o *self* e outros, mas também para criar novos movimentos sociais (1994, p. 65). Como processo de entender e analisar textos como produtos socioculturais, a educação literária oferece o acesso ideal aos diferentes aspectos da construção e organização do conhecimento. Como afirma Giroux, os processos pedagógicos se preocupam com a criação de uma esfera pública, aquela que aproxima as pessoas numa variedade de espaços para falar, trocar informação, ouvir, perceber seus desejos e expandir suas capacidades de alegria, amor, solidariedade e luta, antes de ser uma disciplina de estudos (1994, p. x). Práticas como aquelas aqui descritas não expandem conceitos relacionados a representações literárias, nem tratam dos compromissos didático-pedagógicos em tais representações, de modo a facilitar a compreensão e a identificação.

Embora os conteúdos sejam factuais, lidando com a história de eventos passados em camadas lineares, cronológicas e estáticas, há pouco espaço na educação literária para o tempo presente, a vida real e questões atuais. Como representação esquemática de um passado histórico, em que se evita tratar da complexidade do presente, a organização pedagógica da literatura se assemelha a um móvel de gavetas, com divisões e compartimentos para unidades isoladas, um artefato anacronicamente positivista em um mundo pós-moderno.

Para muitos professores, o paradigma historiográfico da literatura estava distante do modelo ideal. Entretanto, a tentativa de quantificar conhecimentos objetivamente representa o ideal social de oportunidades iguais para todos, através da negação explícita das diferenças. Pois, como escrevem Carter e Long sobre o modelo liberal-humanista inglês, estudar literatura pode ocultar o uso da literatura como recurso fundamental; ensinar e avaliar podem privilegiar o saber *sobre* literatura, sobre o conhecimento *de* literatura (p. 4). Currículos baseados na organização antidialógica das atividades educacionais contêm uma ideologia de dominação nem sempre perceptível aos seus usuários.

"Atrair alunos para a leitura", "saber o que está acontecendo" e "dar-lhes o programa", no caso das políticas de educação literária e de práticas pedagógicas nas escolas secundárias brasileiras, são problemas ligados a ações dialógicas raramente encontradas nas várias esferas do poder. Não há ação dialógica visível entre professores nas escolas, entre alunos, legisladores educacionais, professores universitários e acadêmicos, cuja meta seja a reconsideração do papel de um programa de literatura de base histórica. Contudo, tal discussão seria essencial para a configuração de estados democráticos.

Na verdade, educar através da literatura era atividade secundária no elenco geral das disciplinas da escola. A extinção da literatura como matéria escolar brasileira, na virada do século vinte, consolidou sua menos-valia acadêmica. Alguns autores, como Gunther Kress, Ron Carter, Michael Long, defendem a dessacralização da literatura nas práticas pedagógicas, recomendando o uso de trabalhos literários e não-literários para leitura e análise. Nas escolas brasileiras, tal proposta, hoje oficializada, pode vir a reforçar as diferenças socioculturais, aumentando a perda de poder político-cultural das populações que freqüentam as escolas públicas. Longe de atribuir à literatura um caráter etéreo e superior, modelar para estudantes das classes trabalhadoras, minha posição é, ao contrário, que a literatura, em suas variadas formas de representação fundamental da arte da palavra e de culturas, seja acessível e experienciável para todos, desde os primeiros anos de escola. Penso que isso iria fortalecer as camadas populares através de sua inclusão na esfera das decisões culturais, contribuindo para evitar sua manipulação pelos meios de comunicação de massa, por exemplo, que impõem explicações míticas da realidade das populações. A educação literária ideal deveria oferecer meios de resistência às tendências desenraizadoras conseqüentes à domesticação acrítica, dando voz àqueles que foram silenciados na criação e desenvolvimento das culturas sociais. Pois, como já alertou Freire (1976, p. 34), nem sempre o silêncio significa uma ausência de resposta, mas antes uma resposta sem qualidade crítica.

Batsleer et al. lembram que estudos etnográficos carregam um impulso intensamente democrático que impede a tentação de se falar muito prontamente pelo outro: "qualquer relato de dada atividade que ignore ou marginalize a experiência e o entendimento daqueles a ele diretamente ligados peca em autenticidade e acuidade" (p. 146). Por esse motivo, as vozes dos sujeitos encontrados em salas de aula reais foram incluídas como parte integral desta descrição e análise, com suas muitas vezes inesperadas contradições, seus dilemas e conflitos. Ao complicar o problema, essas vozes rejeitarão explicações uniformes e lineares.

Alunos como pensadores e aprendizes

Engajar alunos no debate e na compreensão da educação literária requer, primeiramente, o conhecimento desses alunos, para iniciar uma reflexão sobre e a partir de sua própria experiência. Os alunos entrevistados levantaram pontos que, de vários modos, lidam com questões primordiais de representação das ambigüidades enraizadas na sociedade brasileira. Entre estratégias de salas de aula, dificuldades econômicas, programas inadequados e desigualdades sociais, esses sujeitos permitiram a entrada de suas "autobiografias" no terreno do pensar decisões, especialmente ao serem perguntados sobre "como dariam aulas de literatura". Muitos alunos conseguiram colocar os problemas em uma esfera mais elevada que suas empatias, preferências ou ojerizas pessoais. Enquanto alguns exigiam que "o programa formal fosse seguido à risca, através de períodos e estilos literários", permitindo variações e mais análise de textos concentrados nos problemas políticos, ficava perceptível a tentativa de aceitar a dubiedade de um cânone reacionário – aliado a um currículo silenciador – de modo a poder se apropriar do discurso dominante, quer para se tornar parte dele, quer para, através dessa apropriação, lutar pelos interesses de sua classe.

Um requisito necessário para o fortalecimento e a construção problematizada de um saber literário-pedagógico seria os professores colocarem seu conhecimento da disciplina em contato com o conhecimento dos alunos, para juntos desenvolverem as habilidades críticas necessárias para efetuar escolhas racionais, tanto no trabalho intelectivo quanto na vida. Entretanto, o que parece ocorrer, em geral, é a internalização da culpa, com alunos freqüentemente se sentindo culpados por ignorar determinado assunto. Os currículos escolares indicam, de variadas formas, desrespeito pelas contribuições intelectuais dos alunos como representantes de classes e culturas sociais e como escolhas individuais, não os engajando no empreendimento acadêmico de maneiras variadas que garantam seu sucesso. Mas porque professores também não estão engajados, as estratégias docentes de "cobrir toda a matéria" e "expor alunos" a determinados assuntos representam metaforicamente o processo pedagógico encontrado no Brasil.

Ao exigir que "deveríamos estudar a literatura do Brasil, principalmente a do passado recente", o aluno da Escola A estava pedindo material de leitura que fosse, em sua opinião, significativo cultural e politicamente. Esse pedido reflete a crescente consciência dos valores sociopolíticos e culturais recém-adquiridos. Tal consciência vem sendo debatida nos meios acadêmicos, mas ainda não foi posta em prática, quer na educação de educadores, quer nos livros didáticos. Não há como negar, entretanto, que a aparente autonomia permite ao sistema educacional melhor servir à sua função conservadora, ao "dissimular as funções sociais que ele desempenha e, portanto, desincumbir-se delas mais eficazmente"[10].

Acho que em literatura a gente devia estudar a literatura do Brasil. Para mim, é um desperdício estudar Camões e outros escritores portugueses que aparentemente não têm nenhuma influência naquilo que precisamos, ou que estamos para experimentar na vida real. É raro um professor chegar e usar um texto sobre a ditadura militar, ou assuntos brasileiros; se ele puder escolher, vai explorar assuntos europeus. Aí a aula fica extremamente chata e a gente perde o interesse (aluno de 18 anos, Escola A, turma de Beth).

Enquanto a educação literária escolar até o final do século vinte prescrevia a leitura de textos portugueses e de literatura informativa escrita sobre o Brasil-colônia, as literaturas latino-americanas e dos países anglófonos africanos e asiáticos, cuja representação literária constitui importante representação das lutas políticas recentes, permaneciam fora dos currículos. Similarmente, textos literários brasileiros contemporâneos eram omitidos das agendas implícitas e explícitas, mesmo aqueles escritos por autores analisados em teses doutorais, como Rubem Fonseca e Hilda Hilst. O pedido de reconhecimento dos valores culturais contemporâneos, a serem estudados no currículo de educação literária, era uma questão de validação dos problemas recentes e atuais ligados à história da luta pela democracia no país. Alguns alunos já percebiam que a imposição da literatura européia medieval e de textos semi-históricos a adolescentes de todas as classes sociais, como se essas fossem as únicas e perenes representações artísticas da cultura nacional,

10. Bourdieu e Passeron, apud T. T. Silva, *Teoria e Educação*, n° 5, 1992, p. 141.

era mais uma tentativa de silenciar muitos, pela intimidação sociopolítica e pela monotonia pedagógica.

Materiais factuais memorizáveis aliados ao anonimato de alunos em turmas muito grandes ilustravam a falta de interesse na contribuição intelectual ou político-cultural dos estudantes. Isso levava à adoção de um papel passivo em seu próprio processo educativo, para afinal entregar aos exames vestibulares a motivação (ou desmotivação) externa de medida de competências, em vez de desenvolvimento intelectual. Para os alunos, estratégias interativas e professores carismáticos são elementos cruciais de aprendizagem, revelados como "hábitos de falar e trocar", "ser ouvido pelo professor", não ser acusado de "estar falando besteira" ou "fazendo pergunta idiota", ou mesmo de "estar sempre errado".

> O professor diz que se você quiser pode perguntar qualquer coisa, mas se você pergunta alguma coisa... não é fácil perguntar... o professor não aceita o que você diz, e você fica tão sem-graça que nem sabe o que dizer. Você copia tudo no caderno, é tudo copiado, você não pensa em nada, de verdade... Você só senta lá e... é só isso! (aluno da Escola A, turma de Almir)

A discussão sobre questões políticas, propaganda política e o sistema educacional brasileiro revelou a impressão negativa que a maioria dos alunos mantém da classe dos políticos como corruptos, mentirosos e manipuladores, contra os quais é necessário lutar ou resistir através de "informação" adequada e precisa. À pergunta sobre a relação entre estudar literatura e estar "ligado no mundo", os alunos responderam com expressões do tipo "ler amplia sua visão do mundo", "você passa a conversar com as pessoas de modo diferente", "torna-se mais culto, com um campo de visão maior", enquanto reforçavam que "a questão é o tipo de relação que você tem com a disciplina, o que depende muito do professor". Assim, embora certos alunos parecessem ter sido cooptados pelo espírito de "elevação cultural" que atravessa o estudo de literatura em geral, o tipo de expansão cultural a que outros se referiram pode ser uma tentativa de poder articular seus dilemas e o potencial de reflexão sobre sua marginalização. Entre muitos outros pontos (tais como a oralidade, a "vida real" extra-escolar, a base pré-primária, intertextualidade e multidisciplinaridade, desperdício de tempo, pontualidade, superposição de assuntos em camadas lineares, influência estrangeira no sentido de nação, pedagogias dialógicas, literatura contemporânea *versus* antiga), três itens da maior relevância foram levantados pelos alunos. Primeiramente, que a literatura deveria abandonar o estatuto de representação canônica, centrando-se na leitura crítica de textos contemporâneos. Em segundo lugar, que a literatura deveria se basear em textos e autores brasileiros, como recurso adicional para a compreensão do conceito de nação e de vida nacional. E em terceiro lugar a educação literária deveria ser processada em associação com história. Esse ponto também foi levantado por alguns dos professores entrevistados, que se ressentiam do perfil unidisciplinar do programa de estudos, concordando que história, língua e literatura são "as três grandes colunas de sustentação da identidade e cultura nacionais"[11].

No paradigma educacional brasileiro, tanto o ensino de história quanto o de literatura se constroem pedagogicamente como processos de legitimização cultural das contradições sociais. Em vez de interdisciplinaridade, o que alunos e professores desejariam seria, talvez, uma pedagogia de valores "cruzando fronteiras", organizada ao redor de teorias de identidades críticas e de visibilidade que reconhecem a pluralidade e a diversidade de posições em cada sociedade.

A última aluna entrevistada na Escola A, de 17 anos, que trabalhava como auxiliar em jardim-de-infância de periferia, demonstrou uma visão crítica dos problemas, prova-

---

11. Stuart Hall, apud Giroux (1994), *Disturbing Pleasures*, p. 67.

velmente originada na discussão do que ela chamou "o método Paulo Freire", a prática de alfabetização baseada no universo imediato da criança. Para poder mobilizar conhecimentos e desejos que poderiam reduzir significativamente o nível de opressão na vida das pessoas, utilizando textos de leitura, ela e suas colegas de trabalho tentavam explicar características de identidade a crianças carentes e deficientes, através de uma experiência crítica de aprendizagem democrática. Tal experiência semiprofissional contrastou agudamente com a situação por ela vivida como aluna da Escola A, recebendo conteúdos estagnados, tratados quase sempre de forma acrítica, com diferenças culturais ignoradas, ainda que entrelaçadas a questões de poder, autoridade, representação e identidade.

Ao mencionar pontos cruciais de identidade cultural nas relações pedagógicas, os alunos se referiram várias vezes ao cenário da literatura como disciplina cultural, que requeria uma revisão de seu lugar no currículo, assim como de sua realização pedagógica como disciplina escolar. O fato de alguns alunos terem se definido como bons leitores, ressentidos da relação com a literatura imposta pela escola, era ignorado pelo sistema. O estudo objetivo de literatura como disciplina "científica", neutra e mensurável, pode funcionar como o recurso de controle a que Claude Lefort se refere como "o enigma da língua", ou a inter-relação discursiva entre um sujeito e outros e o sujeito e o *self*, que é circunscrito por um controle "exterior":

> Somente a autoridade do mestre permite a contradição a ser disfarçada, mas ele mesmo é um objeto de representação; apresentado como possuidor do saber do regulamento, ele permite que a contradição apareça através dele mesmo (1986, p. 213).

Alguns dos alunos de Beth na Escola A levantaram pontos relativos à relevância dos conteúdos, à relação professor-aluno, à rotina e distanciamento do assunto. Quando indagados sobre sua própria proposta pedagógico-literária, sugeriram "muitos pontos e textos diferentes, um planejamento mais criativo, com aulas interligadas", mostrando-se, em geral, bastante conscientes dos problemas sociopolíticos relativos à problemática falta de professores na rede pública, cuja culpa eles atribuíam a um "inimigo comum, sem nome e sem forma" e, portanto, difícil de combater. Considerando-se que a liberdade de expressão e de imprensa foi restabelecida apenas nas últimas décadas do século vinte, parece ter havido considerável desenvolvimento da visão popular sobre problemas sociais e políticos em geral. O perfil infame do Brasil como cultura de lazer e divertimento parece cada vez mais distante da realidade, imposta que foi ao povo por uma retórica de poder.

O "caráter nacional" que se quer afável, pacífico e neutro, incapaz de guerrear, representa uma unificação da nação romântica e falsamente metafórica. Como escreve Homi Bhabha, as "nações, como as narrativas, perdem suas origens nos mitos do tempo e somente realizam seus horizontes plenamente no *olho da mente*" (1990, p. 1). A internalização de tal caráter parece estar na origem do problema da consciência política, que intrinsecamente depende da relação entre identidade, cultura, agência e comunidade para ser visível pelo *self* e os outros. Pessoas, diz Bhabha, são identificadas como

> o fio de corte entre os poderes totalitários do social e as forças que dão sentido ao destino mais específico para interesses desiguais e contenciosos, e identidades dentro da população (1990, p. 297).

Na Escola B, as tentativas de dirigir a conversa com alunos e com professores para a arena política se mostraram infrutíferas: os alunos falaram sobre a inutilidade de votar, por tudo não passar de "promessas de mais e ação de menos, com as coisas ficando sempre do mesmo jeito", e que "é mais seguro manter uma distância dos políticos". Sobre sua relação com a disciplina, o ponto sempre levantado foi o da *dificuldade*, relacionada à figura do professor e sua capacidade de "transmitir" conhecimento; por outro lado, ficou clara a internalização da culpa por não aprender, justificada pela própria incompetência, capacidade limitada de entender assuntos literários. Literatura "é complicada, difícil demais, com coisas demais para ler e escrever, que acabam ficando travadas dentro". E ainda, "não consigo entender tudo, fico confusa com tanta coisa, tanta informação...", um problema a ser solucionado pela adoção de uma metodologia baseada em "resumos, informação resumida, que fica melhor para entender, quanto mais resumido melhor".

Algumas alunas contrapuseram a obrigação de ler textos literários, uma "atividade difícil", ao prazer de assistir à televisão, atividade apreciada por não requerer muita atenção, compreensão ou aprendizado, com informações pré-digeridas e resumidas para o espectador. Literatura seria difícil porque "exige muito estudo", embora fosse descrita como variação secundária dos estudos da língua. Já estudar a língua é atividade aprovada pelos alunos, porque "gramática faz mais sentido", com ênfase igualmente positivista na mecânica dos estudos gramaticais que, na visão discente, "evita perda de tempo". A sugestão das alunas da Escola B, de modo geral, foi a utilização de método mais "tradicional" de estudo de literatura, centrado no professor e baseado na transmissão de conteúdos, com "cópia do quadro-de-giz", visando à produção através de abordagens aceleradas, pragmáticas e orientadas para os resultados.

O triângulo interdisciplinar que fundamenta a educação literária na escola brasileira de ensino médio tem seu ápice oscilante entre a ênfase acrítica ao saber historiográfico e ao treinamento lingüístico. A literatura como expressão artística da cultura do povo e da nação brasileira é o aspecto ignorado do triângulo.

Para resumir

Certos alunos esperam dos professores e do sistema escolar algo próximo a um dilema, na combinação de conhecimento relevante através de métodos ativos, críticos e interativos. Professores em geral esperam de seus alunos um conhecimento espontâneo, combinado à prontidão passiva para aceitar situações desfavoráveis: para ambos os lados, o sistema é visto como entidade imutável.

Em um país onde o principal problema da desigualdade está nas fronteiras econômicas entre as classes, com suas regras políticas mais que implícitas, os alunos da rede particular teriam chances muito melhores de ingressar nas universidades públicas e nos cursos mais procurados, não porque os métodos pedagógicos por eles vivenciados tivessem sido mais motivadores, ou seus professores mais bem formados, ou mesmo porque seus materiais básicos de aprendizado (livros didáticos) fossem especiais. Alunos, professores, pais e responsáveis pelas escolas particulares para as classes médias têm um objetivo social, cultural e econômico comum, que perseguem com afinco. Lá, é irrelevante pensar se a literatura oferece ou não terreno para discussão social, cultural ou política sistemática, devido à necessidade de completar os programas de ensino a tempo. Se é verdade que os alunos ficam entediados, é também verdade que sentem inegável alívio pelo fato de que nem professores nem livros didáticos apresentam quaisquer surpresas, em um consumo digestivo do tipo de estudos literários exigidos pelos exames vestibulares, pela academia, por uma sociedade preocupada com elementos objetivos, factuais e explícitos.

Dessa maneira, a literatura como disciplina de datas, nomes e fatos, embora distante de ser provocadora e viva, confirmaria uma sociedade contraditoriamente obcecada com transparência e direitos democráticos, com meios de avaliação e classificação explícitos, mas que ao mesmo tempo reforça as desigualdades através da escassez de recursos para a educação pública sob seus próprios olhos benevolentes. Certas atitudes, mantidas no fundo da consciência, sem um exame crítico, não são controláveis por leis ou *slogans*. Por essa razão, privilegia-se o saber treinável e mensurável que a combinação positivista e linear de língua e história oferecem.

Todo esse problema expõe a falta de poder político e a baixa auto-estima social entre profissionais e entre alunos de classe trabalhadora. Afinal, não será utópico exigir problematização e fortalecimento político àqueles a quem o sistema abandonou?

Signos ingleses de educação literária

Nesta parte, tentarei interpretar a combinação dos paradigmas pedagógicos, conceitos literários e estruturas sociopolíticas de educação literária encontrados em escolas inglesas. Os dois ambientes onde a coleta de material mais significativo ocorreu representam dois modos divergentes e cruciais da educação inglesa: escolas urbanas e escolas de interior. Apesar das diferenças locais e individuais, ambos são parte clara do mesmo processo de representação social, cultural e política de valores através da *palavra* em sua forma de arte, a literatura; essa representação é freqüentemente disfarçada em ações afetivas, mas visa à política de manutenção cultural. Pois um dos principais efeitos de estudar literatura é, mais que uma resposta ao texto literário, uma resposta aos processos sociais que cercam a transação político-pedagógica com a disciplina na escola.

Clive Harber descreve como estruturas escolares mais democráticas podem alimentar valores e habilidades também democráticas, o que não somente é desejável, mas também possível. A educação democrática contribui para a conscientização, habilidades e atitudes participativas fundamentais para a vida em sociedades democráticas (p. 24). De acordo com Batsleer et al., "ser inglês" é comungar a cultura dominante, branca, masculina e conservadora, descrente de política assim como de cultura, de teoria, de crítica, e resistente à sua infiltração na vida quotidiana. Contradição, ambigüidades e ausências, reconhecidas ou não, determinam o terreno de luta cultural (pp. 9-10). Discute-se se pedagogias experimentais progressistas e alternativas são mais democráticas e mais bem equipadas para ensinar a conscientização crítica e o comprometimento sociopolítico através das várias matérias de estudo, incluindo-se aí a literatura. Após observar aulas e entrevistar professores e alunos de literatura em diferentes escolas, pude concluir que um ambiente estimulador para uma clientela de alto poder aquisitivo não corresponde necessariamente a abordagens e métodos pedagógicos inovadores. Conforme Gunther Kress (1995, p. 119), a criatividade surge através do uso inovador de recursos já existentes e deixa o sistema intacto.

Surpreendentemente, a preparação para exames em Summerhill é conduzida de modo bastante tradicional, com ênfase no conhecimento e conteúdos específicos, e tem como propósito final o maior número possível de aprovações nos exames. Não quero com isso dizer, no entanto, que literatura deva ser ensinada ou aprendida de modo semelhante, voltada para o mito da cognição pura, apenas porque é essa a prescrição e a circunscrição dos exames. Embora poucos professores reconheçam que sua prática docente na verdade se limita a preparar examinandos, haverá na educação oficial outra saída que não preparar alunos para prestar provas, exames, concursos comprobatórios de sua competência como leitores e ensaístas, e da excelência da escola que os preparou?

Ao concluir seu livro, entre outras questões relevantes, Terry Eagleton provoca os leitores com algumas perguntas: qual o propósito de estudar teoria literária? Para que se preocupar com ela? O que teriam políticas internacionais a ver com teorias literárias (1989, p. 194)? Como resposta, Eagleton afirma que a teoria literária tem sido sempre associada e entrelaçada a crenças políticas e valores ideológicos, oferecendo sua própria perspectiva, através da qual se estuda a história do cotidiano. A teoria literária ajuda a sustentar e reforçar os pressupostos do sistema político, embora comprometida com homens e mulheres sociais. A literatura reflete os valores de um sistema político que subordina a sociabilidade da vida humana ao empreendimento individual solitário (pp. 196-7).

Ao considerar a literatura como antidisciplina, definida apenas em termos de seus *métodos* de indagação, ou de seu *objeto* de investigação particular e ilusório, Eagleton cita Roland Barthes: *Literatura é aquilo que é ensinável*, numa combinação de crítica e pedagogia, produção, criação e consumo em sala de aula, elementos esses imbricados em uma única forma. Tal ponto de vista demonstra a relevância da educação literária em sua forma escolar, como exercício de um modo participativo e crítico de ser e estar no mundo.

Conhecimento através da ação cotidiana

Exton afirma que a educação literária sofre um problema duplo: está apoiada em arcabouço educacional rigidamente hierárquico, operando dentro da tradição inglesa de separação definida entre criação e crítica, entre prática e teoria; a abordagem metodológica do literário, mantendo as dicotomias (entre crítica e criação, prática e teoria), permanece intrinsecamente vinculada à hierarquia social, cultural e política do sistema educacional (Exton, in Lee, p. 313).

Bernstein entende que o saber educacional é um regulador fundamental da estrutura da experiência e que a educação formal acontece apenas através do currículo, o "saber validado", da pedagogia, que é a "transmissão válida do saber", e da avaliação, como realização válida desse conhecimento pelos alunos (Bernstein, v. 1, pp. 202-3).

... tem havido um afastamento da transmissão de valores comuns através de uma ordem e controle rituais baseados em posição ou *status*, em direção a formas mais personalizadas de controle, onde professores e alunos se confrontam como indivíduos. [E] a organização, transmissão e avaliação seletivas do conhecimento estão intimamente ligadas a padrões de autoridade e controle. A batalha sobre currículos é também um conflito entre concepções diferentes de ordem social, sendo conseqüentemente, fundamentalmente, uma questão moral (1977, v. 3, pp. 69-81).

Tais elementos são parte da descrição e análise do perfil das duas estruturas de ensino, na escola do interior e no colégio urbano, e suas culturas específicas, feitas de discursos contraditórios e conflitantes por causa da *multiacentualidade do signo* (Jancovich, in Barker e Beezer, p. 141). Para Jancovich, o sujeito está sempre situado dentro dessas estruturas e conflitos, e necessariamente envolvido neles: o estudo e o exame do processo de diferenciação cultural, ou seja, o processo pelo qual as diferenças culturais são produzidas, permite compreender as formas de dominação e controle que estão envolvidas nesse processo (p. 142).

Se a educação não pode ser discutida através de uma pedagogia participante de sala de aula, os valores e as atitudes políticas mais profundas irão inevitavelmente escapar de uma inspeção consciente, ação reflexiva ou mudanças, com o que a cidadania se arrisca a ser confundida com ações paliativas de bem-estar imediato no tratamento de problemas sociopolíticos. Disso resulta o controle social, mais que a consciência crítica ou o exercício da aprendizagem democrática:

> Um exercício de aprendizagem democrática autorizado pela ciência social tem o sentido de um exame de uma gama de idéias, políticas e estratégias alternativas que abrem as cabeças dos alunos, permitindo que façam suas próprias escolhas (Harber, p. 20).

No início deste trabalho apresentei a hipótese de que a educação literária se assemelharia a um triângulo multidisciplinar, tendo um lado lingüístico, um lado artístico, um lado social, para resumir. Ao se apoiar em um desses lados, a figura geométrica apontaria o aspecto prevalente em dada sociedade, sendo, por isso, uma metáfora social. Um dos modelos observados de educação literária nas salas de aula inglesas fortalece a posição do triângulo como estudo do uso da língua, deixando de fora de suas práticas a educação dos sentidos e das emoções, assim como o desenvolvimento da curiosidade lingüística através da experimentação. Como experiência literária, essa prática falha na mediação do encontro com questões políticas mais amplas.

O outro paradigma encontrado pareceu se apoiar no aspecto artístico-cultural, visando a representar a sociedade em múltiplas nuances. Na prática, porém, não o cumpre, falhando na representação genuína dos valores socioculturais da maioria dos alunos. Rosenblatt acredita que a literatura poderia ajudar a preparar estudantes a encarar problemas inesperados e imprevisíveis em nosso mundo turbulento. Para compreender a nós mesmos e aos outros, para adquirir uma filosofia através da qual possamos entender a sociedade, para influenciar o desenvolvimento social, estudantes e estudiosos de literatura em geral devem encontrar uma resposta para a pergunta permanente: *o que têm as coisas que nos são oferecidas na escola e na faculdade a ver com a vida que estamos vivendo, ou que iremos viver?* (Rosenblatt, pp. 3-4)

Nesses termos, o modelo inglês peca principalmente por não promover a reflexão crítica sobre a variedade de questões culturais, étnicas e sociais vivas e cotidianas. A literatura requer uma relação diferenciada com seu instrumento, a língua; seus dilemas e questões, nunca totalmente explicitados, são apenas alcançáveis através da combinação dos múltiplos valores humanos. Exigir uma "resposta pessoal" ao texto literário, conforme prescrevem os exames de *A-levels*, é parte integrante do paradigma de internalização de estruturas e padrões implícitos de ensaios e resenhas escritas.

Essa estrutura põe em dúvida a autenticidade conceitual da "escrita livre", pedida nos exames. Pois, conforme reconhecido pelos próprios professores, existem estruturas e padrões implícitos a serem aprendidos e reproduzidos nas provas. Parece contraditório recomendar "resposta pessoal" e produção textual criativa dentro de um sistema orientado para a avaliação formal, a menos que seu objetivo seja separar os alunos de classe média cujo desempenho seja mais que satisfatório daqueles de talento acadêmico discutível, na fase pós-educação compulsória. É preciso lembrar que não há teorias declaradas fundamentando tais práticas críticas.

É difícil comprovar que, nas aulas de literatura, conforme observado na Inglaterra, a imaginação seja alimentada e exercitada, e que o objetivo da educação literária seja a conscientização cultural, social ou política. Como praticada, a disciplina representa a seleção acadêmica de alunos socioculturalmente "especiais", por berço ou por *habitus*. Não são visíveis os pressupostos teóricos de aprendizagem literária, nem as bases da construção de cidadania para todos os alunos como sujeitos sociais.

Cultura se refere àquele nível no qual grupos sociais desenvolvem padrões distintos de vida e dão *forma expressiva* a sua experiência de vida social e material; é a maneira e as formas através das quais os grupos lidam com a matéria-prima de sua existência social e material (Skeggs, in Barker e Beezer, p. 185). Gramsci escreveu que a cultura da classe trabalhadora não pode ser entendida sem referência à história do estado e à história daquelas instituições que funcionam para manter e reproduzir as relações sociais do capitalismo. Isso se deve, precisamente, à busca da incorporação da classe trabalhadora ideológica e institucionalmente. Valores culturais são sempre relativos a outras culturas, substituídos por estruturas de avaliação: atribuir menos valia a certos valores de forma permanente e inerente, em confronto com os valores de outro grupo social ou ético dominante, é uma questão política (Kress, 1995, pp. 58-9).

Vazios, silêncios e contradições em teoria e em prática estão nos textos escolhidos e nos métodos pedagógicos, nas exigências e nas omissões. Concordo com Kress que textos ocupam um lugar primordial em qualquer sociedade multicultural, em fase de mudanças e desenvolvimento tecnológico, por fatores econômicos e transnacionais. Porém, a seleção de materiais educativos e sua utilização pedagógica devem atender aos princípios mais profundos da construção do currículo (1995, p. 62). A ênfase na memorização, da maneira encontrada nas práticas escolares no ambiente extra-urbano, enquanto impede questionamentos e achados criativos, é coerente com o programa adotado, voltado exclusivamente para as provas e os exames, sem avaliação contínua durante o curso. Por outro lado, o programa que inclui avaliação contínua, adotado no Colégio Urbano, cria expectativas de um olhar mais flexível, de cooperação e originalidade, devido à maior variedade de leituras e respostas individuais, fazendo dos professores agentes ativos do processo avaliativo.

A ênfase nos valores e nas regras tácitas vai ao encontro do modelo de literatura como *fonte de refinamento, elevação e humanização* (Collins, in J. Miller, p. 257), tratada em superfície. Principalmente nas escolas do interior, onde o universo parece limitado pelas fronteiras físicas do povoado e o conceito de nação é definido pelo perfil político de sua população suburbana, a educação literária se apresenta como "elevador" acadêmico objetivo, uma alternativa neutralizada aos estudos lingüísticos, bem vista tanto pelas universidades como por possíveis futuros empregadores. Nas camadas mais profundas do pensamento, porém, o que parece acontecer é a realização disfarçada de ideais polidos e aristocráticos, visíveis na pedagogia bancária de memorização, anotação mecânica e respostas acríticas treinadas para os exames.

Conflito e interação como estratégias

Dixon reconhece que há pouca reflexão teórica na discussão de sistemas alternativos de categorização, mesmo nos cursos de *sixth form* mais seletivos, que não dispõem de nenhuma justificativa teórica. Ele acrescenta que nos anos 1960, apesar de as universidades e escolas não disporem de uma teoria geral de escrita, os alunos ingleses eram julgados e selecionados por suas práticas discursivas formais (1991, p. 165).

Ler e escrever, efetivamente, são processos em geral iniciados pelo/a professor/a, que exerce um papel seletivo e verticalizado. Deixando para os alunos a função passiva de "máquina de respostas certas", o/a professor/a continua sendo o "procurador final de erros" (Dixon, p. 163). Embora os objetivos declarados dos exames de *A-level* (de acordo com os programas) não pareçam contemplar a variedade étnica, social e cultural dos adolescentes urbanos de variadas origens socioeconômicas, com suas sutilezas e implicações ideológicas, os valores e hábitos culturais de educação literária se distanciam tanto dos alunos brancos urbanos da classe trabalhadora quanto dos não-brancos[12].

A maioria dos alunos de classe trabalhadora de *A-level* observados e entrevistados para este trabalho pareceu contradizer os autores[13] para quem as classes sociais menos favorecidas não acreditam na qualificação acadêmica. Embora com chances reduzidas de sucesso, esses alunos lutavam pelo acesso à educação universitária, resistindo às diferenças.

Fred Inglis dá uma visão contemporânea ao problema que cerca os papéis docentes na sociedade atual, afirmando que

> professores de inglês são apanhados no torvelinho da política contemporânea britânica. Eles são estruturalmente impelidos pelos dirigentes da sociedade em prol de seus objetivos inumanos e inegáveis: produção, eficiência, eficácia de custos, lucro, consumo – imperativos técnicos. Ao mesmo tempo, vêm tentando se manter fiéis à outra – e mais agradável – fábula da vida pessoal de boa qualidade, ou mesmo a vida pública de boa qualidade. Para garantir que o cotidiano das escolas seja suportável, precisam aplicar os princípios de ordem das escolas, na sala de aula, corredores e refeitório, a

---

12. Paul Cosway (1987), *English in Education*, v. 21.
13. Giroux, op. cit., p. 93; Skeggs, Bourdieu e Passeron, in Willis, op. cit., p. 189.

burocratização implacável e a produção de *trabalho* – maior símbolo da cultura do trabalho – e a alocação dos educáveis e ineducáveis aos compartimentos certos. Ninguém diria que esses são meios racionais ou admiráveis de tratar nossas crianças. Aprendendo a trabalhar e a não trabalhar, mas a retirar o seguro-desemprego de maneira silenciosa e grata, é um negócio infernal. Garantir que isso aconteça faz com que uma parte importante dos professores se transforme em monstros (Inglis, op. cit., pp. 10-20).

Professores na escola e no colégio se queixam da quantidade de trabalho burocrático que lhes vem sendo imposta como prioridade, tirando tempo de seu trabalho docente, como parte da estratégia de eficiência-lucratividade-produção. Tal imposição burocrática lhes parece impor a preocupação com as pressões financeiras dentro e fora das escolas, de modo que eles passem a se sentir co-responsáveis pela geração de recursos, através da obtenção de bons resultados nos exames. Os departamentos de inglês (língua e literatura) aos poucos alcançaram um poder maior que os outros na estrutura das escolas porque, segundo Protherough, carreiam mais candidatos para os exames, conseqüentemente mais turmas, que demandam mais especialistas e, numa cadeia estrutural, mais recursos a serem alocados (1986, p. 7). Dentro das turmas, em nome do pragmatismo, *tempo* é o regulador das estratégias didáticas, signo usado para justificar falhas e contradições. Conforme depoimentos de alguns professores entrevistados, questões atuais são impedidas de emergir, de modo a evitar desperdício de tempo, um conceito a serviço do controle social. A preocupação com o produto final, além da pressão real relativa a esse produto, tem suplantado o interesse no processo de educação literária. Os objetivos, como declararam os professores, se concentram exclusivamente na aprovação nos exames.

Uma das áreas de conflito surgidas nas entrevistas foi a organização de conteúdos, que no modelo inglês corresponde à leitura, análise e interpretação escrita dos textos preestabelecidos. Mais sociocultural que conceitual, representa o conjunto de valores que se estabeleceram como a expressão máxima do britanicismo. Assim, confirmando a idéia da educação literária como metáfora social, o conhecimento produzido pela combinação desses textos literários pareceu em acordo absoluto com a comunidade do povoado suburbano e a concretização de características fundamentais idealmente inglesas (raça branca, classe social dos estratos médios, opção política conservadora, e as respectivas regras sociais de comportamento, lazer, posições, crenças e valores propagados). Por exemplo, a única voz branca, masculina e de classe média que se manifestou contra Shakespeare foi a de Chris, que se considerava um desajustado social na Escola Hollybush e que lutava para "espremer algum significado de tantas palavras". Por outro lado, David, respeitado, admirado, agraciado com a prestigiada função de "prefect", declarava seu profundo amor por Shakespeare exatamente pela "linguagem floreada", prova da ligação entre sua competência discriminadora e os princípios de sucesso literário-pedagógico através de altos padrões críticos.

Se podemos considerar que cognição e afeto estão imbricados nos estudos literários e que a resposta do leitor ao texto é elemento essencial porque "valores literários derivam do todo vivido", como afirmado por Protherough (1986, p. 4), as chances de David alcançar sucesso literário já estavam predeterminadas, reconhecidas, respeitadas. Seu descontentamento provinha não da matéria, mas sim da não-seletividade, das práticas pouco exigentes, e mesmo da insuficiente competência literária da professora (Sue). Afinal, confirmando a profecia preestabelecida, David, cuja interação com a disciplina era profunda, foi finalmente aprovado nos exames finais, teste de "bom gosto" literário, com a nota máxima (A), enquanto Chris foi reprovado.

Também no Colégio Urbano, apesar das estratégias didáticas mais dinâmicas e do nível mais alto de interesse e participação discente, os resultados dos exames foram abaixo da média, decepcionando professores e alunos.

Willard Waller descreveu os *processos políticos* como sendo aqueles baseados em *conflito*, resultando em *acomodação*, enquanto os *processos culturais* se caracterizam pela *interpenetração* de pessoas e grupos, resultando no *compartilhar* experiências e história.

Como instituição social, a escola é então um microcosmo cultural que espelha o macrocosmo político: até certo ponto, a explicação das contradições da escola se encontra nos conflitos que rugem à sua volta, principalmente quando as escolas tentam amalgamar várias culturas em uma só (pp. 15-8). A situação dos centros urbanos exemplifica a contradição conflitante baseada nas diferenças culturais não acomodadas. Um corpo discente multicultural e multiétnico, que não compartilhava experiências nem história, havia escolhido a disciplina literatura para os exames adiantados, levado pelos termos afetivos dos objetivos do curso, tais como "apreciação", "prazer", sem o conhecimento prévio de que apenas os objetivos específicos e formais – não explicitados – seriam avaliados e medidos (aquisição de conhecimento, compreensão, reconhecimento e comunicação). Não sabiam, tampouco, que *resposta pessoal* é expressão ambígua, significando conceitos legitimados cultural e socialmente.

O conflito entre os objetivos declarados, associados descritivamente com a idéia de prazer, e os objetivos finais de aquisição de habilidades indica uma contradição intrínseca, pois o prazer de ler, prejudicado nos estudos adiantados e não-compulsórios, se torna ponto crucial de tensão.

Os alunos de Pennie pareceram, acima e antes de tudo, inadequados ao ambiente literário criado na turma. No início, achei que essa questão passava despercebida pela professora e pela minoria de alunos de classe média. Contudo, o *habitus* ostensivamente político parecia contradizer a forma como Pennie negava um papel político à educação literária, bem como sua aparente "miopia" na visão das diferenças socioculturais. Quando lhe perguntei de que forma imaginava ser vista pelos alunos, ela se recusou a responder, dando de ombros e dizendo que eu "deveria perguntar a eles". Foi possível perceber um tratamento inadequado das "diferenças". Isso me pareceu ainda mais relevante do que a imobilização representada pelos obstáculos de acesso aos conhecimentos e informações literárias que o grupo de classe média dominava, seminal para o tratamento bem-sucedido das questões literárias na escola e na academia.

As prioridades conceituais são confirmadas através das abordagens pedagógicas que reforçam a hierarquia e a percepção de valores. Isso foi descrito de forma acurada por alguns alunos de Pennie:

1 ... porque eu poderia escrever uma carta dizendo que achei o livro uma porcaria, mas... tudo indica que minha professora certamente não iria gostar nem um pouco...
2 ... eu acho que ninguém quer realmente escutar o que temos a dizer...
3 ... não é uma questão de *apreciação crítica*, na verdade, mas de sempre *gostar*...
2 ... é isso mesmo, de *gostar*.

Dessa forma os alunos são mantidos à distância tanto pelo conjunto de valores embutido no texto literário quanto pela estratégia de dependência e ambigüidade de objetivos. Apesar dos apelos formais à independência de pensamento dos alunos, os métodos pedagógicos de educação literária, na prática, oferecem pouca fundamentação para o pensamento livre e para a escrita criativa, com excesso de anotações e a dependência de organizações esquemáticas de facilitação da escrita.

Bogdan diz que um dos paradoxos do ensino descentralizado é a dificuldade de se despir da própria autoridade. A atitude docente é estabelecida pela heurística que definimos desde o início dos trabalhos (1993, p. 7). Isso significa que, para aceitar e estimular uma "poética da recusa", precisamos efetuar um exame profundo de nossas políticas internas e externas, o que irá envolver uma reelaboração dos princípios pedagógicos de ensino, com ramificações nas representações literárias e compromissos sociopolíticos. Não é uma opção fácil, pois requer dos professores assumir o papel de aprendiz, de alguém que ensina apenas o modo de aprender. A mediação da aprendizagem (Freire) no ensino descentralizado requer que o professor se torne eternamente um aluno, eternamente aprendendo. Bogdan chama a isso de "pedagogia do desconhecível", e explica que isso em nada desvaloriza o saber: nesse contexto, a resistência dos alunos a aprender se torna talvez um dos melhores instrumentos de ensino que temos (1993, p. 11).

Afirma Harber, porém, que ao mesmo tempo que os métodos de ensino participante têm um papel necessário, não são suficientes para educar para a democracia, pois podem ser usados para o controle social tanto quanto para criar cidadãos críticos, autônomos e democráticos. *O que* é aprendido e *por que* pode ser tão importante quanto *como* se dá o aprendizado (pp. 9-10).

No caso da educação literária na Inglaterra, a proficiência certificada pelo Estado na área de estudos literários implica obediência às regras e atitudes de escrita endossadas pelas castas sociais superiores; requer a escrita sobre o literário de forma especializada e dificultada, porque exige o uso simultâneo de modos lingüísticos diferentes e a adoção dos pontos de vista do autor. Como reconhecido por Rose, é um curso de escrituração em que a leitura literária é usada simplesmente como estímulo. Os alunos devem se comportar como críticos criativos, desenvolvendo suas próprias vozes e usando a escrita para lhes ajudar a descobrir o próprio pensamento a respeito do texto em discussão (Protherough, p. 47). Mas o treinamento dos alunos para chegar a tal ponto permanece uma tarefa misteriosa, uma combinação de intuição, "bom senso", valores culturais internalizados, estudo detalhado de características lingüísticas em textos literários, além da gradativa descoberta do *padrão*. Eles não devem se tornar pensadores, leitores ou escritores independentes: há um amplo e implícito processo social, cultural e político que integra a educação literária e, pelas próprias características simbólicas da literatura, é a metalinguagem do processo.

Segundo Griffith, o modo de contra-atacar o distanciamento explícito das questões políticas seria através de uma análise convergente no ensino de literatura. Ou seja, lidando com as lacunas, omissões, silêncios e contradições dentro do próprio texto, na história social, e com as ausências e contradições surgidas através da comparação entre as duas estruturas, a literária e a histórica.

As reflexões teóricas deveriam visar a uma convergência interdisciplinar, de modo que documentos históricos e textos-fonte também recebessem tratamento literário, pelos efeitos de produção e recepção, tendo em mente que a ficção será sempre um *discurso desviante*. Griffith propõe, como estratégia, a identificação das lacunas, silêncios e contradições no texto literário e na história social, para finalmente estabelecer as contradições advindas da justaposição das duas estruturas. Essa "análise convergente" se apóia em Foucault e Barthes (Griffith, pp. 60-70).

Para Harber (p. 13), o problema na socialização dos jovens está na manutenção de valores conservadores e desiguais. Professores de literatura deveriam pensar e agir como seres políticos por causa de sua esfera de ação, mesmo considerando as oscilações da consciência política em determinados momentos de suas vidas. Nas entrevistas, Sue e Pete mantiveram uma distância segura de questões abertamente políticas, sem conseguir despir a identificação e as opções políticas reveladas em seu próprio silêncio, a omissão inocente que ajuda a manter estruturas e interesses conservadores. Foi em meio aos alunos e professores do povoado que pareceu predominar a crença na superioridade cultural da literatura como metáfora de distanciamento e alienação política.

Ignorar a relação entre as estruturas sociopolíticas de uma sociedade e os atos de ler e pensar corresponde a uma pedagogia que, para Macedo, dá margem a uma ideologia de reprodução cultural que produz semi-analfabetos. Ensinar a buscar verdades políticas e sociais, aprendendo a questionar, são aquisições fundamentais ao desenvolvimento do pensamento crítico, para armar os alunos contra a distorção orquestrada e a falsificação da realidade (Macedo, pp. 21 e 34). Macedo crê que o atual modelo anglo-saxão de educação literária se apóia na "ultracelebração de mitos", mantendo a crença na supremacia da herança ocidental e *da* cultura universal e, para isso, rebaixando outras realidades culturais através de mecanismos de desvalorização. Qualquer tentativa de mudança dessas relações de poder através da democratização e da relativização cultural ameaça as instituições assentadas sobre ideologias dominantes. A manutenção de mitos não depende de provas verificáveis: sem questionamento, persiste a visão simplista de uma realidade complexa (p. 38).

A superioridade da literatura encontrou sua expressão máxima, entre as práticas observadas para este estudo, no desprezo óbvio de Mr De Mornay por sua turma de último ano, cujos alunos eram incapazes de identificar e expandir citações do *Paraíso perdido* de Milton e da Bíblia, para ele o fundamento da apreciação literária da "alta" poesia.

A combinação de interpretação hermenêutica com análise lingüística detalhada ocupou os espaços escolares onde a presença de leitores/estudantes servia apenas para corroborar declarações canônicas e ideologias das elites culturais. Incapazes de corresponder à altura às elevadas expectativas do professor, seus alunos perdiam o direito à própria voz, como lado mais fraco da transação literário-pedagógica. Seu profundo silêncio nas aulas de literatura representava a passividade social e a tentativa de absorção dos valores superiores impostos através da poderosa presença docente.

No Colégio Urbano, o choque entre os altos valores literários e os valores multifacetados de alunos de ambientes culturais distintos revelou uma experiência confusa e humilhante que, avisa Bowers, pode levar à diminuição da competência de comunicar sua própria experiência cultural, bem como a experiência dominante, apresentada como referente poderoso e mistificado para julgar quem eles próprios são

(Bowers, p. 58). A socialização desses estudantes constitui "a cultura do silêncio" (Freire).

Descrita pela professora Sue como disciplina "de senhoras" (*a ladies' subject*), a literatura ainda carrega um estigma de gênero. Até mesmo os poucos rapazes entrevistados confidenciaram ter escolhido estudar literatura levados pela crença de que seria muito fácil e agradável ler uns livros, enquanto se preparavam para os exames "sérios" nas outras matérias. Alguns, porém, já haviam se arrependido da escolha, decepcionados por encontrar mais dificuldades do que haviam previsto, com muito a "pensar e escrever". Na verdade, eles tanto podiam ter imaginado que estudar literatura seria unir prazer a lazer, quanto poderiam estar ressentidos da falta de competência comunicativa no enfoque pedagógico e na articulação das questões epistemológicas valorizadas e reconhecidas pela escola.

O "bom leitor" nas sociedades menos igualitárias (democráticas) parece ser quem melhor se adapta ao *status quo*, destinado a alcançar os valores estabelecidos como socialmente relevantes e culturalmente significativos para as classes hegemônicas; parece ser, ainda, o leitor politicamente passivo, que se distancia das questões mais profundas, permitindo que as respostas genuinamente pessoais e interferências contextuais sejam minimizadas. A negação da reflexão sociopolítica é compensada pela apreciação estética e/ou moralizante como estratégia de leitura. Dessa forma, a classificação da qualidade do leitor parece estar mais vinculada a fatores políticos que literários.

A educação literária verdadeira deveria ter, por princípio, ensinar os alunos a argumentar e a defender os princípios subjacentes às propostas curriculares, incluídos como agentes nos debates que os afetam, mas que os excluem. A inclusão os motivaria a ler, a pensar, a participar (Cain, p. xx).

O saber literário valorizado academicamente na Inglaterra é de qualidade intuitiva, gerando a impressão fortemente subjetiva potente de que os alunos são equipados para analisar *qualquer* tipo de texto, não importa sua origem.

Essa prática, que na verdade sugere o poder sobre o meio, como percebe Griffith (1987, pp. 86-7), não se aplica aos alunos em geral e, menos ainda, àqueles oriundos de meios multiculturais. Como Griffith, entendo que os estudos teóricos são primordiais para a leitura, análise e interpretação da obra de arte literária. Indo além, penso que a teoria como reflexão profunda sobre a prática – e não aquela divorciada da sociedade e da cultura – pode ser a contribuição mais significativa que a escola pode oferecer aos alunos hoje.

Capítulo 6 **Teorizando as questões**

Educação literária como representação social

A literatura e os estudos literários têm sido centrados na representação de uma sociedade desejada, na qual a habilidade de leitura, os hábitos literários e o conhecimento literário se concentram nas camadas mais elevadas da pirâmide social. As tentativas de alargar essa representação são geralmente tratadas com desprezo, sob a alegação de que os "altos níveis" se arriscam a ser rebaixados, expressão usada como sinônimo da negação das culturas e sociedades de menor prestígio.

Neste trabalho estudo dois modos básicos de ensino que, embora não necessariamente opostos, simbolizam práticas pedagógicas e tratam de questões de representação social além dos limites das salas de aula de literatura. A análise da evidência empírica ajudou a definir a existência, por um lado, de uma proposta explícita, baseada em grandes quantidades de materiais memorizáveis, visando à objetividade através de resultados mensuráveis. Por outro lado, há outra proposta, implícita, com limites indefinidos, visando à subjetividade através de modelos personalizados de avaliação.

A primeira proposta apontou para práticas desiguais moldadas como leituras superficiais de textos e realidades, com pouca ênfase na literatura como arte e cultura. Dados os limites do tempo alocado, a educação literária se apresentou como estudo acelerado e linear de características, datas e fatos exterior aos leitores. A segunda proposta foi vista praticada dentro de um paradigma de leitura e escrita com pouca variação, centrado no cânone e no comando da norma culta de uso da língua e em valores socioculturais elevados. Os conteúdos na primeira eram memorizáveis e explícitos; o controle se dava através dos livros didáticos com informação detalhada, permitindo pouca participação no delineamento do aprendido, em bases aparentemente similares para todos os alunos. Os conteúdos no segundo modelo eram implícitos, não sendo comunicados com clareza; a escolha e o controle imediatos estavam nas mãos dos professores. Os modelos pedagógicos correspondentes podem ser classificados como *factual*, com forte determinante de classe social entre escolas, e *estrutural*, centrado no professor e determinado pela classe social. Ambos os modelos reforçam as relações e os efeitos de literatura que, de forma aberta ou oculta, ignoram o confronto de culturas e sociedades, deixando o componente político das questões literárias fora das situações pedagógicas.

Entre os pontos levantados na análise dos dados produzidos em ambos os países, dois problemas principais emergiram como centrais ao entendimento da educação literária como metáfora social. O primeiro foi a identificação da pedagogia dos silêncios encontrada na maioria das classes de literatura nos dois países. O segundo foi a viabilidade de se utilizar uma abordagem de suporte teórico no ensino e aprendizagem de literatura na escola, com o objetivo de alcançar níveis aceitáveis de democracia pedagógica.

Uma pedagogia de silêncios

Barnes e Barnes escreveram que seria enganoso tratar os currículos como se determinados mecanicamente pelas estruturas institucionais em que se inserem (p. 379), pois eles são constituídos também pelas ações intencionais de indivíduos e por situações específicas. Neste estudo, embora professores e alunos de literatura nos dois países fossem capazes de descrever os objetivos, as práticas e os dilemas reconhecidos, não pareceram conscientes das contradições e dos limites entre sua fala e suas ações, possivelmente porque, como Barnes e Barnes descobriram, o espírito e as exigências dos exames se tornam dominantes, empurrando para o cenário de fundo outras questões de natureza social, cultural e política.

Em geral, os professores conseguem perceber o que ocorre, apesar das diferenças entre seus diversos níveis de percepção e conscientização em relação a essas questões. Os propósitos, limites e compromissos que criam e mantêm tais práticas, segundo Barnes (p. 380), representam as sociedades, das quais a educação literária faz parte e segundo as quais a disciplina se estrutura.

Neste estudo tentei provar que não apenas "crescimento individual" mas também "habilidades básicas de escritura", apesar de variáveis, são metáforas de sociedades fechadas e seus regulamentos implícitos, que dependem de desenvolvimento pessoal e sensibilidade literária em um modelo liberal-humanista. "Abrangência de leitura" e "conhecimento dos fatos" metaforicamente representam sociedades visando a relações sociais abertas, com métodos fundamentados em modelos positivistas. Nenhum dos dois sistemas educacionais, no entanto, pareceu capaz de promover a responsabilidade discente por sua própria aprendizagem, ou sua autonomia em direção à auto-avaliação, autocontrole ou autocrescimento como indivíduos ou sujeitos sociais. Não se pode negar que, para todos aqueles alunos, o ensino e o aprendizado de literatura se direcionavam para os exames como preparação para o futuro.

Alguns dos professores entrevistados sentiam que o planejamento diário era fundamental para seu controle das atividades, muitas vezes de forma detalhada e cuidada, para "não ser apanhado pelos alunos sem saber alguma coisa", como Pete. Outros professores lidavam com as questões literário-pedagógicas intuitivamente, sem preparação específica, embora Spivak afirme que

> ensinar é uma questão de estratégia. É talvez o único lugar onde realmente aprendemos alguma coisa de estratégias, embora falemos bastante sobre o assunto (G. Spivak, in Luke e Gore, p. 120).

Podemos definir a pedagogia como a transformação da consciência que ocorre na intersecção de três agências: o professor, o aprendiz e o conhecimento que juntos produzem (Lusted, in Luke e Gore, p. 121). Nessa visão, o professor perde o papel de transmissor neutro; o aluno, o de receptor passivo; e o saber deixa de ser material imutável a ser repartido. Ao contrário, esse conceito de pedagogia focaliza as condições e os meios através dos quais o conhecimento é produzido, pois todas as pedagogias se situam de forma específica e contingente em relação aos campos culturais nos quais operam.

Professores diferentes adotam diferentes estratégias, lidando com as exigências das escolas, dos departamentos, dos pais, das autoridades educacionais. Mas o fazem, segundo Barnes, nos moldes delineados pela cultura profissional à qual foram induzidos durante sua própria educação, formação profissional e experiência docente inicial. São apoiados por seu ambiente de trabalho e pela cultura em que se criaram, sendo possível perceber ao longo de suas práticas as diferentes tradições.

Para Barnes e Barnes (pp. 385-8), as salas de aula podem alimentar culturas "de compromisso", adotando uma visão paternalista das responsabilidades que exige dos alunos o comprometimento com os valores da escola (caso da Escola Hollybush, por exemplo), ou "de contrato", como o Colégio Urbano, em que alunos que não cumprirem sua parte do "contrato de dedicação para aprovação nos exames" podem ser sumariamente expulsos. Nos casos em que a leitura é a resposta exclusiva do indivíduo a uma obra literária, e escrever é a oportunidade de gerar e explorar uma visão original (Barnes, pp. 387-8), a literatura tem um papel claramente ético. Na escola, esse papel implica ouvir e obedecer, muitas vezes em clima de suspeição e rigor, em vez de abrir caminho para uma crítica da cultura.

Por que não estariam os alunos preparados para exercer uma crítica da cultura? Primeiramente, deles se espera a aquisição da experiência literária (modelo implícito) ou do conhecimento literário (modelo explícito). Em ambos os casos, não apenas estão os professores despreparados para encorajar a variedade de práticas críticas em seus alunos, como afirma Scholes (p. 41), mas também existe uma causa nítida e uma conseqüência mais clara ainda para tal problema: os alunos não são estimulados a problematizar questões literárias, porque não lhes é dado acesso aos instrumentos que poderiam liberá-los como críticos, pensadores e fazedores: eles não conhecem os códigos em que se assenta a produção textual.

Concordo com Freire que todo ser humano, não interessa quão submerso na cultura do silêncio, é capaz de olhar criticamente para o mundo em um encontro dialógico com os outros, desde que as ferramentas próprias lhe sejam dadas para a percepção gradual da realidade pessoal e social e suas contradições (Freire, *Pedagogia do oprimido*, Prefácio).

Se as práticas escolares de literatura omitem teorias literárias, há mais um elemento complicador no fato de os professores não dominarem com segurança o conhecimento daquelas teorias, não tendo sido educados para exercer a crítica literária, cultural ou social. Como Scholes afirma, a interpretação do texto literário não é habilidade pura, mas uma disciplina profundamente dependente do conhecimento (p. 33). A conseqüência desse estado de coisas é o ponto mais marcante, comum à maioria dos alunos: o *silêncio* de suas dúvidas, perguntas, idéias e dilemas.

Algumas vezes, o silêncio é mais audível e visível na eloqüência da linguagem corporal dos alunos. Em outras ocasiões, é tecido em questões de classe social e culturas, clarificadas pelos próprios sujeitos tão poderosamente silenciados. Em geral, as relações professor-aluno revelam, como diz Freire, uma característica fundamentalmente narrativa, envolvendo um sujeito narrador (o professor) e objetos ouvintes e pacientes (alunos). A conseqüência é um processo de "ser narrado", petrificado e sem vida, enquanto a educação sofre da "doença narrativa" que, na situação brasileira, apareceu através dos conteúdos históricos narrativamente deslocados da realidade, desconectados da totalidade que os criou e que lhes daria significado (Freire, op. cit., p. 52).

A ignorância da forma pela qual o poder age é parte essencial de sua eficácia – a eloqüência do poder está no silêncio que produz (Bernstein, apud T. T. Silva, *Teoria e Educação*, n.º 5, p. 141).

O poder textual incorpora o poder de selecionar, delinear e apresentar certos aspectos da experiência humana. Na proposta que aqui apresento, é papel relevante dos professores de literatura poder ajudar seus alunos a *destravar* os poderes ocultos nos textos, dirigindo o saber construído para outros usos, a fim de perceber seus próprios poderes de domínio da palavra. Se a educação literária representa relações sociais, essa dinâmica complexa se torna ainda mais responsável por atitudes políticas, fazendo da verdade literária um problema que requer respostas mais críticas. Mais que historiografia literária ou práticas críticas superficiais, educar pela literatura é o meio estético da representação cultural de poderes politicamente reconhecidos, a serem ensinados e aprendidos sem reverência, mas com um olhar de consciência crítica.

Acredito que todo e qualquer estudante deveria ter acesso garantido às diversas formas de construção, aos diversos papéis que lhe são propostos, ou exigidos, como leitores e alunos de literatura. O processo de compreender a inter-relação de ideologia, língua e poder através de diferentes pensamentos teóricos deve fundamentar a educação literária.

O que a prática literária escolar vinha demonstrando era a opção por uma pedagogia de (múltiplos) silêncios, revelada quando nós, professores, nos recusávamos a desmistificar os saberes canônicos, a esclarecer relações de dominação e gênero, etnia, subordinação de classes sociais, nos escondendo por trás de programas, currículos e medos convenientes, para evitar o desconforto de ambientes pedagógicos emancipadores dos quais nossos alunos sairiam fortalecidos.

Há silêncio no sufocar nossos alunos com *amor*, no olhar benevolente da professora que os defenderá da autoridade, alimentando uma ação semimaternal para compensar e ocultar suas várias deficiências teórico-conceituais e político-pedagógicas. Ocultar para não as enfrentar e discutir. Silêncios também prevalecem quando o ato de ensinar se faz para os exames, ou quando o nível é rebaixado em nome de estratégias superficiais pseudo-alternativas. Ou mesmo quando nós, professores, expulsamos de nosso convívio as poucas vozes desafiadoras que enfrentam um poder equivocado em nossas salas de aula.

Alunos de literatura nos ambientes urbanos nem sempre são silenciados pelo medo da autoridade repressora: principalmente o silêncio pode decorrer de seu próprio desconforto social. Levados a crer que literatura não é para eles, são convencidos da necessidade de complementação das leituras textuais com idas ao teatro, com a aquisição de revistas e publicações literárias, do alargamento de seu conhecimento literário através do domínio dos/pelos clássicos, do cânone, da Bíblia, da "alta cultura". Testemunhei o estranhamento e o desconforto dos alunos de Pennie, silenciados no Teatro Barbican assistindo a uma montagem de *Rei Lear*, de Shakespeare, porque os freqüentadores habituais ao seu redor discutiam produções anteriores, comparavam cenários e figurinos, no intervalo, enquanto bebericavam vinho branco. Àqueles alunos não havia sido dado o poder necessário para resistir à intimidação socioeconômica, valorizar o reconhecimento de suas próprias culturas, ou para encontrá-las literariamente representadas. A educação literária falhou com eles, por não lhes ensinar subjetividade, identidade e conhecimento, por não tê-los fortalecido teoricamente. Em vez disso, esperava-se que eles é que "ascendessem" até onde estavam os valores brancos, masculinos e de classe média, carregando consigo o deslocamento, a inadequação e o silêncio, enquanto aprendiam a internalizar uma agenda de invisibilidade e erosão de seus próprios valores culturais pelo estudo de textos literários, através de uma crítica "pragmática" que, na verdade, só lhes ensina a concordar e a se submeter.

Walkerdine fala da dificuldade da educação de crianças não-brancas e da classe trabalhadora dentro dos regulamentos e estratégias. O problema, segundo ele, é que essas crianças raramente correspondem à expectativa docente de alunos ideais (op. cit., p. 21). É assim que a literatura e sua agenda valorativa militam contra o poder de falar, criticar e agir em modos condizentes com os interesses dos alunos. O fortalecimento dos estudantes para a participação política ativa e crítica exige que suas experiências e vozes sejam valorizadas através de um sentido de "agenciamento crítico", um papel transformador que lhes permita nomear e dar voz a suas experiências através do exame crítico dos discursos que atribuem significado a tais experiências, conforme afirma Luke (Luke e Gore, pp. 35-6).

Capacitar alunos através de instrumentos críticos de análise permitirá que entendam as forças que delineiam sua ação, articulando suas experiências e a compreensão de si próprios. Na sala de aula de literatura isso parece possível através da apropriação crítica e reflexiva do domínio das teorias críticas literárias. Dessa maneira, a literatura poderá ultrapassar as estruturas e limites atuais, metáfora dos valores culturais hegemônicos, passando a se constituir metáfora do fortalecimento social, assistindo os alunos no entendimento e engajamento no mundo, e ainda os capacitando a interferir na ordem social, se necessário. Mais que "dar" instrumentos analíticos aos alunos, os próprios professores devem ter segurança na utilização desses meios de leitura, análise e interpretação, para que possam mediar o acesso do alunado a tais instrumentos e facilitar práticas concretas. Para Freire, fora da indagação e da prática indivíduos não podem ser verdadeiramente humanos. O saber surge apenas através da invenção e da reinvenção, através da indagação esperançosa, contínua, impaciente e constante que os seres humanos buscam no mundo, com o mundo e com o outro (1996, p. 53).

Exigir a *voz* dos alunos pode ser também um princípio opressivo de perpetuação das relações de dominação para controle, limite e disciplina do falante. O som da voz, o falar, conforme alerta Orner, dentro de contextos históricos específicos, pode significar revelar ou confessar informação pessoal na presença da autoridade que o professor representa (in Luke e Gore, pp. 74-6). Assim, silêncios podem ser atos de defesa, resistência e participação, contraditoriamente mais eloqüentes que corais sonoros. Somente a combinação de reflexão teórica e práticas críticas e consistentes poderá combater a educação "digestiva" ou "nutritiva" (Sartre, apud Freire, 1996, p. 57), permitindo as vozes autênticas de subjetividades sociais, políticas e culturais reconhecidas especificamente e desenvolvidas teoricamente.

> ... o conceito de voz cobre terrenos literais, metafóricos e políticos: em seu sentido literal, a voz representa o discurso e as perspectivas do falante; metaforicamente, a voz cobre a inflexão, o tom, o sotaque, o estilo e as qualidades e sentimentos que o falante quer dar; e politicamente, um compromisso com a voz atesta o direito de falar e de ser representado (Mimi Orner, op. cit., p. 76).

Os professores de literatura preocupados em evitar a imposição do "apelo à voz" dos alunos devem estimular suas tentativas incipientes e provisórias nas salas de aula. Atentos não apenas às relações mutáveis de poder nos múltiplos níveis da vida social, eles também devem considerar as múltiplas posições, vozes, prazeres, tensões e contradições que todos os sujeitos apresentam em todos os contextos históricos. Silêncios também mediam aspectos da língua e do inconsciente, e permitem às diferenças emergir, com todas as interrupções, descontinuidades, confusões e dilemas que fazem parte da dinâmica pedagógica e que oferecem os maiores esclarecimentos e possibilidades de mudança. O que Freire chamou a "cultura do silêncio", ou seja, a recusa em falar na presença do opressor como forma de defesa ou resistência, pode desaparecer nas salas de literatura que visem à democracia das sociedades e das culturas.

Teoria, dificuldade e o "bom leitor"

Os programas de estudos examinados nos dois países incluíam, entre seus objetivos declarados para a educação literária, tanto o desenvolvimento de habilidades de leitura como a aquisição de hábitos de leitura formalmente vinculados ao prazer. Acredita-se que, lendo literatura, a pessoa aprenderá através das experiências das personagens, podendo encontrar soluções para problemas que, de outra forma, permaneceriam insolúveis.

Até agora ainda não encontrei nas prescrições curriculares ou nos programas de literatura nenhuma indicação de que um bom leitor deva se preocupar com questões sociais, culturais e políticas, a serem exploradas nos textos literários. Até mesmo a abordagem histórico-biográfica prescrita no Brasil evita a interdisciplinaridade, pois não se trata de proposta pedagógica construída sobre inter-relações históricas envolvendo políticas, economia social, relações raciais, temas de gênero: isso iria exigir um currículo construído sobre sólidos valores democráticos e intercâmbio aberto e informado.

Ao focalizar o desenvolvimento de habilidades de leitura, a maioria dos alunos entrevistados nos dois países declarou que estudar literatura, de maneira geral, estava provocando seu afastamento da leitura como lazer e prazer eletivo.

Os alunos do Colégio Urbano na Inglaterra afirmaram que, após iniciar os estudos adiantados, percebiam o ato de ler como atividade de análise detalhada com a qual se sentiam comprometidos. Assim, ler se tornara tarefa a ser cumprida, e *prazer* estava fora da pauta. Por sua vez, os alunos brasileiros, como já citado, pressionados e sobrecarregados pela imposição de memorizar dados factuais somados à leitura fragmentada dos textos estabelecidos, se sentiam desviados da leitura devido ao estudo de literatura na escola.

Outro problema mencionado especificamente pelos alunos da Escola A, no Brasil, foi o fato de que estudar literatura na escola negava a possibilidade de engajamento político explícito, tanto pela circunscrição do cânone a obras desvinculadas de seu universo de interesse cultural e político – por tema ou tratamento pedagógico – quanto pela prescrição de critérios quantitativos na preparação dos exames, sem reconhecer que essa é, em si, uma opção politicamente determinada.

Até mesmo os alunos brasileiros cuja experiência anterior de leitura fora positiva e satisfatória até o início do ensino médio, à medida que iam se aprofundando no programa de estudos, sentiam decrescer seu interesse na leitura para auto-satisfação ou prazer estético. A mesma medida servia para sua classificação como "maus leitores" pela escola, não sendo íntimos do tipo de leitura validado pelo sistema. Aos poucos foram levados a acreditar em seu descrédito como leitores, acabando por colocar o currículo como "o prêmio inatingível" (Cain, p. xix).

De modo menos implícito, a confusa amálgama de informação histórica e biográfica definida como "teoria" literária pelos professores brasileiros não garantia aos alunos conhecimento literário, poder de crítica ou um lugar na galeria seleta de leitores de literatura. Não praticavam, tampouco, o que Graff chamou "retorno à visão histórica da literatura", que mostrava aos alunos a perspectiva crítica através da qual seria possível ver a riqueza e a pobreza do contemporâneo (Cain, p xxiv). Estudar literatura na escola brasileira de ensino médio, até o ano 2000, acabava por instilar nos alunos a memorização de dados informativos sem reflexão afetiva, psicológica ou politicamente ligada ao passado ou ao presente. Os "bons leitores" eram os que se deixavam conduzir à ignorância dos poderes transformadores da literatura e da educação e que escapavam das escolhas possíveis propostas pelas pedagogias de conscientização crítica.

Na Inglaterra, sem uma proposta clara do que se deveria examinar no texto literário, a prática de análise detalhada convidava a buscas impressionistas por beleza e preciosidades morais, evitando conseqüentemente que os alunos adquirissem o entusiasmo necessário para penetrar no texto e em suas questões relevantes.

Com freqüência, leitores/alunos rejeitam um texto sobre o qual se cria o estigma da dificuldade. O que significa dificuldade literária? O que determina a legibilidade de um texto? Segundo Kress[1], há uma visão oriunda das noções do "uso normal da língua" e do seu "distanciamento da linguagem literária". E há outra, que deriva do aparato técnico construído sobre os textos. Para Purves, a dificuldade é um aspecto da avaliação que o indivíduo faz da natureza do objeto e também de sua capacidade de lidar com aquele objeto (p. 1). Em termos de sala de aula, a dificuldade parece estar no que deve ser testado e como será testado. Os examinadores classificam alunos numa escala determinando sua atuação, buscando respostas certas e definitivas.

Porém, como alerta Chafe, há certamente um valor comercial e político na classificação de determinado escrito como mais legível que outro, fazendo da legibilidade um tópico altamente complexo e multifacetado, cuja compreensão total requer um entendimento de muitas disciplinas, talvez mesmo de técnicas de pesquisa ainda não completamente desenvolvidas (in Purves, pp. 8-9).

1. Opinião apresentada oralmente durante discussão em encontro de orientação de PhD no Institute of Education em abril de 1996, reproduzida aqui com sua autorização.

Um elenco de questões discursivas deve ser levado em consideração ao classificar a legibilidade de um texto, incluindo-se diferenças de linguagem e de cultura, novas informações, valores e referências feitas pelo autor. Isso apareceu claramente nas aulas observadas, com textos analisados pelos professores com participação mínima dos alunos e, em especial, nas escolas inglesas, onde referências bíblicas e clássicas pareceram adquirir importância maior que o próprio texto literário. Sem as fontes de referência, os alunos se tornam cada vez mais dependentes do saber e da *tradução* docente.

O aluno médio não sabe lidar com literatura de modo independente, levado a pensar que a caça a alusões é competência exclusiva de professores de literatura e, portanto, situada além de sua apreensão e compreensão. Bowers sugere a incorporação de uma perspectiva contracultural nas unidades curriculares, para ajudar a superar a dificuldade de reconhecer categorias e pressupostos conceituais na base do pensamento discente (p. 93).

Quando a literatura é estudada através da estratégia de "pescar" a mensagem do autor para que o processo interpretativo aconteça nas salas de aula, ou, por outro lado, se o texto é apresentado como artefato auto-suficiente e descontextualizado, as dificuldades parecem insuperáveis e muito além das limitadas capacidades que o aluno tem de inferir ou de intuir. Em vista de um texto caracterizado pela ambigüidade e dificuldade, uma gama de interpretações tem que ser oferecida, como propõe Birch (p. 23), quebrando o mito e tornando acessível o que parece inacessível[2].

---

2. Corcoran explica que a *acomodação* (proposta por Eco) implica a plena aceitação pelo leitor dos requisitos das convenções discursivas; a *oposição* (proposta por Giroux) para substituir a acomodação envolve a recusa em aprender padrões e convenções de dada comunidade discursiva, enquanto a *resistência* (para Giroux) oferece a possibilidade e a necessidade de rejeição pelo leitor das tentativas de armadilha ideológica contidas no texto. Corcoran propõe seis constructos texto-leitor, que consideram as forças modeladoras da história, da cultura e da ideologia. Eu os chamaria modelos *canonicistas* (leitor respeitoso, receptivo e deferente ao texto como artefato hegemônico), *neocrítico* (foco nas palavras da página, leitor como soluciona-

Adams acredita que o conceito de dificuldade literária surgiu do estabelecimento do mistério religioso no texto sagrado, a ser guardado e regulamentado por uma classe especial; e também da defesa dos trabalhos de ficção, para não serem identificados como "inverdade". Assim, o texto ocultaria sob a superfície literal ensinamentos valiosos, freqüentemente resguardando uma superfície política ou moralmente suspeita (H. Adams, in Purves, pp. 23-4). A dificuldade ou obscuridade textual seria uma virtude positiva. Também a leitura da poesia freqüentemente é associada à dificuldade:

> que ninguém ache facilidade na leitura de poesia; para obter tudo o que for possível, que se esteja preparado para uma profunda reflexão se necessário, posto que a poesia é o produto de uma mente aguda e sensível (Birch, p. 62, citando James Reeves).

Ler poesia requer "pensamento inteligente sobre a natureza do pensamento", pois a verdadeira literatura "é o produto de mentes disciplinadas" (Leavis, 1975, p. 13). Dessa forma, a falha em reconhecer os elementos demonstrados indicaria, no mínimo, falta de sensibilidade de leitura ou estreiteza do pensamento.

Na maior parte do tempo, o sistema escolar falha por não prover os alunos com os instrumentos lingüísticos de expressão de sua compreensão intuitiva ou das teorias que aprofundam e ampliam problemas e conceitos. Rose, professora do Colégio Urbano para quem a "leitura é uma desculpa para os alunos treinarem a escrita", sem nenhum suporte teórico além de correção e reescritura pavlovianas, acredita que o sistema conta com um tipo de "osmose", conhecimento ou capacidade intuitiva baseada em padrões usualmente

---

dor de problemas lingüísticos no texto objeto artístico), *subjetivista* (texto como estímulo subjetivo a um leitor original e único), *representacional* (texto como resumo estético e leitor como parceiro transacional), *documentacional* (texto como documento semiótico-estrutural para um leitor passivo consumidor de textos, à mercê de códigos culturais e convenções literárias) e *discursivista* (texto como formação discursiva e o leitor como sujeito textual, espaços de desunião e conflito) (Corcoran, in Many e Cox, pp. 50-5).

associados às classes médias. Nas sociedades capitalistas, ler e escrever, embora atividades simples e fundamentais, são "formas de regulação e exploração além de modos potenciais de resistência, celebração e solidariedade" (Batsleer et al., p. 5).

A crítica implícita e intrínseca se apóia em pressupostos associados ao mito da dificuldade. Os textos especiais, qualificados como literários, têm valores e qualidades específicas, tendo sido escritos por pessoas especialmente sensíveis: a expressão "complexa e opaca" é empregada às experiências individuais (Birch) como aura distinta e rara. Seu significado se localiza dentro do próprio texto, como um sistema invariável de auto-contenção determinado pelo crítico privilegiado, um "arqueólogo literário". É assim que se impede que alunos e leitores comuns tenham acesso aos valores culturais e ideológicos dos sistemas e teorias "por trás" das leituras (Birch, p. 86).

Oportunidades acadêmicas permanecem vinculadas aos níveis socioeconômicos de apreciação e conhecimento. Os professores que adotam uma atitude *laissez faire* nas aulas de literatura freqüentadas também pelas classes trabalhadoras limitam suas chances de participar na competição pela educação superior. Assim, o estigma da dificuldade que cerca a literatura como disciplina de estudo é uma questão de teorizar ou não o currículo, mais ainda do que limitar o acesso de estudantes às obras literárias.

Enquanto na Inglaterra os alunos do Colégio Urbano – que haviam sofrido os problemas sociopolíticos das diferenças socioeconômicas, aliados aos vários tipos de preconceitos socioculturais e políticos – demonstraram preocupação com as diferenças, os alunos brasileiros da Escola A foram os que apresentaram uma percepção mais clara dessas mesmas diferenças. Foi revelador ouvir um aluno elogiar a professora de literatura que era boa por simplificar e tornar problemas acessíveis, e que, mais que tudo, "dialogava com eles". Parece que a dificuldade se torna uma meta elitista alcançável através de estratégias de poder que negam a simplicidade. Entretanto, a *simplicidade*, outro construto ideológico, não pode ser confundida com a ausência de complexidade reflexiva. Querer que alunos menos privilegiados tenham acesso somente às formas de conhecimento que são simples, fáceis e de utilização prática imediata pode ser politicamente pernicioso para um país e suas culturas, reduzindo os múltiplos problemas a um mínimo denominador comum. É em nome da abolição das dificuldades que cada vez mais se sugere a eliminação da literatura dos currículos escolares, empregando-se melhor o tempo dos alunos com outros materiais textuais que não os trabalhos literários[3].

A literatura é tão difícil quanto as demais disciplinas de estudo, com métodos próprios, abordagens, estratégias e teorias fundamentais. Sem instrumentos para pensamento, reflexão, troca e engajamento político, educar pela literatura continuará sendo obrigação difícil, seletiva, desagradável e impopular (no Brasil) ou escolha equivocada (na Inglaterra). Causas políticas se constroem através de uma relação lógica de causa e efeito. Assim sendo, questionar a dificuldade literária requer questionar certezas, o *status quo* e as forças, em busca de seu desenraizamento. Para que os comentários discentes sobre a dificuldade de lidar com textos literários não caiam no vazio, é necessário especificar que instrumentos lhes têm sido oferecidos além do professor como a única fonte de saber e de respostas definitivas na Inglaterra, ou como o tradutor das verdades históricas encontradas nos livros didáticos, no Brasil.

No quadro encontrado, a literatura era difícil devido ao método pedagógico único utilizado, sem a consideração de outros modos de tratamento das dificuldades. Sem uma teoria de educação literária, alunos continuarão os objetos dependentes sobre os quais Davies escreve, colocados intransitivamente no pólo oposto ao profissionalismo intelectivo de seus professores (T. Davies, in Green e Hoggart, p. 91).

3. Essa meta foi atingida com os Parâmetros Curriculares Nacionais, aprovados em 1999.

A dificuldade se traduz visualmente como enfado e passividade ante os métodos desagradáveis e a falta de comunicação interativa. A dificuldade literária, assim, representa de forma definitiva as práticas sociais e culturais de exclusão encontradas na escola.

Uma democracia pedagógica de culturas sociais

Uma proposta pedagógica voltada para a democracia sociocultural dentro e fora das salas de aula deveria começar por ouvir as vozes dos estudantes. Enquanto no Brasil professores foram vistos batalhando contra um programa de estudos interminável a ser espremido em diminuta alocação de tempo, preferindo trabalhar leituras literárias através dos sentidos e das emoções, se lhes fosse dada a escolha, seus alunos declararam a opção pela concentração de esforços de leitura nas mudanças sociopolíticas recentes no país. Ao mesmo tempo, percebiam que o conhecimento da informação historiográfica factual significaria uma agenda mais objetiva e emancipadora para os exames vestibulares.

Apesar de aparentemente mais fácil, a proposta do paradigma inglês, baseado em resposta pessoal, levada para discussão com alunos e professores no Brasil, foi rejeitada. O modelo inglês foi considerado difícil e amorfo, e, por conseguinte, passível de um autoritarismo mais agudo, centrado no professor. Os mesmos professores e alunos concluíram que o modelo historicista não seria totalmente prejudicial aos estudos literários, desde que fatos recentes fossem considerados nas análises, e a história contemporânea fosse entrelaçada com as representações literárias.

Do outro lado do mundo, vozes inglesas clamavam por interação. Unidas no estigma da dificuldade e do tédio, tanto a clientela branca de classe média do próspero povoado quanto a clientela predominantemente não-branca de classe trabalhadora do Colégio Urbano pediam para serem vistas e ouvidas, embora apenas aquelas sejam o alvo desejado das representações literárias. Nenhum grupo inglês se declarou fortalecido, representado ou identificado pelo currículo hegemônico, embora o nível de complexidade das questões tratadas aparecesse com mais força e visibilidade em meio à clientela do colégio. Democracia cultural, dizem alguns críticos, depende de recusar reconhecimento à superioridade ideológica dos valores literários. Kress propõe o uso simultâneo de "textos literários, mundanos e esteticamente salientes" nas salas de aula, que sejam examinados e tratados com igual respeito e rigor. Em minha visão, tal proposta poderia reforçar a dicotomia sociocultural das práticas escolares, pois artefatos literários tenderiam a ser evitados para alguns alunos, os "menos iguais", em nome da dificuldade, do possível tédio, da relevância pragmática; e a construção de saber sobre teorias críticas permaneceria, dessa forma, inacessível. Além disso "gosto", conforme explica Scholes, continuaria sendo uma norma cuidadosamente inculcada, limitada pela aquisição prévia de normas genéricas e padrões sociais, e estabelecida por uma classe social poderosa (p. 24).

A democracia cultural só chegará a todas as salas de aula de literatura através do acesso amplo às formas de produção de saber e à utilização das diferentes teorias críticas, não como receitas sintéticas, mas como ferramentas válidas para fortalecer todos os envolvidos. Essa será a real contribuição para a aquisição e o desenvolvimento da autoconfiança discente no tratamento dos textos literários, dessacralizados e acessíveis a todos, permitindo o diálogo amplo, explicando falhas e desenvolvendo perspectivas para o encontro de leituras textuais e contextuais bem-sucedidas. E, acima de tudo, representando para os alunos de literatura na escola a possibilidade de criar conhecimento teórico, na reflexão sobre a ação de leitura.

Giroux escreveu em 1994 que professores e acadêmicos educacionais tendem a ver *teoria* como uma intrusão desnecessária, freqüentemente confundida com *métodos*. Teoria é um conceito perigoso na educação conservadora, em que suas fronteiras são mais difíceis de policiar. Por outro lado, a associação entre *educação* e *vocação* vem resultando no enfraquecimento da teoria como campo para trabalho sério de reflexão. Reconhecer a competência pedagógica dentro de políticas de conhecimento, poder, agenciamento coletivo e luta social pode mudar e ampliar a educação, posto que a teoria literária é parte dos debates acadêmicos que circundam a reconstrução e ativação das "culturas públicas críticas" (Giroux, 1994, p. 110).

Pragmatismo como prática social

Não podemos conceber a teoria literária como campo acadêmico desproblematizado, alienado das realidades sociais e dedicado a tradições limitadas assentadas sobre valores patriarcais e elitistas. A educação literária é o *locus* ideal dos discursos pós-estruturalistas, feministas, pós-modernistas e pós-colonialistas, e da construção teórica para as sociedades emergentes do final do século vinte.

Mudando as fronteiras disciplinares existentes, rejeitando a voz autoral do cânone e descentralizando as visões tradicionais do sujeito e da agência humana, a teoria literária explodiu sobre o cenário acadêmico e popular para se vingar (Giroux, 1994, p. 110).

O fortalecimento do corpo discente requer práticas sistemáticas situadas acima da rejeição acadêmica dos discursos simbólicos, buscando não somente processos de representação, autoridade textual e construção de identidades aparentemente liberais, mas também tratando de preocupações políticas e materiais, a interseção entre teoria literária e pedagogia crítica (Giroux, p. 111).

Falar em pedagogia crítica é se referir a práticas pedagógicas baseadas na discussão teórica da problematização e da conscientização multicultural, com um enfoque especial sobre questões de diversidade social e cultural. Há uma grande diferença filosófica entre a prática apoiada no pensamento teórico problematizado e o pragmatismo pedagógico apoiado em tentativas de ensaio-e-erro acríticas e irresponsáveis, destinadas a obter respostas socialmente aceitáveis, como no modelo inglês, ou passeando acriticamente pelas alamedas da memória, como no Brasil.

Práticas pedagógicas não-opressivas de estudos literários exigem a inserção de questões políticas nos programas, métodos e objetivos de ensino e aprendizagem. Isso requer a revisão de textos e autores da literatura, o repensar das abordagens democráticas, a avaliação dos silêncios que preenchem turmas e salas de aula de literatura. O limite não será estabelecido por práticas individuais e heróicas, os feitos de professores isolados, percebidos no espaço escolar como mais competentes, comprometidos ou dispostos a ações de risco.

Concordo com Giroux que os estudos literários podem ser, preferencialmente, o *locus* divergente de categorias históricas, estéticas e sociológicas (p. 112) transcendendo um corpo canônico de saber. Insisto, porém, na premissa de que textos literários deveriam continuar sendo a base dos estudos de leitura e literatura, desmistificando a aura de dificuldade, inacessibilidade e seletividade. Ao mesmo tempo, esses estudos deveriam oferecer elementos teóricos fundamentais para o fortalecimento dos estudantes como leitores, críticos e escritores, se for o caso.

Acredito no conhecimento teórico como eixo central da *transleitura* pedagógico-literária que proponho; seu pano de fundo será sempre político, social e cultural, e integrará o trabalho literário de professores e alunos nos variados níveis do saber formal. É o saber teórico que pode fazer da educação literária uma prática concreta com resultados visíveis, em vez de assunto obscuro, "elevado" e ideologicamente comprometido com o poder encontrado nas salas de aula; é a reflexão teórica sobre o percebido, o observado (a ação) que poderá reforçar os papéis discente e docente de agentes de seu próprio conhecimento e transformação social e pessoal.

Ao deixar as torres de marfim acadêmicas para mediar a educação literária em todas as direções possíveis, o saber teórico cumprirá seu papel na compreensão do poder discursivo e da autoridade social, pois a importância da teoria não está apenas na fundamentação pedagógica, mas na prática política.

... se educadores fizerem a distinção entre ensinar teoria como um corpo de conhecimento que informa a compreensão que os alunos têm do mundo e a prática de teorizar como uma atividade pedagógica da qual os alunos realmente participam, torna-se possível afirmar a importância mútua de ambas as práticas sem que uma anule ou apague a outra (Giroux, pp. 116-7).

Somente recusando-se a sustentar crenças alheias como suas, em direção a modos alternativos de pensar e agir, é que os alunos irão desenvolver sua própria clareza de percepção, crenças, valores e ideologias político-pedagógicas no estudo de literatura. Esse é o caminho para ultrapassar conceitos teóricos estabelecidos, na competência de se engajar eles mesmos em questionamentos sobre teorias. O objetivo desse exercício, através da interrogação de textos literários e sociais, é incitar a insubordinação crítica, deixando que diferenças sociais, culturais e individuais possam emergir, ao mesmo tempo oferecendo um "espaço do possível", no qual a responsabilidade intelectual seja chamada a esclarecer continuamente questões de consciência, desejo, *self* e identidade social (Giroux, p. 117).

Os caminhos possíveis de entretecer teoria literária e pedagogia crítica para a emancipação de alunos/leitores como sujeitos sociais indicam o aumento da visibilidade da relação entre autoridade, poder e conhecimento, tanto na sala de aula como ambiente inicial de interrogação das práticas sociais e políticas quanto nas interações sociais mais amplas. Essa proposta se confunde com a chamada "teoria como resistência", "pedagogia do enobrecimento" ou "teoria da inteligibilidade", que Giroux apresenta e define como uma interrogação nas redes de inteligibilidades sociais produzidas pelas atividades discursivas de uma cultura (1994, p. 120). Entendo que o ponto central da proposta está na problematização crítica das relações entre professor e alunos, entre os próprios alunos e entre alunos e textos, em um contexto de multiculturalismo social. Ler e escrever literatura, mais que uma pedagogia crítica de representação, pode mediar o conhecimento da cultura mais ampla em termos políticos, ideológicos e históricos.

Avaliação literária como avaliação social

As perguntas feitas aos professores – "como geralmente planejam suas aulas" e "quais seriam suas principais dificuldades profissionais" – e aos alunos – "como ensinariam literatura" – pretendiam esclarecer os objetivos e as práticas vistas e os objetivos e as práticas desejadas. Isso se explica devido ao fato de que processos de avaliação estão freqüentemente associados ao planejamento de objetivos, métodos e estratégias, e o planejamento como um estágio do ensinar como identificação do tipo de educação que se deseja. Segundo Freire, no conceito bancário de educação ambos os estágios (a cognição de um objeto cognoscível pelo professor e a explanação aos alunos sobre aquele objeto) são propriedade exclusiva do professor, em nome da preservação da cultura e do conhecimento. O método de apresentação de problemas opostos não delimita a distinção entre atividades cognitivas e narrativas, pois ensinar é sempre um ato cognoscitivo, e objetos cognoscíveis não são propriedade privada do professor; os alunos são co-investigadores críticos no diálogo pedagógico (Freire, 1996, pp. 61-2).

Embora alguns dos professores ingleses entrevistados considerassem o volume crescente de trabalho burocrático uma de suas maiores dificuldades, por tirar tempo de suas leituras, todos indicaram a falta de comprometimento dos alunos ou sua limitada competência de leitura como problema sério. No Brasil, além da permanente falta de recursos aflitiva para todos os que trabalham nas escolas públicas estaduais, alguns professores se ressentiam da realidade de ter alunos de "Terceiro Mundo", metáfora autofágica para sul-americanos de baixa renda com limitada experiência de leitura. Seu ideal era uma clientela de alunos de literatura brancos, de classe média, habitantes de um certo "Primeiro Mundo", donos de uma supostamente ampla experiência literária. Essa avaliação sociopolítica reitera a baixíssima autoestima social enraizada e comumente encontrada nos países colonizados, para os quais a cultura importada tem melhor qualidade e um valor mais elevado. Em vez de questionar seus próprios métodos de ensino, sua competência literária e compromisso político, tendo alunos reais como sujeitos de aprendizado, professores agilmente indicam as "deficiências" geográficas, climáticas e culturais ao avaliar o fracasso discente no sistema educacional. Isso faz parte de um problema complexo e mais amplo. Educados para lidar com turmas cheias dessa clientela ideal (étnica, socioeconômica e culturalmente) através de teorias e métodos inadequados e importados, os professores muitas vezes se decepcionam com a realidade e alimentam profecias auto-realizadas de fracasso e incompetência. Negam a necessidade de preparar materiais pedagógicos que colaborem para a co-construção de conhecimento relevante, a necessidade de ler, expandir horizontes e se engajar na problematização pedagógica, de lutar por uma implementação curricular relevante e teoricamente fundamentada. Mais que se identificar com seus alunos de escolas estaduais de classe trabalhadora, muitos professores na verdade prefeririam trabalhar apenas com a clientela de classe média (supostamente) endinheirada encontrada nas escolas particulares dos bairros "nobres" da cidade.

A avaliação consistente dos objetivos pedagógico-literários, dentro da proposta pedagógica de transformação individual e social, deveria ser a extensão coerente dos objetivos e métodos prescritos para a implementação de metas objetivas. Se a aquisição de conhecimentos literários na escola é avaliada através dos testes de compreensão de determinados textos, ou do treinamento de alunos para costurar as anotações ditadas pelos professores na turma, a resposta estará cada vez mais distante de se tornar responsabilidade literária, e o círculo se completará na implementação de um currículo de literatura brotado da história literária ou da análise detalhada, em vez de experiência e significação[4]. Embora os textos literários remetam a experiências anteriores que os leitores têm da palavra, do mundo e de si mesmos, a avaliação literária encontrada em muitas sociedades não favorece a aproximação discente do ato e da obra literária, através de leituras pessoais e socioculturais variadas. Principalmente por não haver uma provisão curricular própria para tratar a diversidade cultural e os vazios formativos de teoria entre os próprios profissionais. O espectro da avaliação literária dos dois países simboliza a negação do conhecimento anterior dos alunos, sua contribuição cultural à educação literária e a negação do prazer e da participação crítica em uma pedagogia do silêncio e do controle. O sucesso nos modos de resposta pessoal exige "saber o que o professor quer" e "entregar de bandeja"[5].

Trata-se de processo de aprender o que dizer sobre literatura da forma adequada. Escrever, de fato, é mais um teste

4. A categorização proposta por Robert E. Probst fundamenta a experiência literária em seis categorias: o conhecimento do *self*, dos outros, dos textos, dos contextos, dos processos (de significação) e a busca do prazer (in B. F. Nelms, op. cit., p. 27).
5. Um "bom" aluno de literatura (J. D. Marshall, in Nelms, op. cit., p. 50) explica o método: "a primeira coisa que faço é só um esquema do que vou fazer. Pego um assunto e escrevo um roteiro, que é sempre o mesmo. Para uma composição de cinco parágrafos, a primeira coisa é escrever o número I em romanos, com a palavra 'intro' e aí escolho a,b,c, o que vai me dar três parágrafos intermediários; melhor fazer um rascunho do primeiro parágrafo, porque seus pensamentos vão mudando e fica péssimo ter que rabiscar. O resto vem sozinho. A conclusão é só reescrever a tese". Outro aluno: "Isso é sempre muito técnico. Automático. A primeira frase é sempre 'No romance/biografia de...' e aí vem o título; aí você põe um exemplo para cada personagem, compara as duas pessoas e faz a conclusão. É isso aí. É completamente previsível." Um terceiro aluno diz: "Na aula de inglês sempre falam que estão te preparando para a universidade. Quando você pergunta aos professores para que você está fazendo qualquer coisa, essa é a resposta definitiva: estamos preparando você para alguma coisa... Você não pode ler por prazer. Você tem que pensar nos símbolos. O que quer dizer o peixe? O que significa o carrossel? Não quer dizer nada pra mim" (pp. 53-4).

de compreensão dos alunos do que meio de construção dessa compreensão.

A pedagogia explícita permite uma rede objetiva para a avaliação dos alunos, inexistente nas pedagogias invisíveis, nas quais procedimentos de avaliação são múltiplos, difusos e de difícil mensuração, criando espaços de competitividade crescente. Conseqüentemente, esforços docentes isolados nem sempre atingem as relações de desigualdade e dominação em um sistema aparentemente imutável, reforçando o que os alunos identificam como dificuldade avaliativa.

Ambos os sistemas – inglês e brasileiro – se apóiam no estigma de dificuldade da educação literária para a manutenção do perfil elitista que atende à seletividade da escola. Ao mesmo tempo, nenhum modelo valoriza a construção e o significado cotidianos como co-construções múltiplas, complexas, abertas e mutáveis, embora certas práticas sejam consideradas mais eficientes que outras. A discussão das respostas dos alunos à questão de como ensinariam literatura – ou como gostariam de aprender literatura – implica a desconstrução da ênfase pedagógica na cognição e no poder como entendida por professores e educadores em geral.

O contraste inicial entre o silêncio dos alunos nas aulas e sua eloqüência como entrevistados remete a aspectos mais profundos das pedagogias de salas de aula. Embora em alguns aspectos lhes faltasse a fluência lingüística necessária para explicar seus pontos de vista como alunos, recuperaram a eloqüência ao responder à questão tratando da possibilidade de troca de papéis com seus professores: na Escola A foi sugerido o fortalecimento sociocultural através de estratégias críticas, conteúdos relevantes e participação ativa nos objetivos acadêmicos da sociedade. A clientela feminina da Escola B se fechou ao redor de tecnicalidades didáticas como processo e produto de sua própria educação, vendo literatura como um conjunto de fatos históricos a ser passado de turma em turma. E a clientela de classe média da Escola C, zelosa na proteção de seus valores e oportunidades sociais, expôs uma face reacionária ante os males da vida real (pedindo pena capital para criminosos, por exemplo) e aqueles retratados pela literatura.

Os alunos ingleses entrevistados apresentaram duas principais linhas de sugestões, que caracterizam duas realidades sociais na Inglaterra: por um lado, fora dos grandes centros urbanos, os alunos de literatura apresentaram questões que não ultrapassaram o enfado alimentado pelas abordagens pedagógicas apassivadoras, negando sua relação com regulamentos sociais e mecanismos de poder e controle, deixando claro que tudo estaria bem se os professores permitissem alguma discussão e a troca de opiniões na compreensão de textos literários, desconhecendo a existência de outras realidades de natureza política e social, bem como a questão de ambientes multiculturais e multiétnicos. Por outro lado, os alunos dos grandes centros, um grupo heterogêneo de sujeitos com variadas etnicidades, culturas, histórias, origens e forças sociais, acreditam que os conteúdos e os métodos de educação literária poderiam ser otimizados se fossem incluídas as múltiplas vozes sociais e culturais nas salas de aula onde o diálogo professor-aluno se baseava em valores, ideologias e interesses comuns: aqueles das classes privilegiadas que se supõe a literatura espelhe e represente.

Reafirmando as questões

Os silêncios dos alunos foram a mais forte representação das metáforas pedagógicas encontradas nas aulas de literatura. Professores de literatura não receberam a formação político-pedagógica adequada para ouvir suas vozes, nem seus silêncios. E, assim, a maioria de nós desconhece que as questões que levamos aos alunos são inevitavelmente valorativas, até mesmo as de aparência inocente sobre forma, vocabulário e elementos textuais. O que aconteceria se puséssemos o problema essencialmente nas mãos dos alunos? Quais seriam suas respostas, observações e perguntas sobre determinado texto? Que leituras eles iriam querer e precisar explorar? E que leituras trariam para as discussões em classe, que talvez jamais pudéssemos prever?

Até mesmo as estratégias pedagógicas de aspecto mais asséptico são carregadas de opções políticas, sendo assim crucial entender que a interação com os textos não se encerra na última resposta da discussão, ou com a última palavra no ensaio. Diz Scholes:

> se a sabedoria ou outra noção menos grandiosa tal como a conscientização elevada deve ser o fim de nossos esforços, teremos que buscar não o que o texto transmite ao aluno, mas o que se desenvolve no aluno ao questionar o texto (op. cit., p. 14).

Nenhuma abordagem exclusiva pode fornecer as ferramentas que irão instrumentar os alunos para a leitura independente que se cria na autoconfiança e na vontade de falar e ser ouvido. Entretanto, ao pedir aos professores entrevistados nos dois países que definissem os modelos crítico-teóricos que fundamentavam suas práticas, todos perderam a firmeza, quer negando a importância do conhecimento teórico crítico, quer confessando usar métodos intuitivos, que acreditavam funcionar no sistema atual e ser suficientes para aprovação nos exames. Assim como os alunos silenciaram em face das pedagogias de silêncio e passividade, professores de literatura silenciaram ao serem colocados face a face com o saber teórico, um problema que remete ao conflito entre as prescrições intelectuais acadêmicas, por um lado, e as exigências, dilemas e contradições pragmáticas encaradas pelos professores em sua rotina, pelo outro.

Relatos de práticas satisfatórias utilizando literatura nas escolas freqüentemente descrevem o encontro de professores com teorias críticas como linha divisória entre práticas insatisfatórias e experimentação entusiasmada apoiada em abordagens críticas múltiplas, levando a achados positivos com os alunos. Há relatos de professores cuja utilização de pressupostos teóricos na prática de educação literária em diferentes níveis de escolaridade contou com o entusiasmo da descoberta de instrumentos possíveis para a conscientização e otimização da disciplina (in Ben Nelms, op. cit., 1988).

Assim, acredito que os silêncios docentes podem ser entendidos através dos vácuos cognitivos e conceituais existentes em seu aprendizado e formação, que carecem de ênfase às teorias críticas sobre leitura literária, objetivos pedagógicos e processos educacionais. À frente de turmas caracterizadas pela diversidade, professores freqüentemente se acham munidos apenas de métodos acríticos dirigidos a uma clientela homogênea e irreal. Entender essa inadequação é o primeiro passo para práticas mais coerentes e avaliações mais sensíveis de si próprios e de seus alunos. A vontade de buscar e utilizar ferramentas que permitam realizações literárias e pedagógicas abrangem perspectivas culturais e sociopolíticas variadas para mediar questões de poder ideológico: professores terão que aceitar que são também alunos, que deles não se espera conhecimento total e abrangente; e que educar é trabalhar junto, com o propósito de encontrar meios de solucionar problemas. Como afirma Nelms, a cidadania na sala de aula prepara para a cidadania na comunidade de leitores/pensadores necessária à preservação da competência de ler e de ser livre, para professores e alunos (op. cit., p. 232).

Bogdan (1988) escreve que ler literatura contribui para o crescimento psíquico, através da indução e questionamento de certos estados mentais. Uma vez iniciado o processo dialético de engajamento e distanciamento, qualquer coisa pode ser trazida à consciência. Isso amplia os papéis dos professores de literatura, acrescentando também o de preservar a tensão entre o engajamento com o texto como afirmação e o distanciamento dele como hipótese:

> a leitura prazerosa de literatura dá com uma mão, e o estudo de sua criação artesanal, sua historicidade e ideologia tira com a outra. Mas é justamente essa capacidade que a linguagem literária tem de trabalhar contra si própria que valida sua sig-

nificação educacional como talvez a melhor ferramenta pedagógica que há para o crescimento individual e a crítica social (D. Bogdan, 1988, in Nelms, p. 244).

As vozes geralmente se calam nas salas de aula de literatura em que uma pedagogia de silêncios é apoiada no poder imposto como modelo moral, utilizando a literatura como material de doutrinação. Uma pluralidade de gêneros literários, autores, abordagens críticas e teorias literárias e pedagógicas pode proteger os alunos das ideologias subliminares e perigosas que limitam seu desenvolvimento enquanto leitores e sua conscientização como sujeitos sociais.

Bowers escreve que algumas áreas da experiência humana não são representadas no currículo, e um silêncio coletivo na sociedade como um todo as circunda. Isso é causado pela ausência de competência comunicativa ao focalizar e articular determinadas questões, ou pelo medo que sempre aparece quando não é mais possível escapar das escolhas existenciais impostas pela consciência crítica. A falta de representação foi chamada por Bowers de "silêncio audível" (p. 63). As respostas à minha pergunta sobre o papel político de cada professor, por exemplo, tratavam da questão de silêncios audíveis e da negação teórica do fortalecimento democrático.

O fato de que apenas um dos professores ingleses entrevistados declarou participar da política nacional, enquanto os demais preferiram se definir como seres "sociais" do que políticos, pode revelar um perfil profissional distanciado dos destinos públicos da nação, coerente com a agenda implícita que cerca outras questões sociais e culturais. Encontrei na Inglaterra uma postura freqüente de distanciamento das discussões sobre assuntos públicos em geral, o que parece se estender à educação literária, evitando que argumentos atinjam um nível desejável de clareza explícita. Deixa-se muito por dizer, a ser decodificado através das camadas de conhecimento previamente adquirido. O silêncio sociopolítico das salas de aula de literatura pareceu simplesmente seguir o padrão aceito de valores disfarçados.

Entre os professores brasileiros, entretanto, a discussão se deu em torno de argumentação política, principalmente da parte daqueles cujas práticas pedagógicas pareciam mais consistentes com o desejo de elevar os padrões discentes de consciência social, cultural e política. O discurso político encontrado entre professores e alunos brasileiros foi, em geral, aberto e explícito, enquanto o silêncio surgiu em relação ao confronto com problemas cotidianos, com a descrença no compromisso social das altas esferas do poder, um problema que mina a fé popular em futuros menos desiguais. Entretanto, pareceu limitada a compreensão do verdadeiro papel das pedagogias problematizadoras, as quais, no caso da educação literária, poderiam apenas ser realizadas plenamente por meio de uma opção pela teoria, aliada ao discurso político praticado. Sem abandonar os métodos puramente pragmáticos e comportamentais, os objetivos sociopolíticos dificilmente serão alcançados, e as práticas pedagógicas continuarão falhas, mantendo-se a superficialidade da conscientização política.

Conclusão **Respondendo às perguntas**

Para encerrar, gostaria de rever as perguntas propostas na introdução e as questões-problema que deram início a este trabalho. Ao tentar definir o perfil da educação literária, apresentei várias questões, uma das quais era a de que o estudo de literatura poderia levar: à formação de pessoas *melhores*, ao domínio de uma língua escrita mais *elevada*, à compreensão de fatos históricos, políticos e sociais. Tentei provar que o papel central da disciplina deveria ser o fortalecimento dos alunos para sua participação ativa e crítica na sociedade, através do exercício pedagógico de relações dialógicas com textos nas aulas de literatura, de um ponto de vista teórico e prático.

A educação literária como aqui proponho ajudaria a construir "pessoas melhores", no sentido de serem sujeitos mais competentes para validar a cidadania e nela se engajar, buscando a formação de comunidades democráticas. Não creio que exista o conhecimento puro de textos, de um ponto de vista filológico, porque valores ideológicos traspassam toda ação humana. Dessa maneira torna-se possível responder para que se estuda literatura e quais são seus objetivos na prática real de sala de aula.

A literatura não somente deveria permanecer nos currículos escolares, mas lhe deveria ser dado um papel mais central do que o que tinha até 1999, sem a tendenciosidade de gênero e classe social que cercava sua realização pedagógica. Extinta dos currículos escolares, mesclada ao ensino de língua nacional e à leitura, análise e interpretação de textos, a educação literária escolar perdeu força social, política e conceitual. Era, possivelmente, a única matéria que podia oferecer alimento para os sentidos e emoções em simbiose com conscientização cultural, social e política, em um aprendizado de prazer e autoconhecimento junto à aquisição de valores de participação política como sujeitos sociais: não existe a inteligibilidade pura sem um aspecto interior. A educação literária como a metáfora de entendimento individual e social, para uma inteligibilidade que pode ser educativa e prazerosa, se diluiu, absorvida pelos estudos lingüísticos através de textos. A leitura crítica e competente é fundamental para a cidadania; mas o saber multidisciplinar que fundamenta a proposta da educação literária transformadora teria um espectro de ação muito maior, mais profundo e pleno. Pois somente a literatura pode incentivar a sensibilidade do indivíduo para o artefato artístico através do desenvolvimento dos sentidos, das emoções e da razão. E o equilíbrio dessas forças é papel da educação literária, na construção de subjetividades pessoais e sociais. Sua principal contribuição para a educação escolar deveria ter sido a ligação entre sociedades multiculturais e desiguais através da promoção de uma consciência dos valores ideológicos que permeiam o gosto, a escolha e o poder literários.

Uma questão crucial para futuras reflexões sobre a recuperação da disciplina está na formação dos próprios professores, usualmente feita como treinamento em modos e ambiências antidialógicos. Por um lado, professores negam a importância da teoria em suas salas de aula, geralmente associando-a a privilégio e situação. Por motivos históricos, o saber teórico era freqüentemente dissociado da realidade, associado à tradição e à cognição pura, com "formalidade, poder e elegância" (Emig, in Moran e Penfield, p. 89).

É difícil e complexo resistir à tentação de deter o poder, como promete a pedagogia tradicional, para se tornar mediador do fortalecimento sociopolítico e do autocrescimento. A transformação de nossa sociedade em espaços de construção mais democrática requer professores que tenham e promovam o acesso a ferramentas teóricas que lhes informarão como atuar e que resultados esperar do ato de ensinar a alunos ativos e críticos. Mesmo sem espaço delimitado para o ensino de literatura na escola, professores precisam estar conscientes da necessidade de problematizar as relações de poder nos textos a serem lidos, literários ou não, bem como na vida social. E, a partir daí, educar seus alunos pelo texto, pela palavra, tanto melhor se artística.

Para não fomentar oposições esvaziadas e demagógicas, os professores devem abandonar a postura de "cabo-de-guerra" ideológico, rumo a um "mutirão" político-pedagógico, tornando-se, com seus alunos, leitores, críticos, intelectuais, teóricos, escritores, construtores. Educar pela palavra exige reflexão sobre modos de pensar e de fazer, exige repensar teorias literárias, pedagógicas e políticas dentro e fora das salas de aula, gerando "incertezas, confusões e vulnerabilidades" (Emig, p. 89). Bons professores de literatura deveriam ter por fundamento filosófico a investigação ou inquisição crítica, mantendo controle ativo de seu próprio aprendizado através do uso, da análise e da avaliação; a colaboração, com perspectivas múltiplas de cooperação social; e a teorização consciente, para a compreensão de princípios e a competência para transferi-los para outros contextos.

Freire já tratou da questão da validação da palavra dos alunos, na pedagogia para oprimidos e silenciados, propondo programas de alfabetização partindo de – e abrangendo – seu universo cultural. Uma das forças do trabalho de Freire foi a valorização genuína da cultura e do saber que cada pessoa traz consigo, não importando seu nível de escolaridade e alfabetização. O projeto de *Dinamização da Leitura* descrito em outro trabalho[1] também partiu do princípio de igual-

1. Dissertação de mestrado, *A dinamização da leitura na biblioteca escolar*, Faculdade de Educação – UFF, agosto de 1989 (mimeo.).

dade entre professores e alunos da escola de primeiro grau, dando audibilidade a suas vozes no diálogo com adultos, textos, valores culturais. Se muitas vezes não discutimos teorias em formato puro, isso não significa que elas não existam, ou que a prática delas prescinda: teorias são, primordialmente, construtos vivos. Não me parece possível propor uma democratização de relações sem levar em consideração o saber e a experiência que todos trazemos, o "atravessar fronteiras" que integra a sala de aula de literatura e de leituras. Giroux viu em Freire um teórico pós-colonial, trabalhando na cultura como "atravessador de fronteiras", reinventando tradições de transformação e crítica, jamais de submissão, reverência ou repetição (1994, p. 142). Como atravessador de fronteiras culturais, Freire entendeu identidade pessoal como "espaço de luta sobre a política de representação, o exercício de poder e a função da memória social". Para ele, o *lar* não é simplesmente o delimitar espaços culturais, sociais e políticos variados, cercando o indivíduo ou o grupo em determinada situação ou posicionamento. Acima disso, *lar* se refere aos "espaços culturais e formações sociais que agem hegemonicamente e como espaços de resistência". Um intelectual de fronteira deve romper com a relação humanista entre a identidade individual e a subjetividade coletiva, em um *projeto de possibilidades* (Giroux, pp. 143-4).

Neste estudo levantei questões surgidas de minha própria experiência como aluna, professora e professora de professores em uma sociedade desigual em que a educação literária vinha sendo tratada de forma pouco satisfatória, pouco experimental, pouco crítica e pouco problematizada. Julguei importante observar outra cultura e outra sociedade, focalizando as práticas de literatura na escola, para ampliar meu campo de visão através da experiência com outra realidade, buscando inspiração para melhor entender minha própria experiência literária e só então poder propor mudanças.

Essa meta foi alcançada. Vendo aulas, entrevistando professores e alunos de literatura na Inglaterra, fui tomando consciência do abismo social e cultural que permeia métodos indefinidos, limites e resultados pouco visíveis e que termina inevitavelmente por ser mais uma disciplina que, mais ou menos sutilmente, favorece os estudantes das camadas privilegiadas. Tomei consciência também de que uma das dificuldades centrais do currículo literário *informativo* das escolas brasileiras era a negação de sua importância para o conhecimento formativo dos alunos. Apresentada como combinação híbrida de estudos da língua com fatos históricos a serem memorizados acriticamente, a literatura se tornou um aborrecimento, apenas mais uma matéria para exames vestibulares. E isso, possivelmente, levou a sua extinção como disciplina escolar. Contudo, a leitura de textos literários sem a provisão de ferramentas ou teorias críticas, como no paradigma inglês, fez com que a educação literária contasse com um método de ensaio-e-erro que vem exaurindo o interesse e a autoconfiança dos alunos como leitores. Reforçar a repetição vã e a experimentação cega ao longo de três meses, lendo um só texto à exaustão, examinando pontos e detalhes indicados, analisados, explicados e ditados pelo professor, consistiu em mero exercício de resistência passiva distante da utilização da literatura como fonte de prazer, autoconhecimento e conscientização social, política e cultural.

Minha proposta não é simples. Para atingir seu potencial em plenitude, a educação literária precisaria ser reconhecida como disciplina transformadora e poderosa, por professores, alunos e professores de professores, por especialistas, acadêmicos e legisladores educacionais. É possível até que a educação literária ainda retorne aos currículos escolares, de forma autônoma, sem ter o destino triste das disciplinas extintas na década de 1980, como a filosofia e a sociologia. Para isso, creio que o primeiro passo a ser dado é o fortalecimento dos professores de literatura com o conhecimento teórico e prático que a matéria exige, para que os programas escolares e universitários se tornem ricas fontes de problematização.

Os estudantes brasileiros, por exemplo, se ressentiam do estudo de *Os Lusíadas*, de Camões, o poema épico habitualmente tratado de modo estático, situado em nicho histórico que oferece pouco desafio ou relevância a sujeitos socioculturais/leitores, principalmente em tempos de inquietações sociopolíticas multifacetadas. Embora nada haja de errado em relação ao poema camoniano, os métodos de análise e interpretação usados sempre foram positivistas, reduzidos a medidas, paráfrases, estudos da língua e ampliação vocabular. Entretanto, entender a grandeza de um império finado através de um elevado empreendimento literário pode iluminar a compreensão da luta histórica do ser humano por poder, aventura, riqueza, o que sempre encontrará ressonância em eventos atuais.

A proposta exige um tipo de saber histórico que não entende a história como fim em si mesma. Aprender o vocabulário será necessário, não como tarefa principal, pescando significados do texto ou decorando listas de vocábulos antigos com finalidade enciclopédica autolimitada. Ler *Os Lusíadas*, tarefa aterrorizante para a maioria dos professores e alunos de educação literária, pode ser um desafio esclarecedor, problematizado, crítico e criativo, desde que a busca de informação seja combinada a respostas pessoais acrescidas de teorias críticas para a compreensão, exploração e imersão textual. O objetivo será o poder transformador de uma disciplina que existe como forma de arte prazerosa. Escolhi Camões como exemplo extremo de texto literário estrangeiro imposto pelos currículos, temido e rejeitado como prática de educação literária no ensino médio pela maioria de seus atores. A utilização de textos contemporâneos decerto seria igualmente satisfatória.

Tudo se complica, porém, nos estreitos limites de tempo para leitura, análise e interpretação do literário, dentro do programa específico de língua portuguesa. Tudo se complica na formação literária dos professores, baseada na mensuração e na "tradução" parafraseada de um conjunto limitado de textos a serem lidos e examinados de forma acrítica, linear e patética, comumente através de palestras acadêmicas passivas, em que doutos professores exibem sabedoria intelectiva de mão única, sem espaço para discussão, interação, crítica verdadeira e construção de outros saberes.

A experiência já mostrou que a literatura como objeto de estudos não deveria ser "discurso", mas, ao contrário, deveria ser sempre "espaço" e "processo" de trocas, transformação e crescimento estético, cultural, pessoal e sociopolítico, na real acepção do cruzamento de fronteiras cognitivas. Certos textos podem oferecer um espaço ou potencialidades melhores para o aprendizado problematizado. Mas, na verdade, qualquer texto pode contribuir para a conscientização pessoal e social, mesmo se aparentemente inócuo, ingênuo ou superficial. Os símbolos se formam na mente do leitor, e a educação pela palavra, de preferência literária, poderia colaborar para o desenvolvimento profundo da visão crítica desses símbolos. Fazendo uso de diferentes teorias críticas, diferentes significados podem surgir e se desenvolver nas salas de aula onde se permitam e se ouçam as variadas vozes.

Sugestões e recomendações

De 1890 a 1999, o programa de estudos literários no Brasil era baseado em uma seleção de fatos sobre literatura. As recomendações imediatas ficavam circunscritas ao campo das estratégias de sala de aula, aos métodos de ensino-aprendizagem e às abordagens interativas visando à crítica dos conteúdos como problematização da disciplina nos níveis de gerenciamento e aplicação pedagógica. Materiais didáticos, programas e currículos insatisfatórios, tudo pode ser problematizado e tratado de forma crítica. Assim, em vez de usar livros didáticos como fonte exclusiva da verdade informativa, professores e alunos poderiam interagir mais criativamente propondo, discutindo e até lutando por mudanças curriculares. Poderiam consultar outras fontes de informação, confrontando textos literários com textos e documentos históricos, distinguindo as diferenças de tratamento atribuído a cada área, e a manipulação ético-estética que o ser humano faz da palavra em tais situações.

Por outro lado, os programas ingleses de educação literária tampouco pareceram adequados a sociedades em busca de relações mais democráticas, pelo menos nos moldes observados: a verdade e o saber, transferidos dos textos literários para a responsabilidade dos professores com princípios e valores de crítica e julgamento indefinidos, negavam a preocupação com oportunidades democráticas através de conteúdos factuais objetivos.

Nenhum dos dois paradigmas pareceu satisfatório, apesar das qualidades inerentes a cada um. Um modo ideal de educação literária exigirá mudanças nas macroestruturas de poder educacional, em que legisladores decidem os programas, os salários, os recursos e os fins. A única maneira de conter os riscos de influências culturais e sociais ocultas seria através do domínio de teorias literárias. Esse domínio não seria formalista, mas se daria através da formação docente apta a reconhecer criticamente as diferentes maneiras de ler, intrinsecamente vinculadas aos modos de ver as questões sociais.

Professores e alunos, não mais limitados por valores pessoais em sua problematização da literatura, se familiarizariam com os princípios dos critérios seletivos baseados em diferentes teorias, daí sendo instrumentados a desempenhar uma análise verdadeiramente crítica. Essa transleitura se faria com ligações entre as teorias e seus contextos sociais de origem e as contribuições, ausências e contradições sociais, culturais e políticas encontradas. Assim, as obras literárias estariam submetidas a suas próprias leituras críticas, fazendo uso criativo de teorias como instrumentos objetivos a serviço das culturas, das pedagogias e dos sujeitos sociais. Visando a problematizar e democratizar o conhecimento literário, é preciso garantir o acesso irrestrito de todos os grupos sociais aos textos até então disponibilizados apenas à minoria privilegiada. Isso requer consideração a outras formas de pensar que garantam o acesso a nossa riqueza cultural, primeiro passo para a liberdade consciente, para a aquisição de auto-estima pessoal e social, e melhores futuros para todos. Três pontos parecem relevantes: a apropriação das ferramentas críticas para fortalecimento do leitor, a democratização das salas de aula de literatura e o reconhecimento do poder político-pedagógico da literatura. Até mesmo o estudo de história literária pode ser fonte de conhecimento crítico e poder político de leitores, desde que não seja tratada como um conjunto de elementos fixos, mas sim como a "experiência precedente da obra literária por seus leitores" (H. R. Jauss, 1982, p. 20). Se os alunos não encontrarem identificação cultural no nível simbólico e abstrato deles exigido, têm poucas chances de sucesso. Creio que a maioria dos materiais seria adequada para estudo, desde que a leitura fosse crítica e o objetivo não fosse a domesticação passiva de quem lê.

Numa sociedade democrática onde cada opinião individual conte e nada afinal seja deixado para um rei ou uma elite, a habilidade incomparável da arte de instruir, de fazer alternativas claras intelectual e emocionalmente, de identificar a falsidade, a insinceridade, a bobagem – a incomparável habilidade da arte de nos fazer entender – deveria ser uma força reunindo as pessoas, derrubando barreiras de preconceito e ignorância, e mantendo os ideais que valem a pena perseguir (J. Gardner, 1978, apud Nelms, op. cit., p. 25).

É difícil tentar estabelecer métodos fixos de educação literária visando ao autodesenvolvimento e à cidadania crítica e consciente: cada aluno trará sua própria experiência, memória e variações culturais. A direção pedagógica para a provisão de oportunidades democráticas não deveria estar em valores pré-adquiridos nos ambientes de classe média de origem de alguns, mas no instrumental crítico que pudesse esclarecer relações, conhecimentos de si, dos outros, dos textos, dos contextos e dos processos, ao mesmo tempo que é reconhecido o prazer, e não o tédio mortal em suas diversas formas, como objetivo significativo para o currículo.

O currículo de educação literária planejado para encorajar alunos a criar conhecimento, respeitando a originalidade da resposta individual e as características de estudantes/leitores adolescentes, deveria necessariamente envolver esses sujeitos mais de perto no diálogo que fundamenta a verdadeira literatura. Quando isso acontecer, esse currículo aceitará uma maior variedade de modos literários de discurso através da exploração e expressão analítica, com a finalidade de desenvolver níveis de consciência construídos no "dar sentido", na criação crítica do conhecimento, contribuindo dessa forma para aperfeiçoar a condição humana social.

A contribuição aqui proposta para o ensino e o aprendizado de literatura no Brasil e outras sociedades é a discussão da literatura como disciplina importante não apenas para a compreensão da própria sociedade e cultura, mas também como um olhar crítico sobre questões sociopolíticas mais amplas. O objetivo final deste projeto é sugerir modos de otimizar a educação literária como campo de estudos cujos objetivos se voltem para a obtenção de meios mais prazerosos de mediar encontros com culturas sociais e formas políticas de convívio. Ao enfatizar o papel da literatura como disciplina sociocultural, este estudo trata da educação literária como representação simbólica das sociedades. O objetivo é representar possibilidades democráticas para quaisquer sujeitos sociais contra uma pedagogia de silêncio, opressão e manutenção das diferenças.

Isso deveria ser plausível em sociedades multiculturais cujos valores são apresentados explicitamente e as diferenças são impostas, principalmente, através dos limites do poder aquisitivo. E também em sociedades igualmente multiculturais, em que uma variedade de diferenças implícitas, de origem étnica e sociocultural, de formas e por normas mais ou menos evidentes, determinam o "lugar de cada um" na sociedade. O fortalecimento de sujeitos sociais irá depender não do acesso oculto aos elementos culturais embutidos que "deveriam ter sido aprendidos em casa": a discussão aberta das teorias de leitura, de literatura, de pedagogia e de política terá um papel central e não mais periférico. É exatamente disso que a educação literária é feita. Não é minha intenção ingenuamente fantasiar a homogeneização de perspectivas para a totalidade de grupos culturais, econômicos e sociais.

A prioridade, contudo, deve ser dada ao entendimento crítico e à discussão de literatura, educação e política baseada no discurso livre de uma sociedade plural, reduzindo as incompreensões através da oposição aos silêncios impostos.

Penso que a educação literária, através das diferentes vozes que a informam, é e sempre será uma disciplina em processo contínuo de mudança, alimentada por uma multiplicidade de signos e fundamentada em uma confluência cognitiva e disciplinar. Dependendo dos indivíduos e das sociedades, diferentes valores serão enfatizados, hegemônicos ou revolucionários, artísticos ou cognitivos, liberadores ou reacionários. Do exposto acima, não existe satisfação com os paradigmas atuais da disciplina. Ensinar e aprender literatura são partes de um processo permanentemente à beira de mudanças radicais.

Bibliografia

ABERCROMBIE, N. et al. (1988). *Dictionary of Sociology*. London: Penguin.
AGAR, Michael H. (1986). *Speaking of Ethnography*. Newbury Park: Sage.
Anais da 42.ª Reunião Anual da Sociedade Brasileira para o Progresso da Ciência, São Paulo/ Porto Alegre: SBPC, 1990, v. II.
ANGUS & ROBERTSON (orgs.) (1973). *Summerhill: for and Against*. Hart Publishing Co.
APPLE, Michael (1985). *Education and Power*. New York: Ark Editions.
ARMSTRONG, Michael (1980). *Closely Observed Children*. London: Writers and Readers, em associação com Chameleon.
BAKHTIN, M. M. (1986). *Speech Genres and Other Late Essays*. University of Texas Press.
BALL, Stephen J. (1987). *The Micro-Politics of the School: Towards a Theory of School Organization*. London/New York: Methuen.
BANCROFT, Michael A. "Why Literature in the High School Curriculum?" *English Journal*, NCTE, USA, v. 83, n.º 8, dez. 1994.
BARKER, Martin & BEEZER, A. (1992). *Reading into Cultural Studies*. London: Routledge.
BARNES, Dorothy e BARNES, Douglas; w/ Stephen Clarke (1984). *Versions of English*. London: Heinemann Educational Books.
BARTHES, Roland (1974). *S/Z: An Essay*. Trad. ingl. Richard Miller. New York: Hill and Wang.
_____ (1972). *Mythologies*. Trad. ingl. A. Lavers. London: Jonathan Cape.
_____ (1975). *The Pleasure of the Text*. New York: Hill and Wang.

BATSLEER, Janet e DAVIES, T.; O'ROURKE, R.; WEEDON, C. (1985). *Rewriting English: Cultural Politics of Gender and Class*. London/ New York: Methuen.
BEAUVOIR, Simone de (1972). *The Second Sex: a Study of Modern Woman*. London: Jonathan Cape.
BEDDOE, Deirdre (1983). *Discovering Women's History*. Pandora Press: London.
BELL, Judith (1993). *Doing Your Research Project: a Guide for First-Time Researchers in Education and Social Science*. Buckingham: Open University Press.
BELSEY, Catherine (1980). *Critical Practice (New Accents)*. London: Methuen.
BERGONZI, Bernard (1990). *Exploding English: Criticism, Theory and Culture*. Oxford: Oxford University Press.
BERLAK, Ann e BERLAK, Harold (1981). *Dilemmas of Schooling: Teaching and Social Change*. London: Methuen.
BERNSTEIN, Basil (1977). *Class, Codes and Control*. London: Routledge and Kegan Paul, v. 1, 2 e 3.
BETTELHEIM, Bruno (1978). *The Uses of Enchantment: the Meaning and Importance of Fairy Tales*. Harmondsworth: Penguin (Peregrine Books).
BHABHA, Homi K. (ed.) (1990). *Nation and Narration*. London: Routledge.
_____ (1994). *The Location of Culture*. London: Routledge.
BIRCH, David (1989). *Language, Literature and Critical Practice: Ways of Analysing Text*. The Interface Series. London: Routledge.
BOERCKEL, Denise e BARNES, C. "Defeating the Banking Concept of Education: An Application of Paulo Freire's Methodologies". *Annual Meeting of the College English Association*, San Antonio (Texas), abr. 1991.
BOGDAN, Deanne. "When is a Singing School (Not) a Chorus?" In STONE, L. (ed.) (1991). *The Education Feminism Reader*. New York: Routledge.
_____ (1992). *Re-Educating the Imagination: toward a Poetics, Politics and Pedagogy of Literary Engagement*. Portsmouth: Boynton/ Heinemann.
_____ e STRAW, Stanley B. (eds.) (1990). *Beyond Communication: Reading Comprehension and Criticism*. Portsmouth, NH: Boynton/Cook Publishers.
BOLT, Sydney e GARD, Roger (1970). *Teaching Fiction in Schools*. London: Hutchinson.

BOSI, Alfredo (1994). *História concisa da literatura brasileira*. São Paulo: Cultrix.
BOULTON, Marjorie (1980). *The Anatomy of Literary Studies*. London: Routledge & Kegan.
BOURDIEU, Pierre (1995). *Outline of a Theory of Practice*. Cambridge Univ. Press.
_____ e PASSERON, Jean-Claude (1994). *Reproduction in Education, Society and Culture*. London: Sage.
BOWERS, C. A. (1984). *The Promise of Theory: Education and the Politics of Cultural Change*. Teachers College, Columbia University, New York/London.
BOYD, William e RAWSON, Wyatt (1965). *The Story of the New Education*. London: Heinemann.
BRINDLEY, Susan (ed.) (1994). *Teaching English*. London/ New York: Open University & Routledge.
BRITTON, James (1993). *Literature in its Place*. London: Cassell Educational.
_____, SHAFER, R. E. e WATSON, Ken (eds.) (1989). *Teaching and Learning English Worldwide*. Clevedon/Philadelphia: Multilingual Matters.
BROWN, John e GIFFORD, Terry (1989). *Teaching a Level English Literature: a Student-Centred Approach*. London: Routledge.
BUCKROYD, Peter e OGBORN, Jane (1992). *Coursework in a level and AS English Literature.* London: Hodder & Stoughton.
BURGESS, Tony e MARTIN, Nancy. "The Teaching of English in England, 1945-1986: Politics and Practice". In Britton et al. (eds.) (1989). *Teaching and Learning English Worldwide*. Clevedon: Multilingual Matters.
CAIN, William E. (ed.) (1994). *Teaching the Conflicts: Gerald Graff, Curricular Reform, and the Culture Wars*. New York/ London: Garland Publishing.
CANDIDO, Antonio (1995). *On Literature and Society*. Trad. ingl., ed. e introdução de Howard S. Becker. Princeton University Press.
CARTER, Ronald e LONG, Michael N. (1991). *Teaching Literature.* Essex: Longman UK.
CARTWRIGHT, Carol A. e CARTWRIGHT, G. Phillip (1984). *Developing Observation Skills*. USA: McGraw-Hill.
CAVENAGH, F. A. (Org.) (1931). *James & John Stuart Mill on Education*. Cambridge: University Press.
CHAMBERLAIN, Mary (ed.) (1988). *Writing Lives: Conversations between Women Writers*. London: Virago.

Changing English: Culture and Policy (1994). Department of English, Media and Drama, Institute of Education University of London, v. 1, n.º 2.
CHIARI, Joseph (1977). *Art and Knowledge.* London: Paul Elek.
CHOMSKY, Noam (1994). *Manufacturing Consent: Noam Chomsky and the Media* (filme).
Conjuntura econômica. Rio de Janeiro: Fundação Getúlio Vargas, set. 1995.
COULTHARD, Malcolm (1978). *An Introduction to Discourse Analysis.* London: Longman.
CROALL, Jonathan (1983). *Neill of Summerhill: the Permanent Rebel.* London: Routledge & Kegan Paul.
CULLER, J. (1983). *On Deconstruction: Theory and Criticism after Structuralism.* London: Routledge and Kegan Paul.
DEEM, Rosemary (ed.) (1984). *Co-Education Reconsidered.* M. Keynes: Open University Press.
DENZIN N. e LINCOLN, Y. (ed.) (1994). *Handbook of Qualitative Research.* London: Sage.
DEWEY, John (1954). *Democracy and Education: An Introduction to the Philosophy of Education.* New York: The MacMillan Company.
DIXON, John (1991). *A Schooling in English: Critical Episodes in the Struggle to Shape Literary and Cultural Studies.* Buckingham: Open University Press.
DOWNEY, Janet e WATTS, Mike (1987). *Interviewing in Educational Research.* London: Routledge.
DOYLE, Brian (1989). *English and Englishness.* London/New York: Routledge.
DUCASSE, Pierre. *As grandes correntes da filosofia.* Portugal: Publicações Europa/ América, s/d.
DURKHEIM, Émile (1977). *The Evolution of Educational Thought.* London: Routledge.
EAGLETON, Terry (1983, 1989). *Literary Theory: an Introduction.* Oxford: Basil Blackwell. [Trad. bras. *Teoria da literatura: uma introdução,* 5.ª ed., São Paulo, Martins Fontes, 2003.]
EASTHOPE, Antony e McGOWAN, Kate (eds.) (1996). *A Critical and Cultural Theory Reader.* Buckingham: Open University Press.
ELLMAN, Mary (1970). *Thinking about Women.* London: Virago.
ELSHTAIN, Jean B. (1981). *Public Man, Private Woman: Women in Social and Political Thought.* Oxford: Martin Robertson.
ENCISO, Patricia E. "Cultural Identity and Response to Literature: Running Lessons from *Maniac Magee*". In *Language Arts,* v. 71, n.º 7, nov. 1994.

ENGELL, James e PERKINS, David (ed.) (1988). *Teaching Literature: What is Needed Now*. Harvard: Harvard College.
English in Education. Sheffield: NATE, v. 21, 1987.
English Journal. Urbana, Illinois: NCTE, v. 83, n? 8, dez. 1994.
The English Magazine. London, n? 4, verão de 1980.
ENTWISTLE, Harold (1979). *Antonio Gramsci: Conservative Schooling for Radical Politics*. London: Routledge & Kegan Paul.
EVANS, Emrys (ed.) (1992). *Young Readers, New Readings*. Hull University Press.
FERNANDES, Florestan. *Educação e sociedade no Brasil*. São Paulo: Dominus, 1966.
FISH, Stanley (1982). *Is There a Text in This Class?* Harvard: Fellows of Harvard College.
FOUCAULT, Michel (1991). *Discipline and Punish: The Birth of the Prison*. New York: Vintage Books.
FREIRE, Paulo (1976). *Education: The Practice of Freedom*, London: Writers and Readers Publishing Cooperative.
_____ (1978). *Pedagogy in Process: The Letters to Guinea-Bissau*. New York: Seabury Press.
_____ (1996). *Pedagogy of the Oppressed*. London: Penguin Books.
Friends of Summerhill Trust Journal, issue 6, Suffolk, mar. 1991.
FRYE, Northrop (1979). *The Educated Imagination*. Bloomington & London: Indiana University Press.
_____ (1988). *On Education*. Ontario: Fitzhenry & Whiteside.
GALLAGHER, J. J.; NUTHALL, G. A. e ROSENSHINE, B. (1970). *Classroom Observation (AERA Monograph Series 6)*. Chicago: Rand McNally.
GILLESPIE, Tim. "Why Literature Matters", *English Journal,* Illinois: NCTE, v. 83, n? 8, dez. 1994.
GINESTIER, Paul L. (1979). *Teaching Literature?* (discurso inaugural na University of Hull, 16 nov. 1978). University of Hull.
GIROUX, Henry A. (1993). *Living Dangerously: Multiculturalism and the Politics of Difference*. New York: Peter Lang.
_____ (1994). *Disturbing Pleasures*. New York/London: Routledge.
GORDON, Tuula (1986). *Democracy in One School? Progressive Education and Restructuring*. London/New York/Philadelphia: The Falmer Press.
GOULIANOS, Joan (ed.) (1973). *By a Woman Writ. Literature from Six Centuries by and about Women*. New York: Bobbs-Merrill.

GRAMSCI, Antonio (1971). *Selections from the Prison Notebooks of Antonio Gramsci*. Eds. Q. Hoare e G. Nowell-Smith. London: Lawrence and Wishart.

GREEN, Michael e HOGGART, Richard (eds.) (1987). *Essays and Studies 1987 – English and Cultural Studies: Broadening the Context*. London: John Murray.

GRIBBLE, David (1985). *Considering Children*. Dorling, UK: Ed. Kindersley.

GRIBBLE, James (1983). *Literary Education: a Revaluation*. Cambridge: CUP.

GRIFFITH, Peter (1987). *Literary Theory and English Teaching*. Milton Keynes: OUP.

GRUMET, Madeleine R. (1988). *Bitter Milk: Women and Teaching*. The University of Massachusetts Press.

GUTTSMAN, W. L. (ed.) (1969). *The English Ruling Class*. London: Weidenfeld & Nicholson.

HAMMERSLEY, M. e ATKINSON, P. (1983). *Ethnography: Principles and Practices*. London: Tavistock.

HANDY, Charles e AITKEN, Robert (1986). *Understanding Schools as Organizations*. London: Penguin Books.

HARBER, Clive (1992). *Democratic Learning and Learning Democracy: Education for Active Citizenship*. Derbyshire: Education Now Publishing Co-operative.

HINDMARSH, Roland (1975). *Taking the Literature Examination*. London: Heinemann Educational Books.

HODGE, R. e KRESS, G. (1991). *Social Semiotics*. Cambridge: Polity Press.

HOGGART, Richard (1957). *The Uses of Literacy: Aspects of Working-Class Life, with Special Reference to Publications and Entertainments*. London: Chatto & Windus.

HOSPERS, John (ed.) (1969). *Introductory Readings in Aesthetics*. London: Collier MacMillan/ New York: The Free Press.

HUNTER, Ian (1994). *Rethinking the School*. St. Leonards, Australia: Allen and Unwin.

_____ et al. (1991). *Accounting for the Humanities: The Language of Culture and the Logic of Government*. Australia: Institute for Cultural Policy Studies, Griffith University.

INGLIS, Fred. "The Condition of English in England". *English in Education*, Sheffield: NATE, v. 21, 1987.

JAUSS, H. R. (1982). *Toward an Aesthetic of Reception*. Minneapolis: U. M. Press.

KAMPF, Louis e LAUTER, Paul (eds.) (1973). *The Politics of Literature: Dissenting Essays on the Teaching of English*. New York: Vintage Books.
KNIGHT, Roger (ed.) (1989). *English in Practice:* Literature at 'A' level. Edinburgh: Scottish Academic Press.
KRESS, Gunther (1995). *Writing the Future: English and the Making of a Culture of Innovation*. London: National Association for the Teaching of English (NATE). Sheffield, Inglaterra.
_____. "Representation as Transformation". In FIGUEIREDO-COWEN et al. (eds.). *Paulo Freire at the Institute*. London: London University Institute of Education.
_____ (1989). *Linguistic Processes in Sociocultural Practice*. Oxford: Oxford University Press.
_____ (1982). *Learning to Write*. London: Routledge & Kegan Paul.
Language Arts, Urbana, Illinois: NCTE, v. 71, n.º 7, nov. 1994,
LAWRENCE, K. R. (ed.) (1992). *Decolonizing Tradition: New Views of Twentieth-Century "British" Literary Canons*. Urbana & Chicago: University of Illinois Press.
LAWSON, John e SILVER, Harold (1973). *A Social History of Education in England*. London: Methuen.
LAWSON, M. D. e PETERSEN, R. C. (1972). *Progressive Education: An Introduction*. London: Angus and Robertson.
LEAHY DIOS, C. M. (1986). *A dinamização da leitura na biblioteca escolar*. Dissertação de Mestrado, Faculdade de Educação, Universidade Federal Fluminense (mimeo.).
LEAVIS, F. R. (1975). *The Living Principle: "English" as a Discipline of Thought*. London: Oxford University Press.
LEE, Victor J. (1987). *English Literature in Schools* (Exploring the Curriculum Series). Milton Keynes: Open University Press.
LEFORT, Claude (1986). *The Political Forms of Modern Society*. Cambridge: Polity.
LUKE, Carmen e GORE, Jeniffer (1992). *Feminisms and Critical Pedagogy*. New York/ London: Routledge.
MACEDO, Donaldo (1994). *Literacies of Power: What Americans are not Allowed to Know*. Boulder (Colorado, USA): Westview Press (Foreword by Paulo Freire).
MANNING, Peter K. (1987). *Semiotics and Fieldwork*. Newbury Park: Sage.
MANY, Joyce e COX, Carole (eds.) (1992). *Reader Stance and Literary Understanding: Exploring the Theories, Research, and Practice*. Norwood: Ablex Publishing Corporation.

MARSHALL, Sybil (1963). *An Experiment in Education*. Cambridge: CUP.
MARTIN, Christopher (1979). *A Short History of English Schools: 1750-1965*. East Sussex: Wayland Publishers.
MARTINS, M. Helena (1985). *O que é leitura*. São Paulo: Brasiliense.
MATHIESON, Margaret (1975). *The Preachers of Culture: A Study of English and Its Teachers*. London: George Allen & Unwin.
_____ (1985). *Teaching Practical Criticism: An Introduction*. London: Croom Helm.
MCLAREN, P. (1989). *Life in Schools: an Introduction to Critical Pedagogy in the Foundations of Education*. New York/London: Longman.
MILLER, Jane (ed.)(1984). *Eccentric Propositions. Essays on Literature and the Curriculum*. London: Routledge & Kegan Paul.
MOI, Toril (1985). *Sexual/Textual Politics: Feminist Literary Theory*. London & New York: Methuen.
MORAN, Charles e PENFIELD, Elizabeth F. (ed.) (1990). *Conversations: Contemporary Critical Theory and the Teaching of Literature*. Urbana: NCTE.
MURRAY, Donald M. (1968). *A Writer Teaches Writing: A Practical Method of Teaching Composition*. Boston: Houghton Mifflin Company.
NATE Examinations booklet, n.º 4: *Alternatives at English A-Level*.
NATE Post-14 Committee (1988). *English A-Level in Practice*. Sheffield: The National Association for the Teaching of English.
NELMS, Ben F. (ed.) (1988). *Literature in the Classroom: Readers, Texts, and Contexts*. Urbana: NCTE Forum Series, Illinois.
NEWBOLT, Henry (1921). (Chair) Departmental Committee on the Position of English in the Educational System of England. *The Teaching of English in England*. London: HMSO.
PATTERSON, Annabel (1993). *Reading between the Lines*. London: Routledge.
Perspectiva, ano 5, n.º 9, jul.-dez. 1987 (org. Tânia M. Piacentini). Revista do Centro de Ciências da Educação, UFSC.
PHILLIPS, M. e TOMKINSON, W. S. (1927). *English Women in Life and Letters*. Oxford University Press, Humphrey Milford.
PRADL, Gordon M. (ed.) (1982). *Prospect and Retrospect: Selected Essays of James Britton*. Montclair, New Jersey: Boynton/Cook; London: Heinemann Educational.
PROTHEROUGH, Robert (1986). *Teaching Literature for Examinations*. Milton Keynes: Open University Press.

PUNCH, Maurice (1977). *Progressive retreat: A Sociological Study of Dartington Hall School and Some of its Former Pupils*. Cambridge: CUP.
PURVES, Alan C. (ed.) (1991). *The Idea of Difficulty on Literature*. Albany: State University of New York Press.
Revista Brasileira de Estudos Políticos (1965). Faculdade de Direito da UFMG.
Revista Letras (1990). Editora da Universidade Federal do Paraná, n.º 39.
REYNOLDS, Kimberley (1990). *Girls Only? Gender and Popular Children's Fiction in Britain, 1880-1910*. Hemel Hempstead: Harvester Wheatsheaf.
RICH, Adrienne (1986). *On Lies, Secrets & Silence*. London: Virago.
RIESSMAN, Catherine K. (1993). *Narrative Analysis*. Newbury Park: Sage.
ROCCO, M. T. Fraga (1981). *Literatura/Ensino: uma problemática*. São Paulo: Ática.
ROMANELLI, Otaíza (1985). *História da educação no Brasil: 1930-1973*. Petrópolis: Vozes.
ROMERO, Sílvio (1953). *História da literatura brasileira*. Rio de Janeiro: José Olympio. 5 v.
ROSEN, Harold (1987). *Stories and Meanings*. London: NATE Papers in Education.
ROSENBLATT, Louise (1970). *Literature as Exploration*. London: Heinemann.
SAID, Edward W. (1993). *Culture and Imperialism*. London: Chatto & Windus.
SAMPSON, George (1952). *English for the English*. Cambridge: CUP.
SAVIANI, Dermeval (1985). *Escola e democracia*. São Paulo: Cortez.
SCAFE, Suzanne (1989). *Teaching Black Literature*. London: Virago.
SCHOLES, Robert (1985). *Textual Power: Literary Theory and the Teaching of English*. New Haven/London: Yale University Press.
SCOTT, Wilbur (1962). *Five Approaches of Literary Criticism: An Arrangement of Contemporary Critical Essays*. London/New York: Collier MacMillan Publishers.
SHAYER, David (1972). *The Teaching of English in Schools 1900-1970*. London: Routledge & Kegan Paul.
SHIELDS, Currin V. (ed.) (1956). *John Stuart Mill: on Liberty*. Indianapolis: The Library of Liberal Arts by The Bobs-Merrill Company.
SHIPMAN, M. D. (1971). *Education and Modernisation*. London: Faber & Faber.

SILVA, Teresa Roserley N. "Influências teóricas no ensino e currículo no Brasil", *Cadernos de Pesquisa*, São Paulo (70):5-19, ago. 1989.

SILVA, Tomás Tadeu da (org.) (1991). "Dossiê: interpretando o trabalho docente", *Teoria e Educação*, n.º 4. Porto Alegre: Editora Pannonica.

SKEGGS, Beverley. "Paul Willis, Learning to Labour". In BARKER e BEEZER (1992). *Reading into Cultural Studies.* London: Routledge.

SPIVAK, Gayatri Chakravorty (1993). *Outside in the Teaching Machine.* New York/London: Routledge.

SPRADLEY, J. (1979). *The Ethnographic Interview.* Hold: Editora Rinehart Winston.

SQUIRE, James R. (ed.) (1968). *Response to Literature.* Urbana, Illinois: NCTE.

STEEDMAN, C. (1990). *Childhood, Culture and Class in Britain.* London: Virago.

STEWART, W. A. C. (1968). *The Educational Innovators,* Progressive Schools 1881-1967, London: MacMillan/St. Martin's Press, v. II.

THOMPSON, Ann e WILCOX, Helen (ed.) (1989). *Teaching Women:* Feminism and English Studies. Manchester/New York: Manchester University Press.

Travessia (1993). A. L. Andrade (org.). Florianópolis: Editora UFSC, n.º 27.

Use of English (1986-87). Edinburgh: Scottish Academic Press, v. 38.

Use of English (1988-89). Edinburgh: Scottish Academic Press, v. 40.

VIOLA, Wilhelm (1944). *Child Art.* London: University of London Press.

VOLOSINOV, V. N. (1973). *Marxism and the Philosophy of Language.* New York/London: Seminar Press.

WALKER, Rob e ADELMAN, Clem (1975). *A Guide to Classroom Observation.* London: Methuen.

WALLER, Willard (1967). *The Sociology of Teaching.* New York: Wiley, 1965.

WALSH, J. H. (1973). *Presenting Poetry.* London: Heinemann Educational Books.

WELLEK, René e WARREN, Austin (1973). *Theory of Literature.* London: Penguin University Books.

WHITE, John (1982). *The Aims of Education Restated.* London: Routledge & Kegan.

_____ (1990). *Education and the Good Life: Beyond the National Curriculum.* London Education Studies, Kogan Page and Institute of Education, London University.

WIDDOWSON, H. G. (1977). *Stylistics and the Teaching of Literature.* London: Longman.

WILCOX, Helen et al. (eds.) (1990). *The Body and the Text: Hélène Cixous, Reading and Teaching.* New York/London: Harvester Wheatsheaf.

WILLIAMS, John A. (1994). *Classroom in Conflict: Teaching Controversial Subjects in a Diverse Society.* New York: State University of New York Press.

WILLIAMS, Raymond (1968). *Culture and Society: 1780-1950.* London: Penguin Books.

WILLIS, Paul. *Learning to Labour,* apud SKEGGS, Beverley. "Paul Willis, Learning to Labour". In BARKER e BEEZER (org.) (1992). *Reading into Cultural Studies.* London: Routledge.

WISEMAN, Jacqueline P. (1978). "The Research Web". In BYNNER, J. e SINBLEY, Keith M. *Social Research: Principles and Procedures.* Milton Keynes: Open University Press.

WOLCOTT, Harry F. (1990). *Writing up Qualitative Research.* Newbury Park: Sage.

WOLLSTONECRAFT, Mary (1982). *Vindication of the Rights of Woman.* London: The Penguin English Library (primeira publicação em 1792).

YOUNG, Michael F. D. (ed.) (1975). *Knowledge and Control: New Directions for the Sociology of Education.* London: Collier-MacMillan Publishers.

IMPRESSÃO E ACABAMENTO:
YANGRAF Fone/Fax: 6198.1788